2025

모두 풀어버리는

올풀

타임논술연구소

서경대
논술고사

기출문제 ➕ 실전모의고사

계열공통

서경대 논술고사

기출문제＋실전모의고사
[계열공통]

인쇄일 2024년 9월 1일 초판 1쇄 인쇄
발행일 2024년 9월 5일 초판 1쇄 발행
등 록 제17-269호
판 권 시스컴 2024

ISBN 979-11-6941-403-6 13800
정 가 15,000원

발행처 시스컴 출판사
발행인 송인식
지은이 타임논술연구소

주소 서울시 금천구 가산디지털1로 225, 514호(가산포휴) | **홈페이지** www.siscom.co.kr
E-mail siscombooks@naver.com | **전화** 02)866-9311 | **Fax** 02)866-9312

그동안 내신 모의고사 3등급 이하의 학생들이 대학에 입학하기 위한 도구로써 활용했던 대입적성검사가 폐지되고 가칭 약술형 논술고사가 새로운 대안으로 떠올랐다. 약술형 논술고사는 400~1,000자의 서술을 요구하는 상위권 대학의 작문형 논술고사가 아니라, 한두 어절이나 30~40자 이내의 한 문장 또는 빈칸 채우기 등의 단답형 논술고사이다.

약술형 논술고사는 학생들의 시험 준비부담을 덜기 위해 고교 교과과정 내에서 또는 EBS 수능연계 교재를 중심으로 출제되므로, 학생들은 별도의 사교육 부담 없이 학교 수업과 정기고사의 단답형 주관식 시험을 충실하게 준비하고, 아울러 EBS 연계 교재를 꼼꼼히 학습한다면 좋은 성과를 얻을 수 있다.

본 도서는 약술형 논술고사를 통해 대학 입학의 관문을 두드리는 학생들에게 각 대학에서 시행하는 약술형 논술고사의 출제경향과 문제흐름을 익힐 수 있도록 다음과 같은 특징들을 갖고 출간되었다.

실제 시험 유형을 대비한 3개년 기출문제

각 대학에서 시행한 최신 3개년 기출문제를 수록하여 학생들이 각 대학들의 논술시험 특징을 파악하고 엉뚱한 시험 범위와 잘못된 공부 방법으로 시간을 낭비하지 않도록 유도하였다.

기출유형과 100% 똑 닮은 실전모의고사

각 대학별 약술형 논술 유형을 철저히 분석하여 실제 시험과 문제 스타일이나 출제방식이 똑 닮은 싱크로율 100%의 실전문제 총 5회분을 수록하였다.

직관적인 문항 정보 파악을 위한 정답 및 해설

모범답안, 바른해설, 채점기준에서부터 예상 소요 시간과 배점에 이르기까지 수록된 문제에 대한 직관적인 문항 정보를 파악할 수 있도록 하였다.

부디 이 책이 학생들의 대학 진학에 조금이나마 도움이 되길 바라며, 아울러 수험생들의 충실한 길잡이가 되기를 기원한다.

●● 2025학년도 약술형 논술대학

※ 전형일정 및 입시요강 등은 학교 측의 입장에 따라 변경 가능하므로, 추후 공지되는 변경사항을 각 대학교 홈페이지에서 반드시 확인하시기 바랍니다.

[전형기초]

대학	계열	선발인원	전형방법	문항수			출제범위							고사시간	수능최저
				국어	수학	합계	국어					수학			
							독서	문학	화작	문법	기타	수학I	수학II		
가천대	인문	286	논술 100%	9	6	15	O	O	O	O	국어	O	O	80분	O
	자연	686		6	9										
고려대(세종)	자연	193	논술 100%		±6	6	X	X	X	X		O	O	90분	O
삼육대	인문	40	논술 70% 교과 30%	9	6	15	O	O	O	O		O	O	80분	O
	자연	87		6	9										
상명대	인문	54	논술 90% 교과10%	8	2	10	O	O	O	O	국어	O	O	60분	X
	자연	47		2	8										
서경대	공통	216	논술 90% 교과 10%	4	4	8	O	O	X	X		O	O	60분	X
수원대	인문	135	논술 60% 교과 40%	10	5	15	O	O	X	X		O	O	80분	X
	자연	320		5	10										
신한대	인문	75	논술 90% 교과 10%	9	6	15	O	O	X	X		O	O	80분	O
	자연	49		6	9										
을지대	공통	219	논술 70% 교과 30%	7	7	14	O	O	X	O		O	O	70분	X
한국공학대	공통	290	논술 80% 교과 20%		9	9	X	X	X	X		O	O	80분	X
한국기술교대	인문	26	논술 100%	±12		12	X	X	X	X	국어 사회	O	O	80분	X
	자연	144			±10	10									
한국외대(글로벌)	자연	66	논술 100%		7	7	X	X	X	X		O	O	90분	O
한신대	인문	108	논술 60% 교과 40%	9	6	15	O	O	X	X		O	O	80분	X
	자연	157		6	9										
홍익대(세종)	자연	122	논술 90% 교과 10%		7	7	X	X	X	X		O	O	70분	O

●● 2025학년도 서경대 논술전형

[전형일정]

구분	일시	비고
원서접수	2024. 09. 9(월) ~ 13(금) 17:00 ※ 24시간 접수 가능	인터넷접수만 실시하며, 방문 또는 우편접수는 시행하지 않음
시험일	2024. 11. 3(일)	1. 최종 지원인원에 따라 고사시간이 오전 또는 오후 등으로 나눠질 수 있음(학과 또는 단과대학) 2. 준비물: 수험표, 신분증, 샤프 또는 연필, 지우개 등 3. 세부사항은 고사전 지원자 유의사항에서 안내
합격자 발표	2024. 12. 13(금) 17:00	1. 본교 홈페이지(www.skuniv.ac.kr) 입학안내 2. 개별 통보하지 않으므로 본인이 반드시 확인 3. 본교 홈페이지 입학안내에서 합격통지서 및 등록예치금 고지서 출력 (별도 교부 없음)
합격자 등록	2024. 12. 16(월)~18(수) 16:00까지	1. 등록방법은 추후 발표 2. 홈페이지에서 등록예치금고지서 출력 후 납부

[원서접수 방법]

순서	내용
1	인터넷원서접수 사이트에 접속 후 회원가입 및 로그인
2	원서접수 대학 중 "서경대학교" 선택
3	모집요강, 지원자유의사항, 원서접수방법 등을 확인
4	입학원서 지원사항 입력 및 확인(전형유형 및 지원학과, 인적사항 등을 반드시 확인)
5	전형료 결제(계좌이체, 무통장입금, 신용카드)
6	수험표 확인 및 출력(유의사항 포함) – 수험표 재출력 가능함
7	서류제출 대상자에 한하여 입학원서 및 봉투표지 출력 후 원서 및 해당 제출서류를 동봉하여 직접 제출 또는 등기우편 송부

※ 수험표는 출력한 후 신분증과 함께 고사 당일 반드시 지참(고사 대상자에 한함)

[원서접수 유의사항]

가. 접수가 완료되지 않은 상황에서 접속이 중단될 경우를 대비하여 충분한 시간적 여유를 가지고 접수에 임하여야 함

나. 접수 시 유의사항 및 확인문구를 반드시 확인하고 지시에 따라 빠짐없이 입력하여야 함

다. 지원자의 전화번호(전형기간 중 실제 연락 가능한 자택, 직장, 휴대전화 등 모두 기재) 및 주소를 정확히 기재하여야 함

라. 입력사항의 누락 또는 오류 등으로 발생되는 불이익에 대하여는 수험생이 그 책임을 짐

마. 인터넷 원서접수는 반드시 전형료 결제가 이루어져야 접수가 완료됨

바. 전형료 결제 이전에는 입력한 사항의 수정 및 삭제가 가능하나 결제 후에는 절대 불가함
 1) 착오로 인한 입력오류도 수정 불가하니 반드시 입력사항을 확인 후 결제하여야 함
 2) 원서접수를 완료하여 수험번호가 부여된 이후로는 학과변경 및 취소가 절대 불가하오니 신중히 접수 바람

사. 접수여부 확인 등 인터넷 원서접수와 관련된 사항은 반드시 해당 인터넷 원서접수업체에 문의

아. 원서의 입력사항이 허위이거나 지원자격의 미달, 기타 부정한 방법으로 합격 또는 입학한 사실이 확인된 경우에는 입학한 후라도 합격 또는 입학을 취소함

자. 기타 인터넷 원서접수와 관련된 자세한 사항은 해당 원서접수 업체의 안내사항을 참고하기 바람

[모집단위 및 모집인원]

대학	모집단위		모집인원
	학과(부)	전공	
미래융합대학	미래융합학부1		101
	미래융합학부2		93
	자유전공학부		22
합계			216

[지원자격]

가. 국내 고등학교 졸업자 및 졸업예정자
나. 법령에 의하여 위와 동등한 자격 이상의 학력이 있다고 인정된 자

[전형요소별 반영배점]

모집단위	전형요소별 반영배점			
	학교생활기록부	논술고사	총점	최저학력기준
미래융합학부1 미래융합학부2 자유전공학부	100	900	1,000	없음

※ 학교생활기록부 교과성적 및 논술고사 성적을 전형요소별 반영비율에 따라 합산하여 고득점자 순으로 선발함(총점은 소수점 이하 넷째자리에서 절사)
※ 고사 결시자 또는 부정행위자는 불합격 처리함
※ 지원자가 모집인원에 미달하거나 초과한 경우라도 학업능력이 현저히 부족하여 대학에서의 수학에 지장이 있다고 판단되는 자는 선발하지 않을 수 있음

[영역별 문항수 및 점수배점]

모집단위	문항(수)			문항(배점)			총점	기본점수	만점
	국어	수학	계	국어	수학	계			
미래융합학부1 미래융합학부2 자유전공학부	4	4	8	10점	10점	80점	80점 (환산점수 800점)	100점	900점

※ 인문 · 자연 등의 계열구분 없이 공통 문제로 진행

[출제범위 및 고사시간]

모집단위	출제범위	평가기준	고사시간
국어	문학, 독서	• 제시문의 핵심 내용에 대한 정확한 이해와 표현 • 문항에서 요구하는 조건에 충실한 서술 및 파악	60분
수학	수학 I, 수학 II	• 문제에 필요한 개념과 원리에 대한 정확한 서술 및 파악 • 정확한 용어, 기호를 사용한 표현	

[학생부 반영요소 및 반영비율]

가. 반영요소: 교과성적만 100% 반영함(비교과 성적, 출석점수는 반영하지 않음)
나. 학년별 반영비율: 학년별 반영비율은 적용하지 않으며, 전체 반영학기를 일괄 합산하여 반영함

[학생부 교과성적 반영방법]

가. 석차등급과 이수단위를 반영하며, 반영교과 내 본교 지정과목을 반영(진로선택, 전문교과 해당 과목은 제외)
나. 반영교과에 해당하는 과목은 본교에서 지정함(교과별 반영과목 표 참조 : NEIS 과목코드 기준)
　　1) 학교생활기록부의 교과(재량, 교양 등)와 관계없이 NEIS 과목코드가 일치하면 본교 반영교과의 과목으로 인정
　　2) 비온라인제공 대상자는 학교생활기록부의 과목명이 일치한 경우 본교 과목으로 인정
다. 동일과목이라도 1학기, 2학기를 각각의 과목으로 구분하여 반영함.
라. 반영과목의 성적이 없는 학기가 있을 경우, 반영과목이 있는 학기의 과목만으로 성적을 산출함
마. 전 과목 반영이 아닌 상위 과목을 반영하는 경우 석차등급이 동일할 때는 이수단위가 높은 과목을 반영함
바. 반영교과 중 과목의 성적이 전혀 없는 교과가 있는 경우, 일반학생전형은 학교생활기록부 성적이 없는 자에 준하여 처리하나, 그 외의 전형은 "0"점으로 처리한다.
사. 3학년 1학기까지 5학기 성적을 반영함
아. 반영과목의 석차등급과 이수단위가 반드시 기재되어 있어야 하며, 석차등급이 기재되어 있지 않은 교과목이 있을 경우 그 과목은 성적반영에서 제외함.
자. 학교생활기록부 온라인제공 자료의 공문 등에 의한 수정요청 사항은 일절 반영하지 않음
차. 기타 명시되어 있지 않은 사항은 본 대학 신입학전형의 입학사정원칙에 따름

[학생부 반영교과 및 반영과목]

구분	반영교과					
	기초				탐구	
	국어	영어	수학	한국사	사회	과학
공통비율 100	상위 3과목	상위 3과목	상위 3과목		상위 3과목	

[학생부 교과성적 석차등급 산출방법]

구분	석차등급	1	2	3	4	5	6	7	8	9
전모집단위	점수	100	99	98	97	96	95	90	80	60

[동점자 처리기준]

대학 ＼ 순위	동점자 처리기준					
	①	②	③	④	⑤	⑥
전 모집단위 (이공대학 제외)	논술고사 성적 상위자	논술고사 국어영역 성적 상위자	논술고사 수학영역 성적 상위자	학생부 국어/영어/수학 교과영역 중 성적 상위자	학생부 국어/영어/수학 교과영역 중 차상위 성적 상위자	학생부 국어/영어/수학 교과영역 중 3순위 성적 상위자
이공대학	논술고사 성적 상위자	논술고사 수학영역 성적 상위자	논술고사 국어영역 성적 상위자	학생부 국어/영어/수학 교과영역 중 성적 상위자	학생부 국어/영어/수학 교과영역 중 차상위 성적 상위자	학생부 국어/영어/수학 교과영역 중 3순위 성적 상위자

※ 전형총점이 동점일 경우 위 "동점자 처리기준"에 의거 하여 순위를 정함

[서류제출]

서류제출이 필요없는 자	가. 2017년 2월 이후 졸업(예정)자 (2017년 2월 졸업자 포함) 중 학교생활기록부자료 온라인제공에 동의한 자 나. 검정고시출신자 중 대입전형자료 온라인 제공에 동의한 자	
	구분	**제출서류**
서류제출 대상자	학교생활기록부 온라인제공 대상자 중 온라인제공 비동의자 또는 비대상교학생	① 입학원서 1부(인터넷 원서접수 후 출력하여 제출) ② 학교생활기록부(반드시 학교장 직인 날인)
	2016년 2월 이전 졸업자 ※2016년 2월 졸업자 포함	① 입학원서 1부(인터넷 원서접수 후 출력하여 제출) ② 고등학교 졸업증명서 1부 ※ 비교내신대상자이므로 학교생활기록부는 제출할 필요 없음
	고졸학력 검정고시 합격자 ※ 온라인제공 비동의 또는 비대상자	① 입학원서 1부(인터넷 원서접수 후 출력하여 제출) ② 검정고시 합격증명서 1부
	외국고교 졸업자	① 입학원서 1부(인터넷 원서접수 후 출력하여 제출) ② 외국고교 졸업증명서 1부 ※ '아포스티유확인서'를 해당대학 소재국에서 지정한 기관에서 발급받거나, 미가입국 또는 가입국이라도 발급이 어려울 경우 해당대학 소재국 한국영사관에서 '재외교육기관 확인서' 또는 '영사확인서'를 발급받아 제출

2025 올풀 서경대 논술고사를 효율적으로 학습하기 위한

●● Study plan

영 역			날 짜	시 간
PART 1 기출문제	2025학년도	모의고사		
	2024학년도	모의고사		
	2023학년도	기출문제		
		모의고사		
PART 2 실전모의고사	제 1 회	국어		
		수학		
	제 2 회	국어		
		수학		
	제 3 회	국어		
		수학		
	제 4 회	국어		
		수학		
	제 5 회	국어		
		수학		
	제 6 회	국어		
		수학		
	제 7 회	국어		
		수학		
	제 8 회	국어		
		수학		
	제 9 회	국어		
		수학		
	제 10 회	국어		
		수학		

●● 구성과 특징

기출문제
실제 시험 유형을 대비한 3개년 기출문제

각 대학에서 시행한 모의 또는 기출문제를 수록하여 학생들이 각 대학들의 논술시험 특징을 파악하고 엉뚱한 시험범위와 잘못된 공부 방법으로 시간을 낭비하지 않도록 유도하였다.

실전모의고사
기출유형과 100% 똑 닮은 실전문제

각 대학별 약술형 논술 유형을 철저히 분석하여 실제 시험과 문제 스타일이나 출제방식이 똑 닮은 싱크로율 100%의 실전문제 총10회분을 수록하였다.

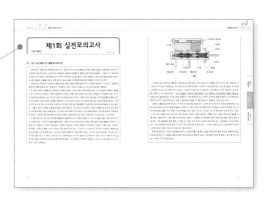

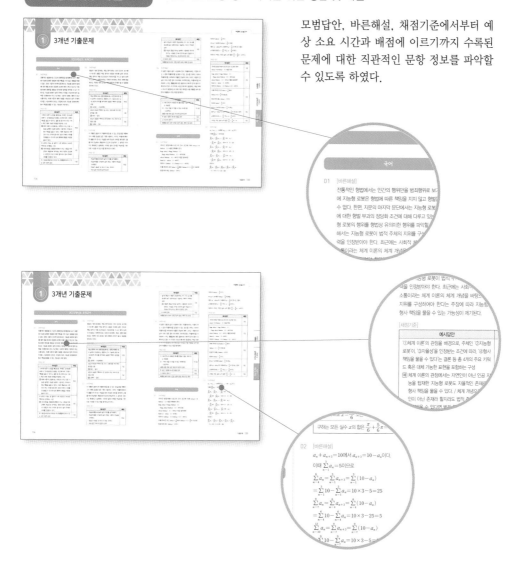

정답 및 해설

직관적인 문항 정보 파악을 위한 정답 및 해설

모범답안, 바른해설, 채점기준에서부터 예상 소요 시간과 배점에 이르기까지 수록된 문제에 대한 직관적인 문항 정보를 파악할 수 있도록 하였다.

합격을
기원합니다

[3개년 기출문제]

				문제	해설
PART 1 기출문제	2025학년도	모의고사	국어	20	134
			수학	24	135
	2024학년도	모의고사	국어	28	138
			수학	35	140
	2023학년도	기출문제	국어	40	144
			수학	48	147
		모의고사	국어	52	155
			수학	59	157

CONTENTS

서경대 논술고사 핵심이론 + 실전문제[계열공통]

시스컴은 여러분을 응원합니다

PART 1

기출문제

국어

▶ 해답 p.134

[01~02] 다음 글을 읽고 물음에 답하시오.

　가까운 미래에 인간과 동등한 수준의 정신 능력을 갖추고, 인간처럼 스스로 목표를 설정하고 목표 달성을 위해 자율적으로 수단을 선택하는 인공 지능을 탑재한 지능형 로봇이 등장할 수 있다. 만약 이러한 유형의 지능형 로봇이, 인간이 저지를 경우 범죄로 규정되어 처벌받을 일을 행하였다면 처벌 대상은 누가 될까? 인간의 통제에서 벗어난 지능형 로봇이 행한 일에 대해 인간에게 책임을 묻기는 어렵다. 이렇게 지능형 로봇이 강력한 사회적 통제 수단인 형법의 적용 범위 밖에 놓이게 되면 처벌의 공백이 생기고 사회적 위협의 대상이 될 것이다. 그러므로 실용적인 측면에서 볼 때, 지능형 로봇으로 인해 형사 처벌을 받아야 하는 범죄 행위와 같은 결과가 발생할 경우, 지능형 로봇에도 형법을 적용할 필요가 있다.

　인공 지능을 탑재한 지능형 로봇이 형법에 따른 책임을 지기 위해서는, 형법이 말하는 범죄 행위를 지능형 로봇 스스로 행했어야 한다. 그런데 전통적인 형법은 인간의 행위만을 생각하여 형법을 구상하였다. 이에 따르면 기계나 로봇의 행위는 인간의 행위가 아니어서 어떤 경우에도 그것이 형벌을 받을 수는 없다. 그러나 지능형 로봇은 인간으로부터 독립하여 스스로 인식, 판단하고 행동할 수 있다는 점에서 기존의 기계나 로봇과는 다르다. 이제는 지능형 로봇에 의해 이루어진 행동 역시 인간과 유사한 새로운 주체의 독립된 행동으로 볼 가능성도 열리게 된 것이다.

　최근에는 인간 중심의 법적 주체성 논의를 넘어서 체계 이론의 체계(System) 개념을 바탕으로 법적 주체의 지위를 구성하여야 한다는 주장이 제기되었다. 체계 이론에서는 사회 현상을 관찰할 때 행위가 아닌 소통을 더욱 근원적인 개념으로 파악한다. 이러한 관점에서 체계 이론은 자연인이 아닌 존재라 할지라도 독자적인 사회적 체계로서 사회적 소통에 참여할 수 있고, 존속할 수 있는 자율적인 존재라면 법적 주체의 지위를 인정할 수 있다고 본다. 인간이라는 존재를 전제하지 않고 법적 주체의 자격을 사회적으로 구성되어 확립되는 것으로 이해하면 마찬가지로 법적 책임도 사회적으로 구성되어 확립된다. 이 주장에 따르면 인공 지능을 탑재한 지능형 로봇에게 형사 책임을 물을 수 있다는 주장이 성립될 수 있다. 인공 지능의 작동은 인간의 행위로 볼 수 없지만, 인공 지능은 기술적 방법을 통해 사회적 체계와 접촉하고 소통하여 행위의 사회적 맥락을 구성한다. 이렇게 사회적 체계의 소통이 사회적 체계의 행위를 구성하듯이 전통적 행위 개념도 재구성될 수 있다. 인공 지능이 인간을 매개 하지 않고 외부 세계와 직접 접촉하고 소통하는 방식으로 행위를 수행하기 때문이다. 체계 이론의 관점에서 범죄는 사회적 소통의 특정한 유형이다. 따라서 형사 책임을 묻는 근거도 행위가 아닌 소통에서 찾는다. 특정한 소통 방식이 형법을 위반할 때 이를 범죄로 보는 것이다.

　그렇다면 인공 지능을 탑재한 지능형 로봇의 범죄 능력을 인정한다고 했을 때, 지능형 로봇의 범죄에 형벌을 부과하는 것이 정당화될 수 있을까? 형법은 법률이 보호하고 있는 가치인 법익을 침해하는 행위에 대하여 형벌을 부과하는 방법을 사용하여, 법익이 가지는 가치를 일반인들에게 확실히 증명함으로써 장래의 범죄 행위를 예방하는 과제를 수행하고 있다. ㉠지능형 로봇의 행위를 형법상 유의미한 행위로 파악할 수 있음을 전제로 지능형 로봇의 법익 침해 행위의 가능성을 긍정할 수 있는 경우, 그러한 지능형 로봇의 행위에 대하여 형벌 부과를 통하여 형법이 이루고자 하는 법익 보호 목적을 달성할 수 있다면, 지능형 로봇에게 형벌을 부과하는 것이 정당화될 수 있을 것이다.

01 위 지문의 밑줄 친 ㉠의 상황이 실현될 수 있는 실마리를 제공하는 주장을 지문 내에서 찾아 그 핵심 내용을 정리하여 한 문장으로 제시하시오.

PART 1
기출문제

PART 2
실전모의고사

PART 3
정답 및 해설

02 아래 〈보기〉의 문단은 위 지문을 읽고 찾은 정보로서 지문 내 한 문장의 부연 설명에 해당한다. 아래 〈보기〉의 요지를 파악한 뒤, 해당 내용이 뒷받침할 수 있는 가장 적절한 문장을 지문 내에서 찾아 첫 어절과 끝 어절을 적으시오.

〈보기〉

책임 원칙은 어떤 행위에 대하여 책임이 없다면 그 행위에 대해 처벌할 수 없다는 원리로, 형벌의 근거 기능과 형벌의 제한 기능을 포함하고 있다. 즉 형벌은 책임을 전제 요건으로 하며, 형량의 결정, 특히 형량의 상한(上限)에도 영향을 미친다.

책임 원칙에 따라 형벌을 부과하기 위해서는 범죄 행위에 대한 도덕적 · 윤리적 비난 가능성이 인정되어야 한다. 이러한 비난 가능성은 적법과 불법을 선택할 수 있는 인간의 의사 결정의 자유를 전제한 것이다. 즉 범죄자는 자유 의지를 지닌 주체로서, 범죄 행위를 할 수 있는 능력과 이미 행한 불법에 대하여 책임을 질 수 있는 책임 능력을 모두 포함하는 범죄 능력이 있어야 한다. 현행 형법에 의하면 범죄 능력은 자연인에게만 인정되고 그 외의 존재는 범죄 행위의 주체가 될 수 없다.

첫 어절: _____, 마지막 어절: _____

[03~04] 다음 글을 읽고 물음에 적절한 대답을 진술하시오.

사람들은 이곳을 두물머리라고 부른다. 한자로 표기되면서 양수리(兩水里)가 된 것이나, 사람들은 여전히 두물머리라 일컫는다. 두물머리, 입속으로 가만히 뇌어 보면, 얼마나 정이 가는 말인지 느낄 수 있다.

그토록 오래 문서마다 양수리로 기록되어 왔어도, 두물머리는 시들지 않고 살아 우리말의 혼을 전해 준다. 끈질기고 무서운 힘이기도 하다.

두물머리를 시원스럽게 볼 수 있는 곳은, 물가가 아닌 산 중턱이다. 가까운 운길산. 남양주 운길산에 이르는 산길에 올라 보면, 눈앞에 두물머리가 좌악 펼쳐진다. 두 물줄기 만나는 모습이 한눈에 들어온다.

교통 체증에 걸리지 않는다면 서울에서 불과 한 시간. 그래 주말은 피하고, 날씨가 고우면 오늘처럼 주중에 온다. 주위엔 볼거리가 여러 곳에 있다. 다산 선생의 유적지, 차 맛을 제대로 맛볼 수 있는 수종사, 연꽃이 볼 만한 세미원, 또 종합 영화 촬영소도 있다.

만나면 만날수록 큰 하나가 되는 것이 물이다. 두 물줄기가 만나 큰 흐름이 되는 모습을 내려다보노라면, '물이 사는 방법이 저것이로구나.' 하는 생각이 절로 든다. 만나고 만나서 줄기가 커지고 흐름이 느려지는 것. 이렇게 불어난 폭으로 바다에 이르는 흐름이 되는 것.

바다에 이르면 엄청난 힘을 지닌 승천이 가능해진다. 물의 승천이야말로 새롭게 다시 사는 실제 방법이다. 만약 큰 하나가 되지 못하고 갈라지게 되면, 지천이나 웅덩이로 빠져들어 말라 버리게 된다. 이것은 물의 실종이거나 죽음인 것이다.

두 물이 만나서 하나의 물이 되는 것을 글자로 표기할 때 '한'은 참으로 크고 넓다는 뜻을 지닌다. 두 물줄기가 서로 껴안듯 만나, 비로소 '한강'이 된다. 운길산 샅길에서 내려다보면, 이 모든 것을 실감하게 된다.

한강을 발견하는 곳이 운길산이라고 말하고 싶다. 만나도 격정이 없는 다소곳한 흐름. 서로가 서로를 편안하게 받아들이는 모습은 정말 아름다운 풍광이다. 만나서 큰 하나가 되는 것이 어디 이곳의 물뿐이랴.

살펴보면 우주 만물이 거의 다 그렇다. 들꽃도 나무도 꽃술의 꽃가루로 만난다. 그리하되, 서로 만나서 하나 되는 기간이 봄 여름 가을 겨울의 네 철 안에 이루어지도록 틀 잡혀 있어 짧은 편인데, 다만 사람의 경우엔 이 계절의 틀이 무용이다. 계절의 틀을 벗어날 능력이 사람에겐 주어져 있다.

하나가 다른 하나를 만나서 새로운 하나를 만들지 못하면, 그 끝 간 데까지 외로울 수밖에 없다. 외롭지 않을 수 없는 이치가 거기 잠재해 있다. 다른 하나를 선택하기 위한 기다림. 선택을 결정하기까지, 채워지지 아니하는 목마름이 자리 잡기에, 외로울 수밖에 없는 노릇이다. 원래 거기 자리 잡고 있는 바람은, 완성을 기다리는 바람인 것이다.

이 ㉠외로움을 견디면서 참아 내느라 스스로 생각하고 또 생각하다가 때로는 뒤를 돌아보게 된다. 여기 반성과 성찰의 기회가 오며, 명상도 따르게 마련이다. 명상은 해답을 찾는 노력의 사색이다.

해답을 얻는다 하여도, 그것은 물음표인 갈고리 모양 또 다른 물음을 이어 올리고 끌어올리기 일쑤다. 이런 과정을 통해 삶을 진지하게 짚어 보는 기회와 만난다. 곧 자기와의 만남이 가져오는 성숙인 것이다.

물은 개체라는 것을 만들지 않는다. 스스로 그것을 받아들이지 않기에, 큰 하나를 만들 수 있다. 개체를 부정하기 때문에, 새로운 하나에로의 융합이 가능하다.

개체를 허용치 않으므로 큰 하나일 수 있다는 사실, 이는 큰 하나가 되기 위한 순명일 수도 있다. 다른 목숨들이 못 따를 뜻을 물이 지니고 있음을 이렇게 안다.

사람이 그 어떤 목숨보다 길고 긴 사색을 한다지만, 물이 바다에 이르기까지 맞고 또 겪는 것에 비하면, 입을 다물어야 옳다. 흐르면서 부딪혀야 하고, 나뉘었다 다시 만나야 하고, 갇히면 기다렸다 넘어야 한다. 이러기를 얼마나 되풀이하는가. 그러면서도 상선약수(上善若水)의 본을 잃지 않는다.

두물머리를 내려다보며 이곳에 이르기까지 얼마나 많은 만남이 있었던가를 짐작해 본다. 수없이 거친 만남. 하나,

작은 만남은 이름을 얻지 못하고, 큰 것만 이름을 얻는 듯. 작은 것들이 있기에 큰 것이 있거늘, 큰 것에만 이름이 붙은 것을 어쩌랴.

산전수전 다 겪은 사람이 지닌 인품의 향기처럼, 두물머리에서부터 물은 유연한 흐름을 지닌다. 여기 비끼는 햇살이 비치니, 흐름이 반짝이기 시작한다. 두물머리는 그 어느 곳보다 아름답다. ⓁⒷ보기에 아름다운 것보다 깊이 지니고 있는 뜻이 아름답다.

낮에는 꽃들이 앉고 밤에는 별들이 앉는 숲이 아름답다고 여겼는데, 오늘 보니 두물머리는 그 이상이다. 조용한 물고기들 삶터에 날이 저물자, 하늘의 별이 있는 대로 다 내려와 쉼터가 된다. 만나서 깊어진 편안한 흐름. 이 흐름이 그 위의 모든 것 다 받아 안을 수 있는 넉넉한 품까지 여니, 이런 수용이 얼마나 황홀한지, 어느 시인이 이를 다 전해 줄 수 있을까 묻고 싶다.

– 유경환, 「두물머리」

03 지문의 주제를 30자 이내의 문장으로 적으시오.

04 ㉠과 ㉡에 대한 글쓴이의 생각을 각각 20자 이내로 밝히시오.

㉠ 외로움

① _____

㉡ 보기에 아름다운 것보다 깊이 지니고 있는 뜻

② _____

수학

▶ 해답 p.135

01 $0 \leq x < 2\pi$에서 $\sin \pi > \dfrac{1}{6}$일 때, 방정식
$\log_2 \sin x + \log_2 (6\sin x - 1) = 0$을 만족
시키는 모든 실수 x의 합은?

02 수열 $\{a_n\}$이 모든 자연수 n에 대하여
$a_n + a_{n+3} = 10$을 만족시킨다.
$\sum\limits_{n=1}^{3} a_n = 5$일 때, $\sum\limits_{n=1}^{12} a_n$의 값은?

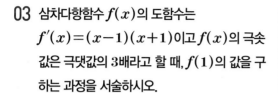

03 삼차다항함수 $f(x)$의 도함수는 $f'(x)=(x-1)(x+1)$이고 $f(x)$의 극솟값은 극댓값의 3배라고 할 때, $f(1)$의 값을 구하는 과정을 서술하시오.

04 곡선 $y=ax\,|x-2|-3a\;(a>0)$과 x축, y축으로 둘러싸인 영역의 넓이가 19일 때, 상수 a의 값을 구하는 과정을 서술하시오.

2024학년도
서경대
논술 모의고사

국어

수학

국어

▶ 해답 p.138

[01~03] 다음 글을 읽고 물음에 답하시오.

공간은 사물이 존재하는 장소라는 의미만 있는 것으로, 그 자체로는 무력하고 텅 빈 곳으로 인식이 되었었다. 그러나 회화와 조각, 소설과 연극, 철학과 심리학 이론들이 공간이 지닌 구성적인 기능에 주목하면서 지금까지는 무의미하게 여겨졌던 공간이 충만하고 능동적이며 창조성을 지닌 유의미한 공간으로 재인식되었다. 기존 견해를 따르는 미술 비평가들은 공간과 관련하여 회화의 제재를 긍정적 공간, 배경을 부정적 공간이라 불렀다. 그런데 재인식된 공간은 배경 그 자체가 다른 요소들과 마찬가지의 중요성을 지닌 것으로 긍정적이고 적극적인 기능이 있음을 의미한다는 점에서 '㉠긍정적 부정 공간'이라고 부를 수 있다.

회화에서 대기에 대한 인상을 표현함으로써 텅 빈 곳으로 인식되던 공간에 의미를 부여한 인상파 화가들은 이러한 긍정적 부정 공간을 통해 이전의 관습과 첨예하게 대립하였다. 인상파 화가들은 태양, 빛, 안개, 황혼 등의 배경을 섬세하게 표현하면서 이들을 제재와 융합하였다. 모네는 시간대와 계절을 달리하며 루앙 대성당 연작을 그렸는데, 이 그림들에서는 공간과 빛이 화면을 주도하고 있어서 제재인 대성당을 능가하는 것처럼 보이기도 한다. 구스타프 클림트의 작품에서도 배경의 긍정적 기능에 대한 이와 비슷한 생각을 찾아볼 수 있다. 클림트가 1904년과 1908년 사이에 그린 초상화 세 작품에서 배경에 있는 기하학적인 무늬들은 제재인 인물 못지않게 관람자의 시선을 끈다. 회화에서 공간은 입체파에 이르러 하나의 구성적 요소로서 완전히 자리 잡았다. 브라크는 공간에 대상과 동일한 색, 질감, 실질성을 부여하고, 공간과 대상을 거의 구별할 수 없게 뒤섞어 버렸다. 브라크의 〈노르망디 항구〉에서 바다와 하늘, 그리고 그려진 대상들 간의 공간들은 대상으로서의 등대, 부두, 배, 돛과 동일하게 조각난 요소들로 표현되어 있다. 브라크는 입체파 매력에 대해 자신이 감각한 새로운 공간을 구현하는 것이라고 언급하였다. 자연 안에서 '감촉할 수 있는 공간'을 발견한 그는 대상 주변에서 느껴지는 움직임, 지형에 대한 느낌, 사물들 사이의 거리를 표현하고자 했다.

회화에서 대상과 공간의 관계는 음악에서 소리와 침묵의 관계로 치환해 볼 수 있다. 음악에서 침묵은 소리와 리듬을 인식하기 위한 요소이다. 음악사 전반에 걸쳐서 침묵이 중요한 의미를 지녀 온 것은 사실이지만, 기존의 음악에서 침묵은 일반적으로 악장의 끝부분에 놓여 다만 악장과 악장을 구별 지었을 뿐이다. 그런데 침묵의 기능을 강조한 새로운 음악에서는 악절 중간에 갑자기 휴지가 등장함으로써 침묵이 음악 구성에서 더욱 강력한 역할을 수행하게 만들었다. 드뷔시의 〈목신의 오후 전주곡〉은 말라르메의 시 「목신의 오후」에서 받은 느낌을 음악으로 표현한 것이다. 플루트 독주의 음들은 목신이 걷다가 멈추고 멈추었다가 다시 출발하는 발걸음처럼 들린다. 특히 악절 중에 자주 나타나는 휴지들을 통해 목신의 움직임을 인상적으로 표현하고 있다.

현대 음악의 작곡가들은 사상 유례가 없을 정도로 의식적으로, 그리고 두드러지게 침묵을 사용하기 시작했다. 로저 셰틱은 스트라빈스키의 1910년 작품 〈불새〉의 피날레에는 음악 작품에서 찾아보기 힘든 몇 번의 침묵이 들어 있다고 지적했다. 침묵은 긍정적인 부정적 시간이다. 안톤 폰 베베른은 이러한 침묵의 창조성을 적극적으로 활용한 음악가이다. 그의 작품들은 매우 간결해서 어느 악장도 1분을 넘지 않았다. 그토록 간결한 악장의 연주들이 침묵의 시간과 서로 어울리면서 숨 막힐 듯한 침묵들로 자주, 그리고 아름답게 장식된다. 어떤 음악 평론가는 베베른의 음악에서 휴지는 정지가 아니라, 리듬을 구성하는 중요한 요소임을 언급하기도 했다.

ⓛ공간과 시간에 대한 이러한 재평가는 공간·시간 경험을 주요한 것과 부차적인 것으로 양분하는 뚜렷한 구분 선을 지웠다. 이는 물리학 분야에서는 충만한 물체와 텅 빈 공간 사이에, 회화에서는 제재와 배경 사이에, 음악에서는 소리와 침묵 사이에, 지각에서는 형상과 배경 사이에 그어졌던 절대적 구분 선의 붕괴로 간주될 수 있다. 이처럼 텅 빈 것으로 간주되어 온 것들이 구성 요소와 하나로 기능한다는 인식에는 19세기 후반부터 20세기 초 서구에서 이루어진 정치적 민주주의의 진전, 귀족적 특권의 붕괴, 생활의 세속화 등과 '위계의 평준화'라는 점에서 공통되는 특징이 있었다.

01 윗글의 내용을 다음과 같이 요약하고자 할 때, 빈칸에 들어갈 적절한 어구를 20자 이내로 완성하시오.

〈보기〉

이 글은 (   )을(를) 회화와 음악을 예로 들어 설명하고 있다.

02 'ⓐ긍정적 부정 공간'을 구현한 화가 한 명을 윗글에서 제시하고, 어떻게 구현하였는지를 50자 이내로 설명하시오.

03 윗글의 ⓛ의 근거를 40자 이내로 밝히시오.

[04~06] 다음 글을 읽고 물음에 적절한 대답을 진술하시오.

(가) 인공 지능이 크게 발달하고 인간에게 고유하다고 여겨진 사고 능력을 기계가 갖게 될 가능성이 현실화되면서 인간의 삶의 모든 영역이 인공 지능과 연결되고 있다. 기계에 가장 결여되어 있다고 여겨진 창의성을 기계가 갖게 할 수 있다는 주장이 나오면서 인공 지능이 창조하는 예술의 가능성과 가치에 대하여 많은 논의가 이루어지고 있다. '컴퓨터는 단지 프로그래밍이 된 것만 할 수 있다.'라는 선입견을 깨고 인간이 창출한 적 없는 새로운 음악을 인공 지능이 만들어 내고 있다.

(나) 최근에 컴퓨터가 생물 진화 과정을 흉내 내어 만드는 진화 음악에서는 생물 유기체의 진화와 발생 과정을 모방하는 '유전 알고리즘'(GA, Genetic Algorithm)이 활용되고 있다. 그중 하나로서, ㉮유전 알고리즘이 만들어 내는 '음악 유기체'는, 마치 생물 유기체가 단일한 세포에서 발생하듯이, 하나의 음(音)으로부터 계산에 의해 파생된 음악 작품이다. 음악 유기체의 '발생'에서는 단일한 음에서 여러 개의 음이 연쇄적으로 배열된 복잡한 악곡이 만들어지는데, 이 발생 과정은 '음악 유전체'의 통제를 받아 이루어진다. 음악 유전체는 생성된 악보에서도 보이지 않고 음악 유기체를 연주해도 들리지 않지만, 발생에 해당하는 작곡 과정을 지배하는 설계도로 최초의 세대에 부여되는 음악 유전체의 설계는 개발자의 몫이다. 수정란의 유전체가 유전자를 포함하고 있듯이 최초의 음에는 '음악 유전자' 역할을 하는 원소가 특정한 위치에 배열된 행렬 형태의 음악 유전체가 부여되어 있다. 발생 과정을 거치면서 음악 유전체 행렬의 작용으로 행렬의 원소가 지정하는 독특성이 음악 작품의 구조적 특성으로 발현하게 된다.

(다) 이렇게 만들어진 음악 유기체는 서로 '짝짓기'를 통하여 새로운 특성을 자손 음악 유기체에 부여하게 된다. 생물 세계에서 짝짓기의 결과가 수정란이고 거기에서 유기체가 발생하듯이 두 음악 유기체가 짝짓기를 하면 음악 유전체를 가진 단일한 음을 형성하는데, 이 새로운 음악 유전체가 갖는 절반의 '유전자'는 두 부모 음악 유기체의 유전체 중 하나에서 온 것이고 나머지 절반은 다른 부모 음악 유기체의 유전체에서 온 것이다. 또한 짝짓기 과정에서 돌연변이 함수의 작용에 의해 임의의 변수가 투입되어 부모 음악 유기체에 없었던 특성이 자손 음악 유기체에 나타나도록 설계되어 있다. 돌연변이 함수는 생물 세계의 돌연변이가 부모 세대에 없는 새로운 형질을 무작위로 창출하듯이 유전체 행렬의 0.1~0.5%의 원소 값을 무작위로 다른 값으로 대체한다. 이렇게 만들어진 자손 음악 유전체 행렬의 작용에 의해 다음 세대 음악 유기체의 '발생'이 진행되어 하나의 음으로부터 여러 개의 음이 연쇄되는 새로운 악곡인 자손 음악 유기체가 만들어진다. 결과적으로 자손 음악 유기체는 부모 음악 유기체와 비교했을 때 짝짓기, 돌연변이, 발생 과정을 통해 유전체 행렬의 특성이 바뀌어 있게 되고 이것은 '진화'에 해당한다. 이러한 음악의 진화 과정이 동일한 유전체 행렬로부터 발생한 음악 유기체의 집단인 개체군 안에서 유전체의 변화를 통해 다양하고 복잡한 구조를 갖춘 새로운 후속 세대의 음악 유기체를 창출하게 된다.

(라) 하나의 음악 유전체에서 다양하게 창출되어 개체군을 구성하는 음악 유기체들 중에서 어떤 것이 선택되어 자손 음악을 남기게 될지는 생물 세계에서 환경의 독특성을 반영하는 자연 선택 과정이 진화의 방향을 결정짓듯이 적합 함수들이 필터링을 통해 결정한다. 이때 다양한 적합 함수들이 동원될 수 있는데 그중에는 특정한 음악적 형식을 따르는지, 특정한 음악적 취향을 충족하는지, 특정한 대목에서 지정한 음의 진행을 보이는지 등을 평가하는 적합 함수가 있다. 음악 유기체 전체가 음악 유전체 행렬에 의해 통제되는 발생 과정을 거친 후에 적합도가 적합 함수들에 의해 평가되고, 매 단계에서 가장 적합도가 높은 10~25%의 음악 유기체가 필터링되면 최종적으로 남은 음악 유기체들이 무작위로 짝이 지어져 충분한 후손을 만들어 내고 그것들은 다시 발생 과정을 거쳐 새로운 개체군을 구성하는 음악 유기체가 된다.

04 윗글의 논지를 각 문단별 중심어를 통해 다음과 같이 정리하여 제시하시오.

(가) _____

(나) _____

(다) 짝짓기, 돌연변이, 발생을 통한 음악 유기체의 진화

(라) _____

PART 1
기출문제

PART 2
실전모의고사

PART 3
정답 및 해설

05 ㉮에 대한 설명을 아래와 같이 정리할 때, ㉠에 들어갈 내용을 25자 이내로 진술하시오.

> 두 음악 유기체가 짝지어지면 (㉠   )이(가) 만들어진다.

06 〈보기〉를 바탕으로 윗글을 파악할 때, 아래의 ①과 ②에 들어갈 적합한 표현을 〈보기〉에서 찾아 쓰시오.

〈보기〉

　　유전 알고리즘이 만들어 내는 '음악 유기체'의 창출 과정에는 인간의 편향이 적합 함수에 개입한다. 어떠한 적합 함수를 부여하느냐에 따라 상당히 다른 유형의 최종 음악 작품들이 창출된다. 그러므로 적합 함수를 어떻게 설정하느냐가 결과물의 특성에 지대한 영향을 미친다. 결국 음악 유기체의 개발자는 자신의 미적 기준과 목적에 따라 선호하는 음악의 특성이 나타나도록 적합 함수를 조절할 것이다. 결과적으로 이러한 편향으로 인하여 기계의 창조성은 제한적으로 진화 음악에 반영된다.

> (　①　)이(가) 적합도의 기준을 낮춰 잡으면 (　②　)은(는) 더 크게 허용될 수 있겠다.

[07~09] 다음 글을 읽고 물음에 답하시오.

　　원미동 시인에게는 또 다른 별명이 있다. 퀭한 두 눈에 부스스한 머리칼, 사시사철 껴입고 다니는 물들인 군용점퍼와 희끄무레하게 닳아빠진 낡은 청바지가 밤중에 보면 꼭 몽달귀신 같다고 서울미용실의 미용사 경자 언니가 맨 처음 그를 '몽달 씨'라고 부르기 시작했다. 경자 언니뿐만 아니라 우리 동네 사람이라면 누구나 그를 좀 경멸하듯이, 어린애 다루듯 함부로 하는 게 보통인데 까닭은 그가 약간 돌았기 때문이라는 것이었다. 언제부터 어떻게 살짝 돌았는지는 모르지만 아무튼 보통사람과는 다른 것만은 틀림없었다. 몽달 씨는 무궁화연립주택 3층에 살고 있었다. 베란다에 화분이 유난히 많고 새장이 세 개나 걸려 있는 몽달씨네 집은 여름이면 우리 동네에서는 드물게 윙윙거리며 하루 종일 에어컨이 돌아가는 부자였다. 시내에서 한약방을 하는 노인이 늘그막에 젊은 마누라를 얻어 아기자기하게 살아 보는 판인데 결혼한 제 형집에 있지 않고 새살림 재미에 푹 빠진 아버지 곁으로 옮겨온 막둥이였다. 그것부터가 팔불출이 짓이라고 강남부동산의 고흥댁 아줌마가 욕을 해쌓는데, 아들이 아버지와 함께 사는게 왜 바보짓이라는 건지 알 수가 없었다.

　　그런 몽달 씨에게 친구가 있다면 아마 내가 유일할 것이었다. 몽달 씨 나이가 스물일곱이라니까 나보다 스무 살이나 많지만 우리는 엄연히 친구이다. 믿지 않겠지만 내게는 스물일곱짜리 남자 친구가 또 하나 있다. 우리 집 옆, 형제슈퍼의 김 반장이 바로 또 하나의 내 친구인데 그는 원미동 23통 5반의 반장으로 누구보다도 씩씩하고 재미있는 사람이었다. 나는 매일같이 슈퍼 앞의 비치파라솔 의자에 앉아 그와 함께 낄낄거리는 재미로 하루를 보내다시피 하였는데 요즘은 내가 의자에 앉아 있어도 전처럼 웃기는 소리를 해주거나 쭈쭈바 따위를 건네주는 법 없이 다소 퉁명스러워졌다. 그 까닭도 나는 환히 알고 있지만 모르는 척하는 수밖에. 우리 집 셋째딸 선옥이 언니가 지난 달에 서울 이모집으로 훌쩍 떠나버렸기 때문인 것이다. 김 반장이 선옥이 언니랑 좋아지내는 것은 온 동네가 다 아는 일이지만 선옥이 언니 마음이 요새 좀 싱숭생숭하더니 기어이는 이모네가 하는 옷가게를 도와준다고 서울로 가버렸다. 선옥이 언니는 얼굴이 아주 예뻤다. 남들 말대로 개천에서 용이 났다고 해도 과언이 아닐 만큼 지지리궁상인 우리 집에 두고 보기로는 아까운 편인데, 그 지지리궁상이 지겨워 맨날 뚱하던 언니였다.

　　[중략 부분 줄거리] 어느 날 몽달 씨는 불량배들에게 쫓겨 형제 슈퍼로 도망친다. 하지만 평소 몽달 씨를 일꾼처럼 부려먹던 슈퍼 주인 김 반장은 자신에게 피해가 될까 싶어 몽달 씨의 도움 요청을 외면하고 밖으로 쫓아낸다. 몽달 씨는 불량배들에게 끌려나가 얻어맞고 앓아누웠다가 열흘쯤 지나 형제 슈퍼에 다시 나타나 아무렇지 않게 김 반장의 일을 돕는다. 김 반장이 몽달 씨를 도와주지 않았던 그날의 모습을 지켜본 '나'는 이런 몽달 씨의 태도를 이해할 수 없다.

　　"이거, 또 시예요?"
　　"그래. 슬픈 시야. 아주 슬픈……."
　　몽달 씨가 핼쑥한 얼굴을 쳐들며 행복하게 웃었다. 슬픈 시라고 해놓고선 웃다니. 나는 이맛살을 찡그리며 몽달씨 옆에 앉았다. 그리고 아주 낮은 목소리로 물었다.
　　"이제 다 나았어요?"
　　"응. 시를 읽으면서 누워 있었더니 금방 나았지."
　　금방은 무슨 금방. 열흘이나 되었는데. 또 한번 나는 몽달 씨의 형편없는 정신 상태에 실망했다.
　　"그날밤에 난 여기에 앉아서 다 봤어요."
　　"무얼?"
　　"김 반장이 아저씨를 쫓아내는 것……."
　　순간 몽달 씨가 정색을 하고 내 얼굴을 쳐다보았다. 예전의 그 풀려 있던 눈동자가 아니었다. 까맣고 반짝이는 눈이었다. 그러나 잠깐이었다. 다시는 내 얼굴을 보지 않을 작정인지 괜스레 팔뚝에 엉겨붙은 상처딱지를 떼어내려고

애쓰는 척했다. 나는 더욱 바싹 다가앉았다.

"김 반장은 나쁜 사람이야. 그렇지요?"

몽달 씨가 팔뚝을 탁 치면서 "아니야"라고 응수했는데도 나는 계속 다그쳤다.

"그렇지요? 맞죠?"

그래도 몽달 씨는 못 들은 척 팔뚝만 문지르고 있었다. 바보같이. 기억상실도 아니면서⋯⋯. 나는 자꾸만 약이 올라 견딜 수 없는데도 몽달 씨는 마냥 딴전만 피우고 있었다.

"슬픈 시가 있어. 들어볼래?"

치, 누가 그 따위 시를 듣고 싶어할 줄 알고. 내가 입술을 비죽 내밀거나 말거나 몽달 씨는 기어이 시를 읊고 있었다. ⋯⋯마른 가지로 자기 몸과 마음에 바람을 들이는 저 은사시나무는, 박해받는 순교자 같다. 그러나 다시 보면 저 은사시나무는 박해받고 싶어하는 순교자 같다⋯⋯.

"너 글씨 알지? 자, 이것 가져. 나는 다 외었으니까."

몽달 씨가 구깃구깃한 종이 쪽지를 내게로 내밀었다. 아주 슬픈 시라고 말하면서. 시는 전혀 슬픈 것 같지 않는데도 난 자꾸만 눈물이 나려 하였다. 바보같이, 다 알고 있었으면서⋯⋯ 바보 같은 몽달 씨⋯⋯.

– 양귀자, 「원미동 시인」

07 몽달 씨가 작중 화자인 '나'에게 들려주는 '슬픈 시'에 나오는 '은사시나무'가 상징하는 것은 무엇인가?

08 〈보기〉는 「원미동 시인」에 관한 비평문 중 일부이다. 빈칸에 들어갈 적절한 표현을 기술하시오.

〈보기〉

　　원미동 시인 몽달 씨와 형제 슈퍼 주인 김 반장은 그 시대를 살아간 많은 사람을 대표하는 인물이라 할 수 있다. 작가는 이 두 극단적인 인물을 통해 산업 사회가 어떤 속성을 지니고 있고, 그 모순과 갈등은 무엇인지 재미있으면서도 날카롭게 지적하고 있다.

　　두 사람은 성격이나 삶의 태도에 있어서 완전히 다른 모습을 보여준다. 상업에 종사하는 김 반장은 산업사회의 속성에 걸맞은 인물이며, 몽달 씨는 일정한 직업이 없이 시나 쓰면서 하루하루를 보내는 인물이다. 김 반장은 새 시대에 빨리 적응하였고, 그 생리에 순응하여 어려움 없이 삶을 꾸려나간다고 볼 수 있다. 여기에 비해 몽달 씨는 정신의 자족만으로는 살아갈 수 없는 시대에 제대로 편입하지 못한 소외인이라 할 수 있다.

　　그런데 여기서 우리가 주목해야 할 것은 그런 정반대의 인물이 (　　　　) 사실이다. 단순히 공간에 함께 거주하고 있는 것이 아니라, 친분관계를 유지하면서 더불어 살고 있는 것이다. 바로 여기에 작가가 그 시대를 바라보고 해석하는 핵심이 담겨 있다.

09 〈보기〉의 비평문을 참고하여 빈칸에 적합한 내용을 기술하시오.

〈보기〉

　　이 소설의 서술자 위치와 이야기 전달 방법은 주요한의 소설 「사랑방 손님과 어머니」와 비슷한 형태를 보인다. 두 작품 모두 (　　　　)의 눈을 통해 사건을 서술해 가는 1인칭 서술자 시점을 주로 사용하고 있기 때문이다. 다만, 「사랑방 손님과 어머니」의 서술자가 단순히 주변의 사건들을 순진한 어린아이의 시선 그대로 독자에게 전해 주는데 비해, 「원미동 시인」의 서술자는 자기 주변의 사건들에 대해 시시콜콜 비판을 하고 분석을 가한다. 『사랑방 손님과 어머니』의 서술자보다는 『원미동 시인』의 서술자가 한결 조숙하며 사건에 적극적인 개입을 하는 서술자라 할 수 있다.

수학

▶ 해답 p.140

01 x에 대한 부등식
$x^2 - x \log_3 27n + \log_3 n^3 \leq 0$을 만족시키는 정수 x의 개수가 2가 되도록 하는 자연수 n의 개수는?

02 삼각함수 $f(x) = \cos 2x$에 대하여 함수 $y = f(x)$의 그래프를 x축 방향으로 $\frac{\pi}{4}$만큼 평행 이동한 그래프를 나타내는 함수를 $y = g(x)$라 하자. $0 \leq x < \pi$일 때, 방정식 $\{f(x)\}^2 = \frac{3}{2} g(x)$를 만족시키는 모든 실수 x 값들의 곱은?

03 등차수열 $\{a_n\}$에 대하여

$a_2 a_4 - a_1 a_3 = 8$, $\displaystyle\sum_{i=1}^{4} a_i = 4$일 때,

$|a_1 a_3 a_5 a_7|$의 값은?

04 다음 조건을 만족시키는 모든 다항함수 $f(x)$에 대하여 $f(2)$의 최댓값은?

> (가) 함수 $f(x)$의 모든 항의 계수는 정수이다.
>
> (나) $\displaystyle\lim_{x \to \infty} \frac{f(x) - x^2}{x} = f(-4)$
>
> (다) 함수 $\dfrac{1}{f(x)}$은 실수 전체의 집합에서 연속이다.

05 다항함수 $f(x)$가 모든 실수 x에 대하여 $f(x)=5x^3+4x^2+3x\int_{-1}^{1}tf(t)dt$를 만족시킬 때, $\int_{0}^{1}t^2f(t)dt$의 값은?

06 삼차 다항함수 $f(x)$의 한 부정적분 $F(x)$가 모든 실수 x에 대하여 $4F(x)=xf(x)$를 만족시킨다. $\int_{0}^{2}f(x)dx=2$일 때 $\int_{0}^{2}[F(x)+1]f(x)dx$의 값은?

2023학년도

서경대
논술 기출문제

국어

수학

국어

▶ 해답 p.144

통계에 기반하는 양적 연구를 실행하기 위해서는 추상적인 대상이나 변인들을 구체적인 숫자로 치환해야 하는데, 이 치환 과정을 측정이라고 한다. 그리고 측정에서 기준이 되는 것을 척도라 한다. 인류 최초의 척도는 인체였다. 인체는 누구에게나 있는 것이므로 접근이 용이한 척도가 될 수 있었다. 실제로 대부분의 문화권에서 '발'을 척도로 삼고 있으며, 발 길이를 손가락 굵기로 나누기도 한다. 고대 그리스에서는 발 길이를 '푸스', 손가락 굵기를 '닥틸로스'라 하며 1푸스는 16닥틸로스다. 중국에서는 발 길이를 '척', 엄지손가락 한 마디를 '촌'이라 하며 1척은 10촌이다.

척도의 요건이 접근성만은 아니다. 두 번째 요건은 적합성이다. 규모가 목적에 걸맞아야 한다는 뜻이다. 쓰기에 불편하면 척도로서의 쓰임새가 떨어진다. 측정값을 수에서 수십 단위로 나타낼 수 있어야지 수천 단위나 수천 분의 1단위가 되어서는 곤란하다. 척도의 세 번째 요건은 신뢰성이다. 목적에 부합하도록 미더워야 한다. 구하기 쉽고, 목적에 걸맞고, 믿을 수만 있다면 임시방편 척도를 쓴다고 해서 꼭 비과학적이라고 말할 수는 없다.

하버드 대학 물리학 교수 월러스 세이바인은 학장에게서 대학 내 포그 미술관의 음향 문제를 해결해 달라는 요청을 받았다. 강당의 반향이 심해서 청중에게 불쾌감을 유발한다며 음향의 질을 양적으로 측정하는 법을 고안해 달라는 주문이었다. 반향처럼 까다로운 성질을 어떻게 측정해야 할지 고민하던 세이바인은 의자 쿠션이 소리를 흡수한다는 가정을 바탕으로 쿠션을 가지고 실험하기로 했다. 그는 하버드 대학 내에 있으면서 포그 미술관보다 음향이 뛰어난 샌더스 극장에서 의자 쿠션을 가져왔다. 그런 뒤 귀가 예민한 조수가 초시계를 들고 쿠션의 개수와 위치에 따라 오르간 파이프 소리가 얼마나 오래 남아 있는지 측정했다. 얼마 뒤에 세이바인은 흡음력, 용적, 면적에 따라 잔향 시간이 어떻게 달라지는지 보여주는 유명한 공식을 정립하게 된다. 샌더스 극장의 의자 쿠션은 원래는 관객의 편의를 위해 제작되었지만 전혀 다른 목적의 척도로 탈바꿈하여 전 세계 객석 공간의 설계에 혁신을 가져다주었다.

그러나 의자 쿠션이나 인체 척도에서 비롯된 뼘이나 움큼으로는 보편성을 얻기 어렵다. 보편성은 상대적 척도에서 절대적 척도로, 장소에서 공간으로, 질에서 양으로, 차별에서 평등으로, 지역에서 세계로 건너가는 징검다리였다. 네 발이나 내 발이 아닌 '피트'가 필요하다는 사실을 깨달은 것이다. 이를 ㉠표준이라고 한다. 표준은 1의 양을 가지는 표본으로, 그 양을 정하여 약속함으로써 추상적인 단위가 구체적으로 정의될 수 있게 되었다. 이를 '체화'(embodiment)라고 한다.

주변 사물을 임시변통한 척도가 아니라 표준화한 체화 척도를 쓰기 시작하면서 모든 것이 달라졌다. 이제 표준은 자연에 속한 것이 아니라 고유한 정체성과 역할을 부여받은 특별한 인공물이 되었다. 통치자는 표준을 소유하고 표준의 신뢰성을 보장하기 위해 엄격하게 관리하였다. 또한 ㉡단위와 단위가 맺는 관계도 바뀌었다. 예전의 임시방편 척도는 단위로 쓰이더라도 독립성과 정체성을 잃지 않았다. 손은 단위로 쓰이더라도 손이고, 발은 발이다. 하지만 단위가 체화되면 한 단위를 다른 단위로 정의할 수 있다. 1피트는 12인치로 정의된다. 그리고 이 관계가 두 단위의 고유한 속성이다. 체계가 정체성을 규정하는 것이다. 기하학 원리가 삼각형과 사각형을 지배하듯 체계의 규칙이 단위를 지배한다. 측정 방식도 달라진다. 임시방편 척도를 사용하던 시절에는 구체적 사물을 끌어다가 세상에 갖다 댔지만 체화 척도를 받아들인 뒤로는 대체할 수 있고 오류 가능성이 있는 구체적 사물이 아니라 체계를 끌어다 세상에 갖

다 댄다.

이와 같은 척도의 체화, 곧 표준의 제작과 관리, 체계의 확립과 감독은 측정학을 낳았다. 측정학은 측정을 바탕으로 현상의 체계를 탐구하고 그 속의 상호 관계를 정립하는 이론 과학이자, 측정을 과학, 경제학, 교육 같은 여타 분야에 적용하는 응용과학이다.

[01~03] 다음을 읽고 물음에 답하시오.

01 윗글을 읽고 〈보기〉와 같이 요지를 작성하고자 할 때, 빈칸에 들어갈 적절한 단어 하나를 윗글에서 찾아 쓰시오.(10점)

〈보기〉

이 글은 일상의 삶과 현실에서 비롯된 임시방편 척도에서 체화 척도로의 변천 과정을 설명하고 있다. 체화 척도는 임시방편 척도와는 달리 ( )의 요건을 갖추는 것이 핵심이다.

02 윗글을 읽은 뒤 〈보기〉의 내용을 추가로 접하게 되었다. ㉠에 해당하는 단어를 〈보기〉에서 두 개 이상 찾아 쓰시오. (10점)

〈보기〉

몽골은 겨울 기온이 영하 50도까지 떨어져 연료를 사는 데 많은 돈을 지출한다. 난방비조차 없는 빈곤층의 경우 중앙난방 배관이 매립된 맨홀에서 생활하기도 한다. 특히 약 120만 명이 거주하는 수도 울란바토르에는 유연탄, 나무 등에 의한 매연 발생으로 대기 오염이 심각한 상태이다. 이에 기존 난로보다 열효율이 높은 '지세이버' 모델이 개발되었다. 이 모델은 몽골에서 쉽게 구할 수 있는 돌인 맥반석을 활용한다. 장작을 땔 때 맥반석을 뜨겁게 달군 뒤, 지세이버에 넣어 열기를 오랫동안 담아 두는 원리이다. 이 모델의 사용으로 연료 사용량이 40퍼센트 감소하였다. 이 결과 연료비가 절약되어 아이들의 교육에 더 많은 투자가 이루어지고 있다.

PART 1
기출문제

PART 2
실전모의고사

PART 3
정답 및 해설

03 윗글에서 ⓒ의 의미를 알아보고자 다음의 도표를 작성하였다. 빈칸 (가)에 들어갈 문장 하나를 윗글에서 찾아 쓰시오. (10점)

임시방편 척도	표준화한 체화 척도
자연 사물	인공물
척도로 쓰이더라도 사물 정체성은 유지된다.	체계가 정체성을 규정한다.
1푸스는 16닥틸로스이다.	(가)

[04~05] 다음을 읽고 물음에 적절한 대답을 기술하시오.

법은 특정행위를 법적으로 평가·판단하는 규준으로서의 역할을 하는 동시에 사실관계*가 진정한 권리관계*와 어긋나는 경우 사실관계를 진정한 권리관계에 부합하도록 유도하는 역할을 한다. 그런데 우리 민법에는 예외적으로 일정한 사실관계가 오랫동안 지속되는 경우 그러한 사실관계를 존중하여 권리관계에 부합하는 것으로 보는 제도가 있다. 그 대표적 예로 사실관계가 진정한 권리관계에 부합하지 않더라도 시간의 경과에 따라 사법상 권리의 발생, 소멸이라는 법률 효과를 일으키는 '시효 제도'를 들 수 있다. 예컨대, 甲이 발주한 공사를 乙이 완료한 상황에서 乙이 공사 대금을 받지 못했고 乙이 甲에게 공사 대금을 받기 위해 필요한 조치를 취해야 하는 의무가 있었음에도 불구하고 법에서 정한 기간이 경과할 때까지 아무런 조치를 취하지 않았을 경우, 시효 제도에 따라 乙은 사법상 권리가 소멸하여 甲에게 공사 대금을 받지 못할 수도 있다. 乙의 관점에서 보면 ㉠시효 제도는 사실관계를 진정한 권리관계에 부합하게 유도하는 법의 역할과 맞지 않는 부당한 제도로 볼 여지도 있다. 그럼에도 시효 제도를 민법에서는 인정하는 이유는 무엇일까?

먼저 시효 제도의 존재 이유로 '법적 안정성'을 들 수 있다. 일정한 사실관계가 오랫동안 지속되면 사회 구성원은 그러한 사실관계를 진정한 권리관계로 인식하게 되고, 이를 기초로 다양한 법률관계를 맺게 된다. 그리고 새로운 법질서*를 형성하는 단계에까지 이를 수도 있다. 그럼에도 단지 사실관계가 진정한 권리관계와 맞지 않는다는 이유만으로 그 이후에 형성된 모든 법률관계와 법질서를 부정하게 된다면, 사회는 혼란해지고 거래 안전 및 법적 안정성은 위협받게 된다. 그렇기 때문에 진정한 권리관계와 맞지 않는 사실관계라 하더라도 그러한 사실관계가 오래 지속되어 고착화되면 이를 진정한 권리관계로 인정함으로써 법률생활의 안정을 도모할 필요가 있는 것이다. 권리 위에 잠자는 자의 법익은 보호받지 못한다는 법철학자의 말이 있듯이, 법률에 의해 인정되는 권리라고 할지라도 그것을 일정 기간 행사하지 않으면 법이 그 권리 행사를 조력할 필요성은 적다고 볼 수 있다.

그리고 '증거 보전의 곤란'도 시효 제도의 존재 이유로 들 수 있다. 시간이 흐르면 그만큼 진정한 권리관계에 관한 증거가 흩어지거나 없어질 가능성이 높고, 법원은 현재의 사실관계 외에 진정한 권리관계를 추론할 수 있는 증거를 확인하기 어려운 상황에 봉착하게 된다. 단지 증거가 부족하다는 이유로 판단을 유보하거나 증거를 확보하지 못한 자에게 입증 책임을 지워 불이익을 주는 것은 부당하다고 할 수 있다. 즉 증거 보전의 곤란을 구제하고 소송의 효율성을 도모하기 위한 방편으로 시효 제도가 필요한 것이다.

우리 민법은 시효 제도로 '취득 시효(取得時效)'와 '소멸 시효(消滅時效)'를 규정하고 있다. 취득 시효는 어떤 사람이 마치 진정한 권리자인 것 같은 외관을 갖추고 그 권리를 행사하는 사실관계가 일정 기간 지속되는 경우, 그 사람이 진정한 권리자인지 따져 보지 않고 처음부터 그가 권리자였던 것으로 인정하는 제도이다. 이에 따라 취득 시효가 인정되는 경우 진정한 권리가 따로 있다고 하더라도 그의 권리는 인정받지 못하게 된다. 민법은 물권*인 소유권과 관련하여 일정 기간 물건을 소유의 의사로 진정한 권리자인 양 점유하는 경우 진정한 권리관계와 관계없이 그 소유권을 취득할 수 있는 것으로 규정하고 있다. 다만 부동산의 경우 민법에서 원칙적으로 '등기'를 하는 경우에만 권리 취득을 인정하는 '형식주의'를 취하고 있고, 취득 시효 규정도 등기함으로써 그 소유권을 취득한다고 규정하고 있다는 점을 고려해야 한다. 아래 그림에서와 같이 민법은 기간의 경과만으로 당연히 부동산 소유권을 취득하는 것이 아니라, 취득 시효의 요건을 모두 충족한 사람인 '취득 시효 완성자'가 진정한 권리자를 상대로 소유권 이전 등기를 청구할 수 있는 권리만을 취득하는 것으로 규정하고 있다. 이는 소유권은 누구에게나 자신의 권리를 주장할 수 있는 '대세적 효력'이 있음에 반하여 소유권 이전 등기 청구권은 채권*으로 법적 소유인 등기 명의자에게만 주장할 수 있는 '상대적 효력'만 있다는 점과 관련된다. 물론 취득 시효 완성자의 소유권 이전 등기 청구가 받아들여져 소유권 이전 등기까지 완료되면 취득 시효 완성자는 부동산 소유권을 취득할 수 있다. 다만 취득 시효 완성자가 취득 시효 완성 당시의 부동산 소유자를 상대로 소유권 이전 등기 청구를 하기 전에 부동산 소유권이 제삼자에게 이전되면 원칙적으로 취득 시효 완성으로 제삼자에게는 대항할 수 없게 된다.

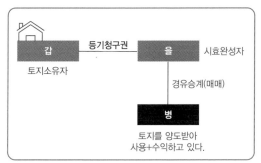

〈민법상 시효 완성과 권리〉

〈취득 시효 관련 법원 판결 사례〉

민법이 정하고 있는 또 다른 시효 제도인 '소멸 시효'는 진정한 권리자가 그 권리를 행사할 수 있음에도 일정 기간 권리를 행사하지 않는 상태가 지속될 경우 권리를 소멸시키는 제도로, 우리 민법은 소유권을 제외한 재산권에 대하여 일정 기간 그 권리를 행사하지 않는 경우 소멸 시효가 완성된다고 규정하고 있다.

* 사실관계: 사람과 사람 또는 사람과 사물 사이의 사실상의 관계.

* 권리관계: 권리와 의무 사이의 법률관계.

* 법질서: 법에 의하여 유지되는 질서.

* 물권: 특정한 물건을 직접 지배하여 이익을 얻을 수 있는 배타적 권리.

* 채권: 재산권의 하나. 특정인이 다른 특정인에게 어떤 행위를 청구할 수 있는 권리.

04 윗글을 근거로 할 때, 〈보기〉에서 제시된 선생님의 질문에 대한 적절한 대답을 한 문장으로 기술하시오.
(15점)

〈보기〉

선생님: 다음 사례에서 언급된 내용 외의 상황은 고려하지 않는다고 할 때, 어떠한 원인에 근거하여 B는 A와의
관계에서 어떤 효력이 있는, 어떤 유형의 사법상 권리를 갖는지 작성해볼까요? (단, 등기절차는 고려하
지 않음.)

A는 1995년부터 X토지에 대해 등기를 한 주인이다. 그런데 B는 X토지가 자신의 땅이 아닌 줄 알면서
도 2002년부터 2022년 현재까지 20년간 나무를 심어 길렀고, 시효의 요건은 민법에 따라 모두 충족되었
다. 한편 B가 20년간 나무를 심어 기르는 사실을 A가 알고 있었음에도 A는 X토지에 대해 아무런 권리를
행사하지 않았다.

05 윗글을 근거로 시효 제도에 대해 乙이 ㉠과 같이 판단할 수 있는 이유를 〈조건〉에 맞게 한 문장으로 기술
하시오.(15점)

〈조건〉

– '시효 제도'를 주어로 시작하여 쓸 것.
– '권리관계'와 '사실관계'라는 단어를 각각 1회 이상 사용할 것.

[06~08] 다음을 읽고 물음에 적절한 대답을 기술하시오.

시골엘 다녀오되 성묘를 볼 일로 한 고향길이긴 근년으로 드문 일이었다. 더욱이 양력 정초에 몸소 그런 예모를 가려 스스로 치름은 낳고 첫겪음이기도 했다. 물론 귀성 열차를 끊어 앉고부터 '숭헌, 뉘라 양력 슬두 슬이라 이른다더냐, 상것들이나 왜놈 세력(歲曆)*을 아는 벱여……' 세모가 되면 한두 군데서 들오던 세찬을 놓고 으례 꾸중이시던 할아버지 말씀이 자주되살아나 마음 한 켠이 걸리지 않은 바도 아니었지만, 시절이 이런 시절이매 신정 연휴를 빌미할 수밖에 없음을 달리 어쩌랴하며 견딜 거였다. 그러나 할아버지한테 결례(불효)를 저지르고 있다는 느낌을 나 자신에게까지 속일 순 없었다. 아주 어려서 입때에 이르기까지, 나에게 있는, 우리 가문을 지킨 모든 선인 조상들의 이미지는 오로지 단 한 분, 할아버지 그 분의 인상밖엔 없었기 때문이었다. 좀 야한 말로 다시 말하면, 내가 그리워해 온 선대인은 어머니나 아버지, 그리고 동기간들이 아니었다는 뜻이기도 하다. 고색 창연한 이조인(李朝人)이었던 할아버지, 오직 그 한 분만이 진실로 육친이요 조상의 얼이란 느낌을 지워 버릴 수 없는 거였고, 또 앞으로도 길래 그럴 것만 같이 여겨진다는 이야기다. 받은 사랑이며 가는 정으로야 어찌 어머니 위에 다시 있다 감히 장담할 수 있으랴만, 함에도 삼가 할아버지 한 분만으로 조상의 넋을 가름하되, 당시로 받은 가르침이며 후제에 이르러 깨달음을 진실로 받들고 싶도록 값지게 여겨지는 바엔, 거듭 할아버지의 존재와 그 추억의 편린들을 가재(家財)의 으뜸으로 다룰 수밖에 없으리라 싶은 것이다. 초사흗날, 그 중 붐비잖을 듯싶던 열차로 가려 탄 게 불찰이라 하게 피곤하고도 고달픈 고향길이었다. 한내읍에 닿았을 땐 이미 세 시도 겨워, 머잖아 해거름을 만나게 될 그런 여름이었다. 열차가 한내읍 머리맡이기도 한 갈머리[冠村部落] 모퉁이를 돌아설 즈음의 차창은 빗방울까지 그어 대고 있었다. 예년에 없는 푹한 날씨기에 눈을 녹여 비로 뿌리던가 보았다. 겨울비를 맞으며 고향을 찾아보기도 난생 처음인데다 언제나 그러했듯, 정 두고 떠났던 옛 산천들이 두루 돌아보이매, 나는 설레기 시작한 가슴을 부접할 길이 없다는, 스스로 터득된 안타까움으로 몹시 안절부절 못했던 종점이기도 했다.

나는 한동안 두 눈을 지릅뜨고 빗발 무늬가 잦아 가던 창가에 서서, 뒷동산 부엉재를 감싸며 돌아가는 갈머리 부락을 지켜 보고 있었다. 마음이 들뜬 것과는 별도로 정말 썰렁하고 울적한 기분이었다. 내 살과 뼈가 여문 마을이었건만, 옛모습을 제대로 지키고 있는 것이라곤 찾아볼래야 없던 것이다. 옛 모습으로 남아난 게 저다지도 귀할 수 있는 것일까. 불과 십삼 년이란 세월밖에 흐르지 않았는데도…….

그 중에서도 맨 먼저 가슴을 후려친 건 ⊙왕소나무가 사라져 버린 사실이었다. 분명 왕소나무가 서 있던 자리엔 외양간만한 슬레이트 지붕의 구멍가게 굴뚝만이 꼴불견으로 뻗질러 서 있던 것이다.

그 왕소나무 솔순에 누렁물이 들자 가지에 삭정이가 끼는 걸 보며 고향을 뜨고 십삼 년이니 필경 그럴 만도 하겠다 싶긴 했지만, 언제 베어다 켜 썼는지 흔적조차 남아 있잖은 현장을 목격하니 오장에서 부레*가 끓어오르지 않을 수 없었던 것이다. 사백여 년에 걸친 그 허구한 만고 풍상을 다 부대껴 내고도 어느 솔보다 푸르던 십장생(十長生)의 으뜸이며 영물(靈物)다운 풍모로 마을을 지켜 온 왕소나무였던 것을. 내가 일곱 살 나 천자문(千字文)을 떼고 책씻이도 마친 어느 여름날 혜설픈 석양 무렵으로 잊지 않고 있지만, 나는 갯가 제방둑까지 할아버지를 모시고 나와 온 마을을 쓸어 삼킬 듯 쳐오르던 바다 밀물을 구경한 적이 있다. 민댕기물떼새와 갈매기들의 울음 소리가 황혼의 파도 위에 가득 떠 있던 시뻘건 바다를 구경했던 것이다. 방파제 곁으론 장항선 철도가 끝간 데 없고 철로와 나란히 자갈마다 뽀얀 신작로는 고개를 넘었는데, 그 왕소나무는 철로와 신작로가 가장 가까이로 다가선, 잡목 한 그루 없이 잔디만이 펼쳐진 펑퍼짐한 버덩 위에서 사백여 년이나 버티어 왔던 것이다.

그 날 할아버지는 장정 두 팔로 꼭 네 아름이라던 왕소나무 밑동을 조심스레 어루만지면서,

"애야, 이 왕솔은 저어 이전, 토정(土亭) 할아버지께서 짚고 가시던 지팽이를 꽂아 놓으신 게 이냥 자란 게란다. 그 쩍에 그 할아버지 말씀은, 요 지팽이 앞으루 철마(鐵馬)*가 지나가거들랑 우리 한산이씨(韓山李氏) 자손들은 이 고을에서 뜨야 허리라구 허셨다는 게여……그 말씀을 새겨들어 진작 타관살이를 했더라면, 요로큼 망헌 세상은 안 만났을

지두 모르는 것을……"

하던 말을 나는 여직껏, 기억하고 있는 것이다. 그것은 내가 왕소나무의 내력에 대해서 최초로 얻어들은 지식이었다. 짚고 다니던 지팡이가 왕소나무로 되다니, 토정(土亭)이 기인(奇人)이며 이행(異行)을 많이 했다더란 건, 토정 비결을 보는 자리 옆에서 이따금 들어, 할아버지가 외경스러워하던 모습이나 자탄(自歎)이 무엇을 뜻하는지 알듯도 했지만, 그러나 솔직히 말해 그런 구전된 전설 따위는 곧이듣고 싶진 않았던 게 사실이었다. 하여간 그 왕소나무는 군(郡) 내에선 겨룰 데가 없이 으뜸으로 큰 소나무였고, 그 나무는 이제 자취도 없이 사라져 버렸으며 나는 우리 가문의 선조 한 분이 그토록 우려하고 경계했다던, 그러나 이미 사십여 년 전부터 장항선 철로를 핥아 온 철마를 탄 몸으로 창가에 서서, 지호지간*인 바로 그 유적지를 비켜 가고 있었던 것이다.

이젠 완전히 타락한 동네구나, 나는 은연중 그렇게 중얼거리고 있는 자신을 발견하였다. 마을의 주인(왕소나무)이 세상을 떴으니 오죽해졌으랴 싶던 것이다. 하루에도 몇 차례씩, 더욱이 피서지로 한몫 해 온 탓에, 해수욕장이 개장된 여름이면 밤낮 기적 소리가 잘 틈 없던 철로가에 서서, 그 숱한 소음과 매연을 마시다 지쳐 영물의 예우도 내던지고 고사(枯死)해 버린 왕소나무의 운명은, 되새기면 되새길수록 가슴이 쓰리고 아파 참을 수가 없었다. 물론 왕소나무의 비운에 대한 조상(吊喪)*만으로 비감에 젖어 있었다고는 말할 수 없겠지만, 사실은 그랬다. 내가 살았던 옛집의 추연한 모습을 발견하곤 한결 더 가슴이 미어지는 비감에 빠져려 하고 있었으니까. 비록 얼른 지나치는 차창너머로 언뜻 눈에 온 것이긴 했지만, 간사리 넉넉한 열다섯 칸짜리 ㄷ자 집의 풍채는, 읍내 어디서라도 갈머리 쪽을 바라볼 적마다 온 마을의 종가(宗家)나 되는 양 한눈에 알아보겠던 집이 그렇게 변모해 버릴 순 없으리라 싶던 것이다. 그것은 왕소나무의 비운에 버금가게 가슴을 저미는 아픔이었다. 이젠 가로세로 들쑹날쑹, 꼴값하러 난봉난 오죽잖은* 집들이 들어차며 마을을 어질러 놓아 겨우 초가 안채 용마루만이 그런 듯할 뿐이었으며, 좌우에서 하늘자락을 치켜들며 뻗었던 함석 지붕 날개와 담장을 뒤덮은 담쟁이덩굴, 사철 푸르게 밭마당의 방풍림으로 늘어섰던 들충나무의 가지런한 맵시 따위는 찾아볼 염두도 못 내는 구치스런 동네로 변해 버렸던 것이다.

실향민, 나는 어느덧 실향민이 돼 버리고 말았다는 느낌을 덜어 버릴 수가 없었다. 고향이긴 했지만, 막상 퇴락해 버린 고향 풍경을 대하니, 나 자신이 그토록 추럿하고 허핍하며 외로울 수가 없던거였다. (후략)

－이문구 〈관촌수필－'일락서산'〉에서

* 세력(歲曆): 한 해를 세는 역법. '왜놈 세력'은 '양력'과 같은 의미임.

* 부레: 물고기 뱃속의 공기 주머니. '부레끓다'는 '몹시 성이 나다'의 뜻.

* 철마(鐵馬): 기차.

* 지호지간: 손가락으로 가리켜 부를 만한 가까운 거리.

* 조상(吊喪): 타인의 죽음에 애도를 표함.

* 오죽잖은: 예사 정도도 되지 못하는.

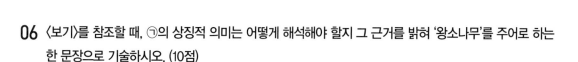

06 〈보기〉를 참조할 때, ㉠의 상징적 의미는 어떻게 해석해야 할지 그 근거를 밝혀 '왕소나무'를 주어로 하는 한 문장으로 기술하시오. (10점)

> 〈보기〉
>
> 　문학적 상징은 생활 속의 일반적이고 기호적인 상징, 예를 들어 신호등의 초록색은 건넘(혹은 안전)을 의미하는 것과 같은 차원을 넘어 작가 자신의 개인적인 특수한 상상력을 내포하는 관념적 의미를 가진다. 따라서 다의적이고 복합적인 의미를 지니는 소설작품 속 상징의 해석은 그것이 발견되는 텍스트 내의 모든 구조적 요소나 텍스트 외적인 사회문화적 요소들과 관련되어 실천될 때 주관성을 최소화하고 어느 정도 객관적이고 타당한 의미를 획득할 수 있다. 특히 이문구의 소설에 나타나는 상징적 소재는 대체로 농촌마을의 자연물을 통한 농촌공동체의 삶의 역사와 관련되어 나타나는 경우가 대부분이다.

07 윗글은 서술자의 독백과 회상 내용을 통해 현실을 바라보는 서술자의 내면이 드러나고 있다. 이를 뒷받침하는 언어표현상의 특징을 다음과 같이 정리할 때 (가), (나)에 적절한 사항을 기술하시오. (10점)

표현상 특징	표현 효과
체험에 바탕한 일상어 사용	현실감과 삶의 문제의식 유발
향토색 짙은 고유어 사용	(가)
(나)	전통적 삶에 대한 가치화

08 〈보기〉의 내용을 참조할 때, (1) 윗글에서 서술자가 자신의 처지에 대한 인식을 함축적 어휘로 드러낸 문장을 찾아 쓰고, (2) 그 의미가 무엇인지 한 문장으로 기술하시오. (10점)

> 〈보기〉
>
> 　우리 사회에서 1970년대는 산업화가 진전됨에 따라 그로 인한 모순들이 표면화되는 시기였으며, 대규모 이농 현상과 함께 서구 문명의 충격이 우리 전통을 대체하는 격변기였다. 도시 위주의 산업화로 인한 불균형 성장의 문제는 이농 현상으로 인한 농촌인구의 급감, 농촌의 피폐화를 유발하여 기존의 농촌공동체 구성원들의 정체성 혼란과 급격한 사회변동을 초래하게 되었다.

PART 1 기출문제

PART 2 실전모의고사

PART 3 정답 및 해설

수학

▶ 해답 p.147

09 부등식 $-\log_{\frac{1}{5}}|x|+\log_{5}(x+2)\leq4$를 만족시키는 모든 정수 x의 개수를 구하는 풀이 과정과 답을 쓰시오. (10점)

10 구간 $0\leq x<2\pi$에서 x에 대한 방정식 $|\cos 3x|=\dfrac{\sqrt{3}}{2}$의 서로 다른 실근의 개수는 a개이고, 모든 실근의 합이 $b\pi$라고 할 때, $\dfrac{b}{a}$의 값을 구하는 풀이 과정과 답을 쓰시오.

(10점)

11 수열 $\{a_k\}$에 대하여, $a_1=n$, $a_n=n$이고

$$\sum_{k=2}^{n-1}a_k=2\times(n-1)+3\times(n-2)+\cdots$$
$$+(n-2)\times3+(n-1)\times2$$
$$=\frac{n(n+a)(n+b)}{6}$$

가 성립할 때, 상수 a, b에 대하여 $a+b$의 값을 구하는 풀이 과정과 답을 쓰시오. (10점)

12 a, b가 상수이고 일차함수 $f(x)=ax+b$가

$$\lim_{x\to1}f(x)=2,\ \lim_{x\to1}\frac{\{f(x)\}^2-4}{\sqrt{f(-x)}-2}=k$$

(단, $k\neq0$)를 만족시킬 때, 상수 k에 대해 $\dfrac{k}{a+b}$의 값을 구하는 풀이 과정과 답을 쓰시오. (10점)

13 다음 조건 (ㄱ)과 (ㄴ)을 동시에 만족시키는 모든 다항함수 $f(x)$에 대하여 함수값 $f\left(\dfrac{4}{3}\right)$의 최댓값이 M이고, 최솟값이 m일 때, $M^2 - mM + m^2$의 값을 구하는 풀이과정과 그 값을 쓰시오. (10점)

> (ㄱ) 함수 $y = f(x)$의 그래프가 원점을 지난다.
> (ㄴ) 모든 실수 x에 대하여 $|f'(x)| \le 9$를 만족한다.

14 함수 $y = f(x) = x^2 - 4x - 1$의 그래프를 x축에 관하여 대칭이동한 후에 x축의 방향으로 -1만큼, y축의 방향으로 3만큼 평행이동시키면 함수 $y = g(x)$의 그래프와 일치한다. 이때, 두 곡선 $y = f(x)$와 $y = g(x)$로 둘러싸인 부분의 넓이를 구하는 풀이 과정과 그 넓이를 쓰시오. (10점)

2023학년도

서경대
논술 모의고사

국어

수학

국어

▶ 해답 p.155

[01~03] 다음 글을 읽고 물음에 답하시오.

19세기 말 자본주의가 성숙되고, 과학과 기계 문명이 발달함에 따라 유럽 사회 전반에 걸쳐 변화가 나타났다. 사람들은 새로운 감성과 의식을 가지게 되었고, 미술계에도 큰 변화가 일어났는데, 이는 후기 인상주의의 등장이었다. 후기 인상주의는 두 가지 경향으로 나타나는데, 하나는 세잔처럼 과학 발전을 이끈 이성을 신뢰하며 기하학적 형식주의에 관심을 가졌던 경향이고, 다른 하나는 고갱, 고흐처럼 물질 만능주의에 반발하며 상징적 정신세계나 정열적 감정을 표현하는 데 관심을 가졌던 경향이다. 이러한 두 가지 경향은 빛의 변화에 따른 시각적 인상을 그림에 담으려한 인상주의의 한계를 서로 다른 관점에서 파악하고, 각자의 방법으로 해결하려는 시도에 해당한다.

세잔은 인상주의가 빛의 변화에 따라 대상을 변화무쌍하게 제시하고 눈으로만 세계를 파악하기 때문에 문제가 있다고 생각했다. 그는 빛의 변화에 의해 대상 표면의 색이 변한다 하더라도 입체적인 구조는 변하지 않는다고 보았고, 감각적 경험과 기하학적 원리를 결합하려 하였다. 이런 관점에서 세잔은 '모든 자연 속의 대상은 원기둥, 원뿔, 구로 환원하여 처리하고 나타내야 한다.'라고 주장했다. 그의 그림 「사과와 오렌지가 있는 정물」은 인상주의 그림에 비해 무겁고 단단해 보이는데, 이것은 그가 인상주의에서 주로 사용한 잘게 쪼갠 색점들 대신 넓은 색면들로 입체적인 형태를 나타냈기 때문이다. 세잔이 사과, 오렌지, 꽃병, 식탁보 등을 원기둥, 원뿔, 구 같은 기하학적 형태를 염두에 두고 나타냈기 때문에 화면이 꽉 찬 느낌을 준다. 그런데 그림 안에서 이상한 상황도 발견된다. ㉠꽃병이 비스듬히 기울어져 있고, 꽃병 왼쪽의 오렌지를 담은 그릇은 꽃병이나 식탁보와의 관계에서 볼 때 홀로 떠 있는 듯이 보인다. 또 그 밑의 사과를 담은 접시도 금방이라도 그 안의 사과들이 굴러떨어질 것만 같다. 이것은 세잔이 원근법을 사용한 종전의 화법처럼 어떤 하나의 대상에 시선의 중심을 두고 다른 대상들을 통일시켜 나타내지 않고, 대신에 각각의 물체를 충실하게 묘사했기 때문이다. 원근법이 우리의 시점과 시선을 중심으로 화면 안의 통일성을 이루는 방법이라면, 세잔의 그림에는 대상이나 물체에 중심을 두고 공간을 구성하는 방법이 적용되었다. 그 결과 세잔은 빛의 변화에 따른 시각적 인상을 그리는 데 초점을 맞춘 인상주의 그림의 한계를 극복하고, 기하학적인 사유를 통한 물체의 이해를 형상화해 그림 안에 입체적인 구조를 되살려 놓았다.

고갱과 고흐는 인상주의가 빛의 변화에 따른 색의 변화를 나타내기 위해서 지나치게 기교 위주로 흘러 버렸다고 생각했다. 그들은 인상주의 그림에는 정신적인 것이나 감정 표현이 결핍되었다고 보았고, 결핍된 것들을 자신들의 작품에 나타내려 했다. 고갱의 그림 「아름다운 안젤라」는 정신적 가치나 인간 내면의 느낌을 담은 작품으로 볼 수 있다. 십자가 목걸이를 건 브르타뉴 지방의 소녀가 원 안에 있고, 밖에는 페루의 원시 종교를 상징하는 조각상과 배경이 보인다. 고갱은 이 그림에서 기독교 신자인 소녀와 원시 종교 조각상을 원으로 분리시켜 서로 독립적인 것처럼 보이게 했지만, 종교적 신비감을 주는 파란색 원의 안팎을 연결하고 조화를 이루게 했다. 서로 근원이 다른 기독교와 원시 종교이지만, 물질적인 풍요보다 정신적인 가치를 강조하고 숭배한다는 점에선 공통적이라는 것을 나타내기 위해서였다. 고갱은 원시적인 느낌을 주는 강렬한 색채와 자유로운 형태를 통해 인간의 생과 사, 영적인 것 등을 표현했고, 이것은 야수파에 영향을 끼쳤다.

고흐는 기계 문명의 발달이 종교나 도덕 같은 정신문화를 황폐하게 만들었다고 생각했다. 그래서 그는 그림을 통해서 인간의 마음이 향하는 무한하고 영원한 것에 대한 갈망과, 그 갈망이 달성되기 어렵기에 겪을 수밖에 없는 고통과 번뇌, 갈등도 솔직하게 표현하려고 했다. 「옥수수밭과 삼나무」는 고흐의 그런 성향이 잘 나타난 작품들 중 하나이다. 하늘을 향해 찌를 듯이 솟아오른 삼나무를 통해 그가 평생 추구했던 무한하고 영원한 것에 대한 갈망을 표현했고, 거칠고 구불구불한 선들로 묘사된 옥수수 밭과 주변 나무들을 통해 자신이 겪고 있는 고통과 번뇌의 감정을 나타냈다. 그리고 내적 갈등 때문에 격앙된 심리 상태를 산과 하늘의 어두운 형태와 색채로 형상화하였다. 고흐는 외부 세계의 객관적 재현을 거부하고 개인의 내면과 감정을 정열적이고 생동감 있게 묘사한 것이다. 그는 유동적인 느낌을 주는 색채 분할, 붓 자국이 그대로 드러나는 강한 필선 등을 통해 정열적인 감정을 화폭에 담아 표현주의의 선구가 되었다.

01 윗글을 읽고 인상주의를 정의하고자 한다. 〈보기〉의 단어를 모두 활용하여 아래의 빈칸을 30자 이내로 완성하시오.(10점)

〈보기〉

빛, 색, 변화 (복수 활용 가능)

인상주의는 ( ).

02 ㉠과 같이 그리고자 하는 뜻을 다음과 같이 정리할 때, ①과 ②에 들어갈 단어를 윗글에서 찾아 쓰시오.(10점)

세잔은 화면 안의 대상들을 (①)을(를) 중심으로 통일시켜 표현하지 않고, 각각의 (②)을(를) 충실하게 표현하여 그림 안에 입체적인 구조를 살리려하였다.

PART 1
기출문제

PART 2
실전모의고사

PART 3
정답 및 해설

03 윗글을 읽은 뒤 〈보기〉를 추가로 접하게 되었다. 윗글과 〈보기〉를 종합하여 고갱과 고흐 기법의 <u>다른</u> 점을 다음과 같이 정리하고자 할 때, 괄호에 들어갈 적절한 표현을 20자 이내로 완성하시오.(10점)

〈보기〉

　　고갱은 1886년 파리에서 고흐 형제를 만난다. 고흐는 고갱이 그린 색다른 경향의 그림에 매료되었고, 동생 테오는 고갱 작품을 위탁 판매하기로 한다. 이후 고흐는 아를로 떠나며 예술가 마을을 고갱과 함께 만들고자 그를 불러들인다.

　　고흐의 특이한 성격을 알고 있던 고갱은 그 제안을 달가워하지 않았다. 그러나 테오의 간청으로 1888년 아를로 내려가 9주 가량 함께 머물게 되는데, 자만심 강하고 독선적인 고갱과 매사에 병적으로 집착하는 고흐의 동거는 비극으로 끝난다. 둘의 다툼은 격렬해졌고, 화가 난 고흐가 자신의 귀를 잘라 버리는 소동까지 벌이자 고갱은 아를을 떠난다. 고갱은 이 시절을 회고하며 "우리 둘에 대해 말하자면 하나는 끓어오르는 화산 같았고, 다른 하나는 안으로 소용돌이치는 존재였다. 어떻게 보면 싸움은 이미 준비되어 있었다."고 말했다.

　　아를에 머무는 동안 고흐와 고갱은 각각 스무 점 남짓한 그림을 그렸는데, 둘의 그림은 기법에서 그 차이를 전혀 좁힐 수 없었다. 자신의 격정적인 감성을 물감을 두껍게 칠하며 표현하고자 하는 고흐와는 달리 고갱은 짙은 윤곽선에 고른 붓질로 평평한 색면을 펼쳐 보이는 그림을 그렸다. 고갱은 고흐가 지나치게 낭만적이라 생각했고, 자신은 원시적인 것에 더 끌린다고 생각했다.

　　고갱이 원시적인 느낌을 주는 강렬한 색채를 사용하여 인간의 정신세계를 표현한 반면, 고흐는 (　　　　　　) 정열적인 감정을 화폭에 담아내고자 하였다.

[04~05] 다음 글을 읽고 물음에 적절한 대답을 진술하시오.

(가) 우리는 매일 엄청난 양의 데이터가 생산 · 수집되는 세상에 살고 있으며, 이 데이터에서 가치 있는 정보를 발견하고 이를 체계적인 지식으로 변환하기 위해 데이터를 분석하는 것이 매우 중요해졌다. 바위나 모래에서 금을 채굴하듯이 데이터에 내포된 지식을 채굴하는 것을 '데이터 마이닝(Data Mining)'이라고 하는데, 이를 위해서 다양한 분석 도구가 필요하게 되었다. 데이터 마이닝은 대용량 데이터로부터 유용한 패턴이나 관계를 발견하는 과정으로, 일반적으로 데이터 마이닝 패턴들은 요구 사항과 문제의 성격에 따라 예측, 연관, 군집으로 구분한다. 데이터 마이닝은 데이터 집합에 존재하는 속성들 간의 패턴을 확인하는 모형을 만드는데, 이때 모형은 속성들 간에 존재하는 관계를 밝히는 수리적 표현을 이른다. 데이터 마이닝의 방법 중에서 군집 분석은 항목, 사건, 개념 등을 군집이라고 하는 공통된 집단들로 분류하는 것으로, 인간의 자연스러운 추론 과정을 반영한 분석법이다.

(나) 군집 분석은 범주에 관한 정보가 주어지지 않으므로 객체들 사이의 유사성에만 의존하여 비슷한 객체들끼리 군집화하는 과정이다. 군집화(Clustering)는 데이터 분석에서 물리적 혹은 추상적 객체들을 서로 비슷한 객체끼리 군집을 형성하여 그룹화하는 것이다. 군집은 같은 군집 내의 객체들과는 유사하고, 다른 군집의 객체들과는 상이한 객체들의 집합이다. 또한 군집은 여러 응용에서 집합적으로 하나의 그룹으로 여겨지거나 객체들의 요약으로 간주되기도 한다. 군집은 대규모 데이터 집합을 유사성에 따라서 그룹들로 분할한 것이기 때문에 데이터 분할이라고도 한다. 이때 유사성 정도는 대상을 정의하는 속성값을 통해 계산하는데, 주로 거리가 가까운 객체들끼리 묶는 거리 측정법을 사용한다. 이러한 군집 분석은 데이터의 분포에 대한 지식을 얻고, 각각의 군집의 특징을 관찰하거나, 추가적인 분석을 위해 특정 군집 집합에 초점을 맞추기 위한 도구로 사용된다.

(다) 군집 분석에는 데이터 유형과 특정한 분석 목표, 해당 응용 환경에 따라 다양한 방법이 사용된다. 또 군집 분석을 데이터를 파악하기 위한 예비적 수단으로 사용할 때는 같은 데이터에 대해 여러 군집 분석방법을 시도해 보기도 한다. 군집 분석의 방법 중 분할 기법은 객체들을 임의의 k개 그룹으로 나누고, 객체들을 반복해서 비교하여 군집 내 객체들은 비슷하게, 다른 군집의 객체와는 유사하지 않도록 객체들의 그룹을 반복해서 개선해 나가는 방법이다. 아래 〈그림〉을 보면, 먼저 임의의 위치에 각 k개 그룹의 중심값들을 정하고, 각 객체를 k개 중심값들 중 가장 가까운 중심값의 그룹으로 정한다. 각 k개 그룹에 대해서 그룹에 포함된 객체들의 평균을 구해, 이를 새로운 중심값으로 정한다. 그런데 처음에 정한 임의의 그룹 중심값에 가까운 객체들을 할당하였기 때문에, 할당된 객체들의 평균으로 정확한 중심값을 새로 정하면, 이전 중심값에 할당된 객체가 새로운 중심값보다 다른 그룹의 중심값에 더 가까워질 수 있다. 따라서 새로운 k개 중심값에 대해서 다시 모든 객체를 검사하여 가장 가까운 중심값의 그룹으로 재배치한다. 그리고 객체들을 새로 할당해 정해진 그룹에 대해서 다시 객체들의 평균값을 구하고, 이러한 과정을 반복하여 더 이상 그룹 중심값이 바뀌지 않을 때까지 그룹을 갱신한다.

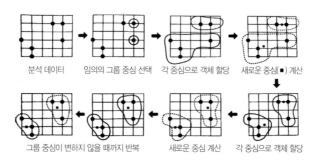

〈그림〉 군집 분석의 단계별 과정

(라) 이러한 데이터 마이닝은 일상생활 전반에 활용되지만 우리는 대부분 이를 인지하지 못하고 있다. 우리는 자신의 취향에 맞는 광고 문자를 받았을 때 그것이 데이터 마이닝을 통해 도출한 결과라는 생각을 하지 못한다. 혹은 인터넷 사용에서의 클릭이 어떤 데이터 마이닝의 새로운 데이터로 활용될 것이란 생각을 떠올리지 못한다. 이렇게 일상생활의 일부가 된 데이터 마이닝에서 군집 분석은 이전에는 명확하지 않았지만 일단 발견되면 의미 있고 유용한 연관 관계와 구조들을 밝혀낸다는 점에서 타깃 마케팅*, 시장 조사를 포함한 많은 응용 분야에서 사용되고 있다.

* 타깃 마케팅: 표적을 확실하게 설정하고 마케팅을 행하는 일.

04 윗글의 논지를 각 단락별 중심어를 통해 다음과 같이 정리하여 제시하시오.

(가) _____

(나) 군집 분석의 개념과 특징

(다) _____

(라) _____

05 윗글을 근거로 〈보기〉와 같이 작성한 '공작나비의 분류' 관련 독서 일지 내용 중 [㉮]에 들어갈 내용을 30자 이내로 진술하시오.

〈보기〉

　생물학의 분류 체계를 정립한 칼 폰 린네(Carl von Linné)의 작업을 상상해 보았다. 린네는 자연 과학자의 일은 혼란과 무질서 상태에서 자연이 질서를 드러내는데 그 목적이 있다고 하였다. 이런 생각에서 그는 수많은 생물 중에서 서로 유사한 생물들을 그룹화하고 각 그룹에 적절한 명칭을 부여함으로써 분류 체계를 완성해 나갔을 것이다. 오른쪽 그림에서 공작나비라는 종의 존재는 [㉮] 때문에 드러날 수 있었다.

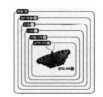

[06~07] 다음 글을 읽고 물음에 적절한 대답을 진술하시오.

창밖에 밤비가 속살거려
육첩방(六疊房)은 남의 나라

시인이란 슬픈 천명(天命)인 줄 알면서도
한 줄 시를 적어 볼까

땀내와 사랑내 포근히 품긴
보내 주신 학비 봉투를 받아

대학 노-트를 끼고
늙은 교수의 강의 들으러 간다.

생각해 보면 어린 때 동무를
하나, 둘, 죄다 잃어버리고

나는 무얼 바라
나는 다만, 홀로 침전(沈澱)하는 것일까?

인생은 살기 어렵다는데
시가 이렇게 쉽게 씌어지는 것은
부끄러운 일이다.

육첩방은 남의 나라
창밖에 밤비가 속살거리는데

[A] 등불을 밝혀 어둠을 조금 내몰고
시대처럼 올 아침을 기다리는 최후의 나

[B] 나는 나에게 적은 손을 내밀어
눈물과 위안으로 잡는 최초의 악수.

– 윤동주, 〈쉽게 씌어진 시〉(1946)

06 윗글을 감상하는 과정에서 〈보기〉와 같이 이해를 위한 사항들을 메모하였다. ① (가)의 내용을 토대로 (나)의 빈칸에 적절한 낱말을 제시하고, ②그 근거가 될 수 있는 정서적 인식을 대변하는 시어를 윗글에서 찾아 쓰시오. (10점)

〈보기〉

(가) 창작배경: 1939년 오랜 준비와 고민을 거쳐 동경 유학을 결심한다. 그리고 여러 행정적 절차를 거친 뒤에야 일본으로 도항할 수 있었다. 그는 히라누마 도주[平沼東柱]라는 창씨개명을 인정하고, 제국신민으로서의 존재증명서를 제출해야만 했으며, 대학생활 내내 '조선인', '반도 출신', '만주국인'으로 차별받으며 타자로서 존재할 수밖에 없었던 것이다.

(나) 주제의식: 화자는 자기 자신의 [   ]을 찾고자 하는 내면적 고뇌를 표출하고 있다.

07 〈보기〉의 비평문을 참고하여 다음 질문에 적절한 내용을 기술하시오. (20점)

〈보기〉

시인으로서 자신의 소명을 인식하고 수용하는 것은 단순하고 쉬운 일이 아니었다. 윤동주에게 "시인이란 슬픈 천명"을 수락하는 것은 수없는 성찰과 망설임과 회의와 고뇌, 두려움과 용기를 통과하여 이루어진 것이다. 그러므로 여기서 '(㉠   ).'는 것은 역설이자 반어이다. 시적 표현의 측면에서 시인은 ㉡대립적 이미지의 시어를 활용하여 이러한 역설적 상황 인식과 내면적 고뇌의 극복의지를 드러내고 있다.

〈조건〉

㉡대립적 시구(시어)	함축적 의미	해석의 근거
어둠↔아침(등불)	비극적 현실:미래의 지향	미래가 보이지 않는 시대 현실을 오히려 다가올 아침으로 인식하려 했기 때문
(가)	(나)	(다)

(1) 윗글에서 화자가 자신의 현실적 상황인식을 단정적으로 드러낸 부분을 찾아 〈보기〉의 ㉠에 하나의 명제화된 진술 문장으로 쓰시오.

(2) 윗글의 작자가 추구하는 가치의식을 이해하기 위해 〈보기〉의 ㉡과 같은 표현을 찾아 해석적 의미와 그 타당한 근거를 밝히고자 한다. 〈조건〉의 예시와 같이 [A]와 [B]에서 (가)를 찾고, (나), (다)에 해당하는 내용을 쓰시오.

수학

▶ 해답 p.157

08 실수 평면상의 두 점 $A(2, \log_2 a)$, $B(1, \log_2 b)$를 지나는 직선의 한점 $(3, 2)$를 지날 때, $a+b$가 최소가 되는 정수 a와 b를 구하고 그 때 $a+b$의 값을 구하시오.

09 $0 \leq \theta < 2\pi$에서 x에 대한 이차방정식 $3x^2 + 2\sqrt{2}\sin\theta x + \cos\theta = 0$이 서로 다른 두 실근을 갖도록 하는 θ값의 범위가 $\alpha < \theta < \beta$이다. $\alpha + \beta$의 값을 구하시오.

10 최고차항의 계수가 1인 이차함수 $f(x)$가

$$\lim_{x \to a}\frac{f(x)-(x-a)}{f(x)+(x-a)}=\frac{5}{7}$$

을 만족시킨다. 방정식 $f(x)=0$의 두 근을 α, β라 할 때, $|\alpha-\beta|$의 값을 구하시오. (단, a는 상수이다.)

11 함수 $f(x)=\begin{cases} x^2+3x & (x \leq 2) \\ ax-4 & (x > 2) \end{cases}$에 대하여, $|f(x)|$가 실수 전체의 집합에서 연속이 되도록 하는 모든 실수 a의 곱의 값을 구하시오.

12 다항함수 $f(x)$가 모든 실수 x에 대하여

$$\int_{-2}^{x} f(t)dt = 4(x+1)^3 + a(x+1)^2 + b(x+1)$$

을 만족시키고 $f(0) = -1$일 때,

$\int_{-2}^{2} f(x)dx$의 값을 구하시오.

(단, a, b는 상수)

13 다항함수 $f(x)$가 모든 실수 x에 대하여

$$\int_{-1}^{x} f(t)dt = \frac{1}{3}x^3 - 2x^2 + ax + \frac{16}{3}$$

(단, a는 상수)

을 만족시키고,

$$g(x) = \begin{cases} f(x) & (x \geq 0) \\ f(-x) & (x < 0) \end{cases}$$ 이다.

곡선 $y = g(x)$와 직선 $y = k$가 서로 다른 네 점에서 만나고, 곡선 $y = g(x)$와 직선 $y = k$로 둘러싸인 세 부분의 넓이가 같을 때,

$\dfrac{f(k) + f(1-k)}{k^2}$의 값을 구하시오.

(단, k는 상수이다.)

Nothing great in the world has been
accomplished without passion.

이 세상에 열정없이 이루어신 위대한 것은 없다.

– 게오르크 빌헬름 –

실전모의고사

[계열공통] – 10회

[계열공통]
서경대
논술 실전모의고사

제1회 실전모의고사

[국어 영역]

▶ 해답 p.161

[01~02] 다음 글을 읽고 물음에 답하시오.

브레이크는 주행 중인 자동차를 감속 또는 정지시키거나 주차 상태를 유지하기 위해 사용되는 핵심적인 장치이다. 자동차의 운동 에너지는 브레이크의 마찰력을 이용하여 열에너지 형태로 대기 중에 방출된다. 브레이크는 자동차의 속도를 0으로 만들어 자동차를 정지시키거나, 자동차의 속도를 줄이는 감속 작용과 긴 경사로를 내려갈 때의 연속적인 제동 작용을 수행해야 한다. 또한 평지나 경사로에서 주차할 때 자동차를 오랫동안 고정시켜야 한다.

브레이크는 운전자가 브레이크 페달을 밟는 힘을 유압을 통해 증대시켜 각 바퀴에 전달하고 그 힘으로 마찰력을 발생시켜 제동 작용을 하는 유압식이 가장 많이 쓰인다. 유압식 브레이크는 파스칼의 원리를 이용한다.

파스칼의 원리란 밀폐된 용기에 담긴 유체에 압력을 가하게 되면 가한 압력과 같은 크기의 압력이 방향에 상관없이 용기 안의 모든 임의의 지점에 전달된다는 것이다. 예를 들어 유체가 담겨 있고, 연결관으로 연결되어 있는 두 개의 실린더에 단면적이 같은 피스톤 A와 B가 하나씩 있다고 하자. 이때 피스톤 A에 힘을 가하면 발생한 압력과 같은 크기의 압력이 실린더 내의 유체에 가해지므로 피스톤 B도 피스톤 A가 받았던 힘과 같은 힘을 받게 될 것이다. 그런데 만약 피스톤 A와 피스톤 B의 단면적이 다르다면 어떤 일이 발생할까? 압력이란 단위 면적에 작용하고 있는 힘이다. 그래서 우리는 압력을 표현할 때 힘을 단위 면적으로 나눈 값으로 나타낸다. 따라서 밀폐된 용기 안의 모든 임의의 지점에 동일한 압력이 작용할 때, 피스톤의 단위 면적이 다르다면 각 피스톤에 작용하는 힘 또한 달라질 수밖에 없을 것이다. 이러한 점에 착안하면 피스톤의 단면적 비율에 따라 작은 힘을 가하더라도 큰 힘을 얻을 수 있게 된다.

이처럼 유압식은 파스칼의 원리를 활용하여 제동력을 모든 바퀴에 전달할 수 있으며, 페달을 밟는 힘이 작아도 되는 이점이 있다. 브레이크 페달을 밟게 되면 그 힘이 마스터 실린더의 피스톤을 거쳐 실린더 내의 밀폐된 브레이크 오일에 즉시 전달되고, 압력이 형성되어 브레이크 패드를 누르면서 제동이 이루어진다. 유압식 브레이크를 구성하는 장치에는 브레이크 페달, 마스터 실린더, 휠 실린더 등이 있다. 이 중 마스터 실린더는 운전자가 브레이크 페달을 밟았을 때 제동 기구를 작동시킬 수 있도록 유압을 발생시키는 핵심적인 장치로, 마스터 실린더의 내부는 피스톤, 피스톤 컵과 필러 디스크, 복원 스프링 등으로 구성되어 있다. 마스터 실린더는 각각의 피스톤을 가진 두 개의 마스터 실린더를 직렬로 연결하여 하나에 문제가 발생하더라도 다른 쪽에서 안전하게 작동할 수 있도록 고안된 탠덤 마스터 실린더 가 널리 사용된다.

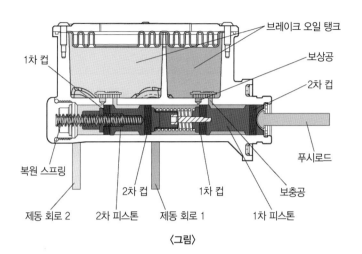

〈그림〉

〈그림〉과 같이 운전자의 제동력이 전달되는 순서에 따라, 즉 피스톤을 미는 역할을 하는 푸시로드에 가까운 쪽 피스톤을 1차 피스톤, 안쪽에 있는 피스톤을 2차 피스톤이라 한다. 각각의 피스톤에 설치된 고무로 된 컵들은 피스톤과는 반대로 푸시로드와 가까운 것이 2차 컵, 스프링과 가까운 것이 1차 컵이며, 〈그림〉에서 보이지는 않지만 1차 컵 뒤에는 필러 디스크가 붙어 있다. ㉠각 1차 컵들은 브레이크 작동 전에는 각각 브레이크 오일 탱크와 연결된 구멍인 보상공을 막지 않아야 한다. 각 피스톤과 연결된 두 개의 압력실은 모두 각각의 보상공을 통해 브레이크 오일 탱크와 연결되어 있으며 오일이 들어 있다. 또한 각 압력실과 연결된 각 제동 회로에도 브레이크 오일이 들어 있다.

브레이크 페달을 밟으면 푸시로드가 먼저 1차 피스톤을 밀게 된다. 그러면 1차 피스톤의 스프링이 압착되면서, 1차 피스톤의 운동을 2차 피스톤에 전달한다. 따라서 두 개의 피스톤 각각에 설치된 1차 컵들은 각각의 보상공을 막고 지나며 압력실을 밀폐시키고 이때 1차 컵 뒤에 붙어 있는 필러 디스크는 1차 컵이 피스톤 쪽에 있는 보충공 쪽으로 밀리는 것을 막는 역할을 한다. 한편 2차 컵은 형성된 유압의 누설을 방지하는 역할을 한다. 이렇게 압력실의 밀폐를 통해 유압이 형성되면 두 개의 제동 회로에 있던 브레이크 오일에도 동시에 제동 압력이 형성되며 제동 작용이 일어나게 된다. 이후 페달에서 발을 떼면 스프링은 피스톤을 초기 위치로 급속히 복귀시키는데 그 과정에서 1차 컵은 휘어지고, 1차 컵 뒤쪽에 설치된 필러 디스크도 약간 휘어지면서 틈이 생기고, 오일이 압력실 쪽으로 유입되면서 피스톤도 원래 위치로 돌아오게 되어 브레이크가 풀리게 된다.

한편 휠 실린더는 유압이 작용했을 때 마스터 실린더에서 발생된 유압을 통해 실제 제동 작용을 수행하여 제동 작용에 관여한다. 이 외에도 제동을 위한 여러 장치들의 협업이 달리는 자동차를 안전하게 멈출 수 있도록 하는 유압식 브레이크의 작동을 돕는다.

PART 1
기출문제

PART 2
실전모의고사

PART 3
정답 및 해설

01 텐덤 마스터 실린더에 대한 제시문의 설명과 〈그림〉을 참조하여, 다음 〈보기〉의 빈칸에 '1차' 또는 '2차'를 구분하여 적으시오.

〈보기〉

- 브레이크가 작동할 때, (ⓐ) 컵은 유압의 누설을 방지하고, 필러 디스크는 (ⓑ) 컵이 보충공 쪽으로 밀리는 것을 방지한다.
- 마스터 실린더의 (ⓒ) 컵은 파스칼의 원리가 작용할 수 있는 밀폐 상태를 유지하는 데 기여한다.
- 브레이크 작동 과정에서 제동 회로 1에 문제가 발생하더라도, 다른 장치들이 정상적으로 작동한다면 (ⓓ) 피스톤 쪽에서 형성된 압력을 통해 브레이크가 작동한다.

02 ㉠의 이유를 다음과 같이 추론할 때, 빈칸에 들어갈 말을 25자 이내로 적으시오.

보상공을 막고 있으면, _____.

[03~04] 다음 글을 읽고 물음에 답하시오.

어제 우연히 책 정리를 하다 보니 낯익은 배경을 두르고 윤정이의 어깨에 팔을 걸뜨린 채 다정스레 찍은 사진이 발등에 떨어졌다. 둘은 너무나도 환히 웃고 있었다. 특히 이마가 초가집 지붕 선처럼 푸근하고 서늘했던 그녀. 우리에게도 이렇게 환한 웃음이 깃들인 적이 있었던가. 그는 갑자기 콧마루가 시큰해져 왔다. 둘 뒤에 이파리 무성한 갈매나무가 눈에 띄었던 것이다. 그 갈매나무만 아니었다면 두현이 불현듯 출판사에 지독한 몸살이라는 전화를 넣고 이렇듯 '아름다운 지옥'을 향해 실성한 사내처럼 마음만 급해 허둥지둥 비바람 부는 들판을 가로질러 가고 있진 않았을 것이다.

갈매나무는 두현의 기억이 미칠 수 있는 어린 시절부터 내면에 자리 잡아 온 움직일 수 없는 한 풍경이었다. 어릴 적 한때 할머니의 손에서 자란 두현이도 그 갈매나무와 더불어 컸다. 할머니집 안마당에 어른 키의 갑절만큼 자라 있던 그 늙은 나무는 노년 들어 홀로 대청마루에 나앉는 일이 잦았던 할머니에게는 무언의 친구이기도 했을 터였다.

가지 끝에 뾰족뾰족한 가시를 달고 있는 그 갈매나무는 두현에겐 지옥이자 천당이었다. 갈매나무 아래서 윤정이와 사진을 찍고 난 다음 그녀와 가진 첫 입맞춤이 천당에 대한 기억에 해당한다면 아내가 됐던 윤정이와 이 년이 채 안 돼 헤어지기로 동의한 다음 이혼 서류에 마지막으로 도장을 찍고 내려가 찾아뵌 할머니집 앞의 갈매나무는 바로 캄캄한 지옥이었다.

현아 니 맴이 많이 아프제…….

두현은 두렵고 송구스런 마음 때문에 엎드려 드린 큰절을 차마 일으키지 못하고 등짝을 들썩거리며 흐느꼈다. 그 격정의 잔등을 삭정이처럼 야윈 할머니의 손길이 잔잔히 더듬고 지나갔다.

할머니…… 이 매욱한* 손자가 세상에 다시없는 불효를 저지르고 이렇게 찾아뵈었으니 이 일을 어쩌면 좋습니까? 호되게 꾸짖어 주세요, 부디!

꾸짖긴 눌로? 어림도 없지러. 니가 아프면 낼로(나를) 찾아와야지 그럼 눌로(누구를) 찾아…… 옹냐 잘 왔네라. 에구 불쌍한 내 새끼야, 니 맴 할미가 알제 하모 하모…….

부엌 문짝에 옆 이마를 기대어 집게손가락으로 눈가를 꼭꼭 찍어 누르고 섰던 작은숙모한테 더운밥을 지어 내오도록 한 할머니는 그가 물에 만 밥그릇을 앞에 두고 천근만근으로 무거워진 깔깔한 밥술을 놀리는 걸 지켜보다가 숙모의 부축을 받아 갈매나무 아래 평상에 나앉으셨다. 그러고는 등을 돌린 채 눈물을 지으셨다. 두현은 밥이 아니라 눈물을 떠 넣고 씹었다.

지집한테 찔리운 까시는 오래가는 벱인디…….

할머니가 갈매나무 우듬지께를 망연자실한 눈길로 쳐다보시며 중얼거렸다. 그러자 그도 어릴 적 겁도 없이 갈매나무에 오르려다 가시에 찔려 떨어졌던 기억이 났던 것이다. 아마 할머니도 그때 기억 때문에 더 북받치시는 것일지도 모를 일이었다. 눈물이 그렁그렁한 어린 손자의 손바닥에 깊숙이 박힌 가시를 입김을 몇 번이고 호호 불어 가면서 빼 주실 때 해 주던 할머니의 말씀이 새삼 엊그제 일인 양 생생할 뿐이었다.

까시 아프제? 앞으로두 세상의 숱해 많은 까시가 널 괴롭힐지도 모르제. 그래도 사내끼깐 울지는 말그래이. 그럴 수록 더 독한 까시를 가슴속에 품어야 하니라. 알긋제?

야아…… 할무이.

세상의 독한 가시를 이기라는 그 말씀은 삼 년 전 늦깎이 시인으로 등단한 그가 여태껏 시의 화두로 삼아 온 것이었다.

[중략 부분 줄거리] 두현이 찾아간 '아름다운 지옥'은 이제 찻집이 아닌 오리탕 전문점으로 바뀌어 있었고, 두현은 그 식당의 여주인과 이야기를 나눈다.

아내가 가고 없는 그 신혼방에서 두현은 한사코 자신에게서 달아나려는 어떤 아이에 대한 꿈을 서너 번 꾸었다. 힐끗 뒤를 돌아다보는 꿈속의 작은 아이는 그를 닮아 보일 때도 있었고 얼굴이 하얗게 지워져서 나타날 때도 있었다. 아주 무서운 꿈이었다.

꿈자리에서 깨어날 때마다 그는 눈물이 핑 돌아 낯선 곳에서 잠이 설깬 아이처럼 훌쩍거리곤 했다.

그래서요?

그래서 그렇다는 말이죠.

에이, 시시해. 그럼 전 부인은 진짜 유학을 갔어요?

아직까지 한 번도 못 만났으니 그럴 가능성도 있을 겝니다.

그럼 요즘도 아이 꿈을 꾸세요?

아뇨. 요즘은 한 나무에 대한 꿈을 꾸는 편이죠.

나무요?

나뭅니다. 아주 헌걸차고 씩씩한 녀석이죠. 바로 수칼매나무입니다. 갈매나무가 암수딴그루 나무인 건 아시죠?

암수딴그루라뇨?

왜, 은행나무처럼 암수가 따로 있다 이겁니다. 제가 여태껏 보아 온 건 모두 암그루였죠. 아직 수그루를 한 번도 보지 못했죠.

아마 어느 깊은 계곡 어디에신가 뿌리를 박고 홀로 눈보라와 찬비와 거친 바람을 맞으며 추운 계절을 꿋꿋이 견디며 힘차게 수액을 높은 우듬지 위로 뽑아 올리는 자태를 간직한 수그루를 알아보게 될 겁니다. 그런 날이 꼭 올 겁니다. 제 꿈이 그렇거든요. 그놈을 봤어요. 한 번도 아니고, 두 번도 아니고…… 몹시 앓을 땐 내가 직접 그 수칼매나무가 되는 꿈을 꿔요. 아주 편안한 나무가 되는 꿈을 꿔요.

– 김소진, 「갈매나무를 찾아서」

＊매욱한: 하는 짓이나 됨됨이가 어리석고 둔한.

03 위 작품의 핵심 소재인 갈매나무의 역설적 성격을 비유적으로 표현한 말을 제시문에서 찾아 2어절로 제시하시오.

04 위 작품에서 촉각적인 표현을 활용하여 상대를 위로하고자 하는 인물의 마음을 보여주는 문장을 찾아 첫 어절과 마지막 어절을 적으시오.

첫 어절: _____, 마지막 어절: _____

제1회 실전모의고사

[수학 영역]

▶ 해답 p.162

01 방정식 $\log_4 4(x-2) = \log_2(x-4)$를 만족시키는 실수 x의 값을 구하시오.

02 최고차항의 계수가 1인 사차함수 $f(x)$에 대하여 곡선 $y=f(x)$ 위의 점 $(0, 4)$에서의 접선이 곡선 위의 점 $(-1, 1)$에서 이 곡선에 접할 때, $f'(-1)$의 값을 구하시오.

03 모든 항이 정수이고 다음 조건을 만족시키는 모든 수열 $\{a_n\}$에 대하여 a_7의 값의 합을 구하시오.

> (가) $a_1=100$이고, 모든 자연수 n에 대하여
> $$a_{n+2}=\begin{cases} a_n-a_{n+1} & (n\text{이 홀수인 경우}) \\ 2a_{n+1}-a_n & (n\text{이 짝수인 경우}) \end{cases}$$
> 이다.
> (나) 6 이하의 모든 자연수 m에 대하여
> $a_m a_{m+1}>0$이다.

04 수직선 위를 움직이는 점 P의 시각 $t\ (t\geq 0)$에서의 속도 $v(t)$와 가속도 $a(t)$가 다음 조건을 만족시킬 때, 시각 $t=0$에서 $t=3$까지 점 P가 움직인 거리를 구하시오.

> (가) $v(t)$는 t에 대한 삼차함수이다.
> (나) 0 이상의 모든 실수 t에 대하여
> $v(t)+ta(t)=4t^3-3t^2-4t$이다.

제2회 실전모의고사

[국어 영역]

▶ 해답 p.165

PART 1
기출문제

PART 2
실전모의고사

PART 3
정답 및 해설

[01~02] 다음 글을 읽고 물음에 답하시오.

　산업 사회가 등장하면서 대중이 출현하고, 그들의 문화가 평준화되는 경향은 많은 학자의 관심을 끌었다. 획일적인 문화를 가진 대중이 주도하는 대중 사회를 분석하는 사회학자들은 현대 사회 대부분의 개인들이 서로 비슷하고 균등할 뿐만 아니라 개개인의 특성을 보여 주지 못한다고 보았다. 이런 관점은 특히 미국 문화에 대한 분석에 주로 적용되었다.

　미국의 사회학자 데이비드 리스먼은 대중 사회의 이중성 을 분석하였다. 그에 따르면, 현대 미국 사회는 경쟁과 개인의 성취를 지나치게 강조하는 개인주의적이고 자유로운 경쟁 사회가 되었다. 하지만 그 사회는 자신만의 개성을 가진 개인들의 사회가 아니라 권력을 가진 소수에 의해 좌우되는 사회이다. 개인은 스스로 판단하는 대신 고도로 발전한 매체에 의해 조종당한다. 대다수의 미국인이 자신보다 우월하다고 생각하는 타인을 추종하고, 권력과 매체가 조작한 행위 유형을 모방한다. 즉 미국인은 철저하게 고립된 고독한 개인으로 변한 동시에 유사한 생활 방식과 개성을 상실한 가치관을 추구하는 거대한 군중이 되었다는 것이다. 리스먼은 이러한 특성을 타인 지향적 사회라는 개념으로 설명한다.

　리스먼은 인구의 증가 및 감소 경향에 따라 사회 전반의 특성이 달라지며, 그에 따라 인간의 행동에 영향을 미치는 요인이 달라진다고 보았다. 그는 우선 출생률과 사망률이 모두 높아 인구수의 변동이 크지 않은 사회를 전통 지향적 사회라고 명명하였다. 그러면서 전통 지향적 사회에서는 관습, 의식, 종교 등이 구성원들의 사회화에 중요한 역할을 하며, 구성원들은 일반적으로 자신을 하나의 독립적인 존재라고 생각하지 않으므로 사회 규범을 준수하지 않을 경우 느끼게 될 '수치심'에 의해 행동이 통제된다고 설명하였다. 한편 보건 위생의 발달, 원활해진 식량 공급, 농사법의 개량 등으로 인구의 증가 현상을 보이는 사회를 내면 지향적 사회라고 명명하였다. 이러한 사회는 개인의 이동성 급증, 자본의 축적, 끊임없는 경제 확장 등의 현상을 보이며 개인에게 선택의 자유를 부여한다. 이러한 자유로 인해 개인의 내면적 사고가 행동의 지침이 되며, 사람들은 내면화된 규범을 준수하지 않을 때 느끼는 '죄의식'에 따라 행동을 통제한다.

　현대 사회로 접어들면서 사회 구성원의 생활 양식과 가치관이 대가족보다는 핵가족을 지향하게 되고, 출생률과 사망률이 더불어 계속 감소하는 경향을 보이게 되었다. 리스먼은 이러한 사회에 있어서는 타인 지향적 성격이 중요한 의미를 지니게 된다고 보았다. 그에 따르면 현대 사회에서는 노동 시간이 단축되고 생활 수준이 높아지면서 사람들이 여가와 소비 생활에 많은 시간을 소요하게 된다. 이러한 사회에서는 근면이라는 가치의 중요성이 감소하고, 타인과의 타협이 중요해진다. 타인과의 접촉 기회가 늘어나면서 기존의 관습과 전통은 약해지고 접촉하는 타인의 태도와 반응이 중요한 의미를 가지게 된다는 것이다. 이러한 사회에서는 인간 행동의 지침이 가까운 동료들의 반응에 좌우된다. 끊임없이 타인이 보내는 신호에 세세하게 주의를 기울이면서 사람들은 공동체나 조직으로부터 소외될지도 모른다는 불안감의 영향을 받게 된다.

　리스먼은 타인 지향적 사회의 모순을 극복하기 위해서는 자율형 인간이 되어야 한다고 강조하였다. 전통 지향형, 내면 지향형, 타인 지향형의 유형이 역사적 단계와 함께 나타난 사회적 유형이기는 하지만, 이 세 가지 유형은 어느 시대에든 나타날 수 있다. 리스먼은 적응형, 무규제형, 자율형의 인간 유형이 있다고 주장하였는데, 이때 적응형은 세 가지 사회적 성격의 전형적인 모습을 보여 주는 유형을, 무규제형은 사회적 성격에서 벗어나는 모습을 보여 주는 유형을 가리킨다. 한편 자율형은 사회에 적응할 능력이 있으면서도 적응 여부에 대한 선택의 자유를 가지는 유형을 가리킨다. 그는 인간은 제각기 다른 존재임에도 서로 똑같아지기 위해 사회적 자유와 개인적 자율성을 상실하고 있다고 지적하면서, 집단의 가치 체계로부터 자유로워짐으로써 자신의 능력을 키우고 자율성에 이르는 길을 개척해 나갈 수 있다고 강조한다.

01 제시문의 주제를 다음과 같이 서술할 때, 빈칸에 들어갈 말을 제시문에서 찾아 적으시오.

주제	리스먼이 주장한 현대 사회의 (ⓐ) 성격과 (ⓑ) 인간의 중요성

02 제시문에서 리스먼이 분석한 대중 사회의 이중성 에 대한 핵심 내용을 정리하여 한 문장으로 제시하시오.

[03~04] 다음 글을 읽고 물음에 답하시오.

건의서 내용을 소상히 밝힐 만큼 우 하사의 동기생들은 친절하지 않았다. 다만 도장을 지참하고 일렬로 주욱 늘어서게 한 다음 이렇게 말하는 것이었다.

"뒈지기 전에 불쌍헌 놈 호강이나 시키자구!"

[A]

그러나 우리는 우리가 찍는 도장이 장차 무엇에 소용될 것인지를 곧 알았고, 각자가 도장으로 확인해 준 내용의 엄청남에 경악을 금할 수 없었다. 우 하사의 동기생들은 술을 진탕 마시고는 비틀걸음으로 각 내무반을 돌면서 엉엉 소리 내어 울다가 우 하사의 이름을 부르다가 했다. 누구도 그들의 서슬을 꺾을 수는 없었다. 그들이 보이는 광란에 가까운 전우애는 누가 만약 입바른 소리라도 할라치면 당장에 때려죽일 것 같은 기세였으며, 그들의 눈물겨운 노력이 대대 분위기를 점점 최면시켜 진실과 허위의 구분을 애매하게 만들어 놓았다. 목석이 아닌 이상 그것은 감동하지 않고는 못 배기는 신들린 상태였다. 우리 주위에 그런 인물이 있었던가 새삼스레 돌아다 보아질 정도였다. 심지어는 건의서 상으로 우 하사에 의해 구출된 것으로 지목된 세 명의 사병마저도 정말 자기를 구한 것이 우 하사 그 사람인 줄로 믿어 버릴 정도였다. 우리는 모두 합심해서 하나의 미담을 엮어 내었고, 그 미담 속에서 우 하사는 하루가 다르게 완벽한 영웅의 모습을 갖추어 나갔다.

대대장 또한 마찬가지였다. 전체 사병의 귀감이 될 영웅적인 하사관 한 명쯤 자기 휘하에 두었대서 조금도 손해날 일은 아니었다. 대대장의 확인을 거쳐 단본부에 제출된 우리들의 진정 내용은 일차로 단장을 감동시켰다. 그는 자기 권한으로 할 수 있는 모든 조처를 취했다. 우선 빈사의 하사관을 장교 병동에 입실시킨 다음 민간인 연고자가 영내에 거주하면서 간호에 임하도록 했다. 훈장은 시간이 걸리는 거니까 먼저 비행단 이름으로 표창장을 수여함으로써 아쉬운 대로 성의를 표시했다. 그리고 각 언론 기관에 연락하여 일단의 기자들을 초청해서 취재를 하도록 했다.

(중략)

회견은 예정된 순서에 따라 톱니바퀴가 물리듯 한 치의 오차도 없이 정연하게 진행되었다. 육하원칙에 의해서 각자가 겪은 일들을 진술하는데, 누구를 막론하고 결정적인 순간에 가서는 한 개인의 경험을 떠나 우 하사의 행위와 교묘하게 결부시키는 화법들을 썼다. 기자들은 열심히들 기록을 하고 사진을 찍었다. 누가 봐도 결과는 만족할 만한 것임이 거의 확실해진 순간이었다.

"혼자서 간호를 전담하다시피 해 오셨다죠?"

여태껏 한쪽 구석지에 우두커니 앉아만 있던 신 하사에게 일제히 시선이 집중되었다.

"연일 수고가 많으시겠군요. 어때요, 신 하사가 보는 우 하사의 인간 됨됨이랄까 병상에서 있었던 일화 같은 걸 소개해 주실까요?"

자리나 메우는 역할이라면 몰라도 직접 입을 열어 뭔가를 조리 있게 설명해야 할 사람치고는 분명히 자격 미달이었다. 신 하사를 그런 자리에 끌어들인 그 자체가 애당초 잘못된 배역임이 뒤늦게 드러나기 시작했다. 신 하사는 꿀 먹은 벙어리였다.

"어떻습니까, 평소의 그답게 투병 생활도 영웅적입니까?"

"……."

"사고 당시 격납고 안에서 우 하사를 본 적이 있습니까?"

기자들은 쉽게 포기하지 않았다. 신 하사가 맡은 몫을 기어코 감당하게 만들 작정으로 그들은 번갈아 가며 질문을 던져 말문을 열게 하려 했다.

"예."

하고 마침내 신 하사의 입에서 대답이 떨어졌다.

"그때 우 하사가 뭘 어떻게 하고 있던가요?"

"불에 타고 있었습니다."

신 하사가 입을 열었을 때 깜짝 반가워하는 표정이던 기자들은 이 예상 밖의 답변에 점잖지 못하게 웃음을 터뜨렸다. 이때부터 그들은 신 하사를 노골적으로 깔아 보기 시작했다.

"그가 불에 탔다는 건 우리도 압니다. 내가 묻고 싶은 건 그냥 불에 타기만 했냐는 겁니다."

"예."

회견장이 소란해졌다. 여기저기에서 웅성거리는 소리가 들렸다.

"좀 더 자세히 말씀해 주실까요? 불이 붙기 전에 우 하사는 무슨 일을 했습니까? 그리고 불이 붙은 다음에 어떻게 행동했습니까?"

아아, 가엾은 신 하사…….

"작업이 거의 끝나 가던 참이었습니다. 우 하사는 작업복이 기름투성이였습니다. 펑 소리가 나더니 눈앞이 캄캄해졌다가 훤해졌습니다. 정신을 차리고 보니 우 하사가 불덩이가 되어서 훌쩍훌쩍 뛰고 있었습니다. 너무 갑자기 당한 일이라서 무슨 영문인지…….."

그날 오후에는 누구나 다 그렇게 당했다. 일과가 끝나 갈 무렵에 격납고 안에 있었던 사람들의 공통된 이야기가 그랬다. 펑 하고 터지는 폭발음이 울림과 동시에 졸지에 주위가 불바다로 변하더라는 것이었다. 때마침 운 좋게 격납고 밖에 있다가 사고를 목격하게 된 사람들의 얘기는 격납고 안에 있던 사람들이 얼이 빠져 가지고 불길 속을 우왕좌왕하는 것도 무리가 아니었음을 뒷받침해 주었다. 순간적이었다는 것이다. 훈련 비행기 한 대가 착륙 자세를 잡은 채 내려오고 있었는데 그간 뜨고 내리는 비행기를 숱하게 보아 왔지만 불길한 예감과 함께 유독 그것만은 눈길을 끌더라는 것이다. 똑바로 자기를 겨냥하듯이 눈 깜짝할 사이에 접근해 오는 걸 보니 조종사가 낙하산 탈출할 때 조종석 덮개가 벗겨져 나가면서 꼬리 날개를 자른 흔적이 얼핏 눈에 띄었고, 그것은 바람을 가르는 쇳소리를 거느리면서 활공 비행으로 내려오다가는 활주로를 멀리 빗나가 버린 스파크를 튀기면서 용하게 주기장(駐機場) 빈터에 접지한 다음 횡하게 개방된 격납고 문 안으로 마치 골인하듯이 곧장 뛰어들더라는 것이다.

"신 하사가 목격한 것은 아마 쓰러지기 직전의 마지막 광경이었을 겁니다. 자아, 그럼 이것으로 회견을 모두 마치겠습니다."

사회를 보던 정훈 장교가 서둘러 질문을 마감해 버렸다. 이렇게 해서 모처럼 마련한 기자 회견의 자리는 더 이상의 불상사 없이 끝마칠 수 있었다.

회견이 끝난 그 직후부터 신 하사는 몹시 바쁜 몸이 되었다. 여기저기 오라는 데는 많은데 몸뚱이는 하나여서 그야말로 오줌 싸고 뒷 볼 틈조차 없어 보였다. 회견석상에서의 신 하사의 마지막 언급이 그만 단장과 대대장의 비위를 상하게 만들었던 것이다. 일단 그 양반들의 비위를 건드려 놓은 이상 신 하사가 온전치 못할 것임을 상상하기는 어렵지 않았다.

– 윤흥길, 「빙청과 심홍」

03 위 작품의 작가가 '신 하사'를 통해 고발하고자 한 것이 무엇인지 적으시오.

04 다음의 〈보기〉에서 ⓐ의 결과물을 보여주는 문장을 [A]에서 찾아 첫 어절과 마지막 어절을 적으시오.

〈보기〉

이러한 경향은 때로 ⓐ'집단 극화' 현상을 일으키기도 한다. 집단 극화란 집단의 의사 결정이 구성원 개개인의 평균치보다 극단으로 치우치게 되는 현상으로, 집단 내에서 추진되는 특정한 의견에 사람들이 휩쓸리게 되는 것을 말한다. 때로는 마치 집단 최면에 걸린 듯 많은 사람이 집단이 지시하는 데에 따라 행동하여 진실과 허위의 구분이 애매해지기도 한다. 이러한 경우 군중은 진실을 갈망하지 않게 되며 그들은 자신들의 마음에 들지 않는 증거 앞에서는 얼굴을 돌리고, 자신들의 마음을 끄는 오류를 따르게 된다.

첫 어절: _____, 마지막 어절: _____

제2회 실전모의고사

[수학 영역]

▶ 해답 p.165

01 두 수열 $\{a_n\}$, $\{b_n\}$에 대하여

$\sum_{n=1}^{4} (a_n + b_n) = 24$, $\sum_{n=1}^{4} (a_n - b_n) = 16$

일 때, $\sum_{n=1}^{4} (2a_n - b_n)$의 값을 구하시오.

02 다항함수 $f(x)$에 대하여 함수 $(x^2 + x)f(x)$가 $x = 1$에서 극소이고, 이때의 극솟값이 -6일 때, $f'(1)$의 값을 구하시오.

03 다항함수 $f(x)$에 대하여

$$f'(x)=3x^2+4x+1,\ f(0)=1$$일 때,

$\dfrac{1}{2}\displaystyle\int_{-3}^{3}f(x)dx$의 값을 구하시오.

04 그림과 같이 길이가 4인 선분 AB를 지름으로 하는 원 위의 점 P와 중심이 B이고 점 P를 지나는 원이 선분 AB와 만나는 점 Q에 대하여 호 AP의 길이를 l, 중심이 B인 부채꼴 BPQ의 넓이를 S라 하자. $\dfrac{S}{l}=\dfrac{2}{9}$일 때, 삼각형 ABP의 넓이를 구하시오. (단, $l<2\pi$이고, 중심이 B인 부채꼴 BPQ의 중심각의 크기는 $\dfrac{\pi}{2}$보다 작다.)

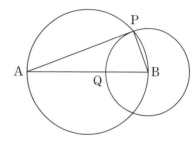

제3회 실전모의고사

[국어 영역]

▶ 해답 p.168

[01~02] 다음 글을 읽고 물음에 답하시오.

최근 5세대 통신 기술, 자율 주행 차 등의 신기술에 밀리미터파가 사용되면서 그에 대한 관심이 커지고 있다. 밀리미터파는 30~300기가헤르츠(GHz) 주파수 대역의 전파를 가리킨다. 주파수는 전파가 공간을 이동할 때 1초 동안에 진동하는 횟수인데, 1초 동안에 한 번 진동하면 1헤르츠(Hz), 1천 번 진동하면 1킬로헤르츠(KHz), 100만 번 진동하면 1메가헤르츠(MHz), 10억 번 진동하면 1기가헤르츠라고 한다. 즉 밀리미터파는 1초 동안에 300억 번 이상 진동하는 전파인 것이다. '밀리미터파'라는 이름은 파장의 길이가 1~10밀리미터(mm)에 불과한 까닭에 붙여졌으며 '극단적으로 높은 주파수'라고도 불린다. 밀리미터파는 적외선이나 가시광선에 비해 파장이 길지만 휴대 전화나 무선 통신 시스템에 사용되는 마이크로파보다 파장이 짧다.

처음 밀리미터파를 실험한 사람은 보스이다. 생물학자이면서 물리학자였던 그는 1895년에 가시광선과 자외선 등 빛의 굴절과 회절, 편파에 관한 실험을 했다. 이 과정에서 그가 독자적으로 개발한, 일종의 밀리미터파 신호 발생 장치인 반도체 크리스털을 이용하여 밀리미터파를 약 1.61킬로미터 정도 떨어진 곳까지 보낼 수 있었다.

밀리미터파는 주파수가 매우 높다. 주파수가 높으면 진동 횟수가 많은 것인데, 그러면 전파의 파장이 짧다. 주파수와 파장은 반비례 관계인 것이다. 파장이 짧아질수록 전파의 직진성이 커지며, 전파의 직진성이 커지면 장애물에 부딪쳤을 때 반사되어 나가려는 성질이 강해진다.

다음 사진은 밀리미터파보다 파장이 짧은 빛의 직진성을 확인할 수 있는 실험의 예들이다. 먼저 한 개의 전구에서 나온 빛이 한 개의 삼각형 구멍이 뚫린 판을 통과한 것을 보자. 스크린에 한 개의 삼각형 모양이 밝게 나타난다. 다음으로 두 개의 전구를 밝혀 한 개의 삼각형 구멍이 뚫린 판을 통과한 것을 보자. 이 경우에 스크린에 나타나는 밝은 삼각형은 하나가 아니라 둘이 된다. 이것은 빛이 서로 중첩되지 않고 직진하고 있음을 보여 준다.

▲ 빛의 직진성 실험 (1)

다음의 사진에서처럼 다양한 빛깔의 광원이 여러 개 있음에도 빛깔들이 바닥에서 서로 중첩되지 않고 고유한 모양으로 나타나는 것도 빛의 직진성 때문으로, 파장이 짧아서 나타나는 현상이다. 파장이 길어질수록 직진성은 약해지고, 신호의 빔 폭이 넓어지면서 바닥에 형성되는 모양은 서로 중첩되어 고유의 형상을 잃어버리게 된다.

밀리미터파는 파장의 길이가 빛보다는 길지만, 다른 전파에 비해 매우 짧기 때문에 직진성이 강하다. 제2차 세계 대전에 주로 사용된 마이크로파 신호인 20기가헤르츠 대역의 레이더는 신호의 빔 폭이 넓어서 적게 노출되는 문제가 있었다. 그래서 크기는 같되 빔 폭이 더 좁은 레이더가 필요했다.

▲ 빛의 직진성 실험 (2)

이 요구는 밀리미터파에 관한 보스의 실험 결과를 실제로 사용한 계기가 되었다. 신호의 직진성이 마이크로파 대역의 레이더에 비해 큰 밀리미터파 레이더를 사용한 것인데, 이것이 밀리미터파의 첫 번째 응용 사례이다. 이후에 밀리미터파는 군사용 레이더 개발에 많이 응용되었다.

파장이 짧아 진동수가 많은 전파일수록 공기 중의 산소나 수증기 등에 부딪히면서 에너지 감쇠율이 높아진다. 이것은 늦가을 맑은 날과 안개 낀 날의 빛의 세기가 확연히 다른 점을 생각해 보면 쉽게 이해할 수 있다. 밀리미터파도 예외는 아니다. 비가 오거나 안개 낀 날이면 밀리미터파를 이용한 통신 시스템의 성능이 크게 떨어진다. 이와 같은 현상이 일어나는 까닭은 산소에 의해 신호의 크기가 줄어들기 때문이다. 비와 안개의 주성분은 물이고, 물에는 산소 분자가 들어 있다. 비오는 날이나 안개 낀 날에는 통신 시스템의 성능이 현저히 떨어지는데, 이것은 밀리미터파를 포함한 전자파 신호가 물이나 안개, 구름 등 산소 분자가 있는 매질을 통과할 때 일부 신호가 산소에 흡수되기 때문이다. 이때 흡수된 전자파는 열로 변해 사라지고 나머지 전자파만 목적지에 도달하게 되어 신호의 크기가 크게 줄어드는 것이다.

01 다음의 〈보기〉는 밀리미터파의 특성을 그 성질에 따라 연결한 것이다. 제시문의 내용을 바탕으로 알맞은 성질을 고르시오.

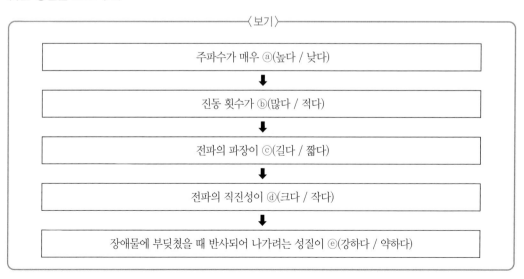

〈보기〉

주파수가 매우 ⓐ(높다 / 낮다)
↓
진동 횟수가 ⓑ(많다 / 적다)
↓
전파의 파장이 ⓒ(길다 / 짧다)
↓
전파의 직진성이 ⓓ(크다 / 작다)
↓
장애물에 부딪쳤을 때 반사되어 나가려는 성질이 ⓔ(강하다 / 약하다)

02 제시문의 내용을 바탕으로 다음 〈보기〉의 빈칸에 들어갈 내용을 2어절로 완성하시오.

〈보기〉

비가 오거나 안개 낀 날이면 밀리미터파를 이용한 통신 시스템의 성능이 크게 떨어지는 까닭은 산소에 의해 신호의 크기가 줄어들기 때문이다. 이것은 파장이 짧아 진동수가 많은 전파일수록 공기 중의 산소나 수증기 등에 부딪히면서 (   )이/가 높아지기 때문이다.

[03~04] 다음 글을 읽고 물음에 답하시오.

　　창밖에 밤비가 속살거려
　　육첩방(六疊房)은 남의 나라,

　　시인이란 슬픈 천명(天命)인 줄 알면서도
　　한 줄 시를 적어 볼까,

　　땀내와 사랑내 포근히 품긴
　　보내 주신 학비 봉투를 받아

　　대학 노-트를 끼고
　　늙은 교수의 강의 들으러 간다.

　　생각해 보면 어린 때 동무를
　　하나, 둘, 죄다 잃어버리고
　　나는 무얼 바라
　　나는 다만, 홀로 침전(沈澱)하는 것일까?

　　인생은 살기 어렵다는데
　　시가 이렇게 쉽게 씌어지는 것은
　　부끄러운 일이다.

　　육첩방은 남의 나라
　　창밖에 밤비가 속살거리는데,

등불을 밝혀 어둠을 조금 내몰고,
시대처럼 올 아침을 기다리는 최후의 나,

㉠나는 ㉡나에게 작은 손을 내밀어
눈물과 위안으로 잡는 최초의 악수.

– 윤동주, 「쉽게 씌어진 시」

03 다음의 〈보기〉는 위 작품에서 시적 화자의 정서와 태도의 변화 추이를 나타낸 것이다. 빈칸을 대표하는
중심어를 사용하여 다음과 같이 정리하여 제시하시오.

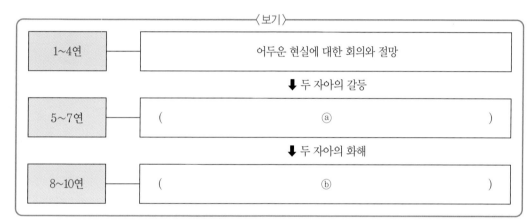

04 위 작품의 마지막 10연에서 ㉠의 '나'와 ㉡의 '나'가 의미하는 바가 무엇인지 각각 2어절로 쓰시오.

㉠ _____

㉡ _____

PART 1 기출문제
PART 2 실전모의고사
PART 3 정답 및 해설

제3회 실전모의고사

[수학 영역]

▶ 해답 p.169

01 실수 a에 대하여

함수 $f(x) = -2x^3 + x^2 + ax + 4$가 역함수를 가질 때, $f'(0)$의 최댓값을 m이라 하자. 이때, $-6m$의 값을 구하시오.

02 실수 전체의 집합에서 연속인 함수 $f(x)$가, 모든 실수 x에 대하여 $f(2) = 4$이고, $(x-2)f(x) = (x^2-4)(x-a)$를 만족한다. 이때, 상수 a의 값을 구하시오.

03 $a_1 = 1$인 수열 $\{a_n\}$의 첫째항부터 제 n항까지의 합을 S_n이라 할 때, 모든 자연수 n에 대하여 $\dfrac{S_{n+1}}{S_n} = \dfrac{1}{7}$이다.

이때, $\log \dfrac{1}{7}\left(-\dfrac{a_{20}}{6}\right)$의 값을 구하시오.

04 두 실수 $a\ (a \neq 0)$, b에 대하여 $f(x) = x^2 + ax + b$라 하자.

$$\int_{-1}^{1} f(x)f'(x)\,dx = 0,$$

$$\int_{-3}^{3} \{f(x) + f'(x)\}\,dx = 0$$일 때,

$f(-1)$의 값을 구하시오.

PART 1 기출문제

PART 2 실전모의고사

PART 3 정답 및 해설

제4회 실전모의고사

[국어 영역]

▶ 해답 p.171

[01~02] 다음 글을 읽고 물음에 답하시오.

공공성은 공동체 구성원들의 더불어 사는 삶과 번영을 유지하기 위해 마련된 공적 영역과 구성원 개인의 자율, 권리를 보장하기 위해 마련된 사적 영역의 관계에 따라 그 위상이 달라지게 된다. 이 때문에 공공성 담론은 기본적으로 공적 영역과 사적 영역의 성격과 그 범위 그리고 관계에 초점을 맞춘다. 공공성에 대한 담론은 역사적으로, 사회적으로 다르게 전개되어 왔다.

서양의 전통적 사상에서는 공적 영역과 사적 영역의 경계를 명백히 구분한다. 이러한 구분은 고대 그리스의 폴리스 공동체에서도 있었다. 고대 그리스 사회에서의 공적 영역은 인격적으로 성숙한 '시민'만이 참여할 수 있었고, 이들이 서로의 의견을 자유롭게 교환하는 영역으로 인식되었다. 기원전 5세기 그리스의 지도자인 페리클레스는 시민의 자유를 존중하고 사회의 공공선을 추구하는 공적 영역에 참여하는 것이 인간적 가치를 실현하는 것이라 하였다. 반면 가계로 대표되는 사적 영역은 공적인 영역에 비해 상대적으로 인정받지 못했기 때문에 '시민'의 자격을 갖추지 못한 사람들이 담당하였으며 생산적 활동이 이루어지는 노동의 영역으로 인식되었다. 이처럼 고대 그리스 사회에서는 공적 영역이 사적 영역보다 상대적으로 우월한 지위를 가졌으며 정당화된 영역으로 여겨졌다. 공적 영역과 사적 영역의 관계에서 공적 영역의 우월성이 인정받는 경향은 고대 그리스 시대를 넘어 중세에서도 유지된다. 중세 사회에서도 공적인 영역에 참여하는 것은 영예로운 일이자 개인의 권리와 자유를 지키는 것으로 인식되어 공공성의 가치가 강조되었다.

하지만 중세에서 근대로 전환되면서 공적 영역을 우월한 것으로 보던 관점이 변화하였다. 근대에도 공적 영역과 사적 영역은 엄밀히 구분되었으나 ㉠근대의 자유주의자들은 개인을 신과 국가로부터의 속박에서 벗어난 자유로운 존재이자, 자신의 이성을 활용하여 자신의 삶을 개척하고 살아갈 수 있는 존재로 인식하기 시작하였다. 근대에 형성되기 시작한 자본주의 체제로 인해 이윤 추구는 중요하고 정당한 행위로 인정되기 시작하였다. 이윤 추구를 위해서는 사적 권리의 보장이 필수적이었고, 이를 위해 사적 영역이 정당화되고 확장되는 현상이 나타났다. 즉 근대 사회에서 공적 영역은 개인의 사적 영역에서의 자유로운 활동을 위한 권리를 보호하는 역할을 수행하는 영역에 한정된다. 오히려 개인의 자유와 권리를 강조하는 근대 자유주의자들은 공적 영역에 의한 사적 영역의 침범을 경계하였고, 개인의 자유와 권리 강화를 외치며 공적 영역의 역할을 최소화하는 것이 바람직하다고 보았다. 이러한 자유주의의 논리에 따르면, 공공성은 강화되어야 하는 가치가 아니라 약화되어야 하는 가치가 되어 버린다.

공적 영역과 사적 영역의 대립적 관계의 근저에는 정당성의 문제가 있다. 다시 말해 공적 영역과 사적 영역의 구분은 '어떤 영역이 더 좋은 영역이며, 가치 있는 영역인가'와 같은 가치의 문제와 연결이 된다. 이러한 대립적 관계가 공적 영역과 사적 영역의 성격 및 범위에 영향을 끼쳐 사회나 시대에 따라 공공성의 위상이 다르게 평가되어 온 것이다.

01 위 제시문의 논지를 각 문단별 중심어를 통해 다음과 같이 정리할 때, 빈칸에 들어갈 말을 완성하시오.

[1문단] 공공성 논의의 기본 초점이 되는 _____ⓐ_____

[2문단] 공적 영역과 사적 영역의 관계에 대한 _____ⓑ_____

[3문단] 공적 영역과 사적 영역의 관계에 대한 _____ⓒ_____

[4문단] 공적 영역과 사적 영역의 _____ⓓ_____

02 ㉠의 관점에서 공공성에 대한 인식의 변화를 설명하고자 한다. 〈보기〉의 단어를 선택적으로 활용하여 아래의 빈칸을 25자 이내로 완성하시오.

〈보기〉
사적 영역, 공적 영역, 최소화 (2가지 선택)

근대 자유주의자들은 ( )

[03~04] 다음 글을 읽고 물음에 답하시오.

[앞부분의 줄거리] 선옥이 부인 이 씨를 오해하여 집을 나가자 선옥의 팔촌인 형옥은 재산을 차지하기 위해 가짜 선옥을 데리고 와 진짜 행세를 하게 한다. 그런데 선옥의 부인 이 씨만이 가짜 선옥이 자신의 남편이 아니라는 점을 알아채고, 다른 가족은 이 사실을 눈치채지 못한다. 임금은 진 어사에게 이 사건을 해결하라고 명하고, 진 어사는 진짜 선옥을 찾아내어 집으로 데려온다.

이 씨가 고하였다.

"부부가 비록 이성지친(二姓之親)이오나 또한 오륜의 한 가지이라. 이러므로 공자가 가라사대, '군자지도(君子之道)가 조단호부부(造端乎夫婦)*'라 하였사오니, 부부지도가 또한 중대할지라. 부부의 정은 부자의 정을 따르지 못하겠거니와 그 외양의 현저한 면목이야 길 가는 사람일지라도 알아볼 것인데, 삼종지도(三從之道)를 지키는 여자가 어찌 그 장부를 모르리까? 이제 저놈이 분명 부군이 아니나 시부모와 친척이 모두 가부(家父)라 하니, 미망인은 고독단

신이라 아무리 바른 대로 하오나 깨닫지 못할 뿐이 아니라, 도리어 미망인을 심병이라 하고 시가에 내쳤나이다. 미망인의 깊은 마음은 하늘이 세상을 굽어보시니 다른 간사한 실상은 발명(發明)치 못하겠사오며, 이제 죽기를 두렵거든 마음을 고치라 하시니 알지 못하겠나이다. 대인이 조정의 명망이 어떠하시며, 금일 소임이 존위가 어떠한 지위여서 살기를 탐하여 의로움을 잊는 사람이 되라고 시골의 어리석은 백성을 가리치시니이까? 옛 말씀에 하였으되, '만승지군*은 빼앗기 쉬우나 필부필부(匹夫匹婦)*의 뜻은 빼앗지 못한다.' 하였으니, 이제 왕명으로 죽이시면 진실로 달게 여기는 바이노나, 다만 부군을 만나지 못하고 죽사오면 미망인의 원혼은 구휼할 것이 없을 것이요. 일후에 부군이 비록 돌아와도 진위를 분변할 자가 없사오니 가부의 신세가 마침내 걸인을 면치 못할지라."

라고 하고 죽기를 재촉하였다. 어사가 크게 노하여,

"네 일개 요망한 여자가 심성이 교악(狡惡)하여 아래로 김씨 문중의 천륜을 의혹케 하고, 위로 천청(天聽)을 경동(驚動)케 하여 조정과 영읍이 분란케 되었으매, 벌써 거리에 머리를 달아 여러 백성을 징계할 것이로되, 성상의 호생지덕(好生之德)*으로 나를 보내셔서 십분 자세히 살피라 하시어, 내 여러 고을에서부터 너의 요사스럽고 바르지 못한 심정을 이미 알았으나 성상의 관인대도(寬仁大度)*를 본받아 형장을 쓰지 아니하고 좋은 말로 자식같이 타일렀으니, 사람이 목석이 아니거늘 일향 고집하여 조정 명관(命官)을 무단히 면박하며 난언패설(亂言悖說)*로 송정(訟庭)*에 발악함이 가하겠는가?"

하고 종인을 꾸짖어,

"이 씨를 형추(刑推)* 거행하라."

하였다. 선옥이 소리를 크게 하여 나졸을 불러,

"병자 이 씨를 형추하라."

하니, 나졸들이 미처 거행치 못하여, 문득 이 씨가 가마 속에서 크게 외쳐 이르기를

"어사는 왕인(王人)*이라, 이 곧 백성의 부모요, 상하 관속은 모두 나의 집 하인이라."

하고 가마의 주렴을 떨치고 바로 청상(廳上)에 올라 어사의 종인을 붙들고,

'장부가 어디에 갔다가 이제야 왔나뇨?'

하며 인하여 혼절하니, 통판이 딸아이의 혼절함을 보고 대경실색(大驚失色)하여 약을 갈아 입에 넣고 사지를 만지며 부르짖것다. 낭자가 겨우 정신을 수습하여 눈을 들어 보니 부군이 또한 기절해 있었다. 부친으로 더불어 구료(救療)*하니, 대청 위아래에서 보는 자가 놀라 괴하게 여기지 않은 자가 없었고 처사의 부부와 송정에 있던 자가 그 곡절을 알지 못하고 여러 사람이 서로 보아 어떻게 할 바를 깨닫지 못하며, 가짜 선옥과 형옥은 낯이 흙빛이 되어 떨기를 마지 아니하더라.

이때 어사가 광경을 보니 이 씨의 절개도 갸륵하거니와 그 선옥의 진위를 아는 지혜를 마음으로 더욱 탄복하고 몸소 창밖에 나아와 이 씨와 선옥을 데리고 들어와 즉시 이 씨로 수양딸을 정하였다. 이 씨가 부녀의 예로 뵈니 어사도 선옥과 이 씨를 가까이 앉히고 이 씨더러 물었다.

"여아는 어찌 가부의 진가를 알았느뇨?"

이 씨가 대답하였다.

"가부의 앞니에는 참깨만 한 푸른 점이 있사오매 이로써 안 것이요, 다른 데는 저놈과 추호도 차이가 없도소이다."

어사가 그 영민함을 차탄하고 선옥에게 일러,

"너의 가처가 나의 여아가 되었으니 너는 곧 나의 사위라. 너희 둘이 이제 만났으니 각각 정회도 펴려니와 우선 네가 절에서 떠난 연고를 자세히 하여 피차 의혹되는 마음이 없게 하라."

라고 하니, 선옥이 주저하고 즉시 말을 못 하였다. 낭자가 말하였다.

"장부가 할 말이면 반드시 실상으로 할 것이거늘 어찌 이같이 수삽(羞澀)*하십니까?"

선옥이 그제야 낭자를 향하여 말하였다.

"내 모년 모월 모일 야(夜)에 중의 의관을 바꾸어 입고 내려와 그대의 처소에 이르러 보니 그대 ⓐ어떤 의관한 남자와 더불어 기롱(譏弄)하는 그림자가 창밖에 비쳤으매, 매우 분노하여 들어가 그대와 그놈을 모두 죽이고자 하다가 도로 생각하니, '만일 그러하면 누명(陋名)이 나타나 나의 집안의 명성이 더러워질 것이라. 차라리 내 스스로 죽어 통한한 모양을 아니 보리라.' 하고 강변에 나아가 굴원을 찾고자 하다가 차마 물에 들지 못하고 도로 절을 향하여 오다가 또 생각하니, '내 만일 집으로 돌아가면 그 한한 심사를 항상 풀지 아니할지라. 이러할진댄 어찌 실가(室家)의 즐거움이 있으리오? 차라리 내 몸을 숨겨 세상을 하직하고 세월을 보내리라.' 하여 그길로 운산을 바라보고 창망히 내달려 우연히 함경도 단천 땅에 이르러 상원암이라 하는 절에 들어가 수운 대사의 상좌(上佐)가 되었으나, 대인을 만나 종적을 숨기지 못하고 이제 이같이 만났으니 알지 못하겠도다. 그때 그 사람이 어떠한 사람이더뇨?"

낭자가 눈물을 흘려 의상을 적시며 이르기를,

"장부가 이렇게 나의 마음을 모르나뇨? 이같이 의심할진댄 어찌 그때 바로 들어와 한을 풀지 아니하였나뇨? 그때 그 사람은 지금 송정에 있으매 장부가 보고자 하나이까?"

하고 시비 옥란을 부르니 마루 아래에 이르렀다. 낭자가 가리켜 말하기를,

"이 곧 그때의 의관한 남자라."

하니 선옥이 물었다.

"여자가 어찌 의관이 있으리오?"

낭자가 대답하였다.

"첩에게 묻지 말고 옥란에게 물어보소서."

하니, 선옥이 옥란에게 물었다.

"네가 육 년 전 모월 모일 야(夜)에 어떤 의관을 입었더뇨?"

옥란이 반나절이나 생각하더니 고하였다.

"소비(小婢)가 그때 아이 적이라, 낭자가 공자의 도복을 지으시매 앞뒤 수품과 같이 장단이 맞는가 시험코자 하여 소비에게 입히고 두루 보실 제, 소비가 어리고 지각이 없어 공자가 절에서 보낸 갓이 벽에 있거늘 장난으로 내려 쓰고 웃으며 낭자께 여쭈되, '소비가 공자와 어떠하나이까?'하니, 낭자 또한 웃으시고 꾸짖어 바삐 벗으라고 하기로 즉시 벗어 도로 걸었사오니 이 밖에는 의관을 입은 적이 없사옵니다."

라고 하였다. 선옥이 듣기를 다하고 자기의 지혜가 없음과, 빙설 같은 이 씨를 의혹하던 일과, 이 씨의 중간 축출하던 일을 일일이 생각하니 후회막급이라.

– 작자 미상, 「화산봉중기」

*군자지도가 조단호부부: 군자의 도는 부부 관계에서부터 시작된다.

*만승지군: 만승지국의 임금이라는 뜻으로, 천자나 황제를 이르는 말

*필부필부: 평범한 남녀

*호생지덕: 사형에 처할 죄인을 특사하여 살려 주는 제왕의 덕

*관인대도: 너그럽고 어진 큰 도

*난언패설: 어지럽고 사나운 말

*송정: 송사를 처리하던 법정

*형추: 죄인의 정강이를 때리며 캐묻던 일

*왕인: 왕명에 의해 내려온 관원

*구료: 가난한 병자를 구원하여 치료해 줌

*수삽: 몹시 부끄러워 우물쭈물함

03 위의 작품에서 이씨가 진짜 선옥과 가짜 선옥을 구별할 수 있었던 결정적 단서를 4어절로 제시하시오.

04 위의 작품에서 밑줄 친 ⓐ의 '어떤 의관한 남자'는 누구인지 그 신분과 이름을 제시하시오.

제4회 실전모의고사

[수학 영역]

▶ 해답 p.172

01 0이 아닌 두 실수 x, y에 대하여 $3^p \times 5^{-q} = 1$, $\dfrac{1}{p} + \dfrac{1}{q} = 2$일 때, $\dfrac{5^{4q}}{3^{2p}}$의 값을 구하시오.

02 x에 관한 이차방정식 $x^2 - 7ax - 5a^2 = 0$의 두 근이 $\sin\theta$, $\cos\theta$일 때, $59a^2$의 값을 구하시오.

PART 1
기출문제

PART 2
실전모의고사

PART 3
정답 및 해설

03 실수 전체의 집합에서 연속인 함수 $f(x)$가 다음 조건을 만족한다.

> (가) $f(x)=f(-x)$
>
> (나) $\displaystyle\int_{-1}^{2} f(x)dx=5$
>
> (다) $\displaystyle\int_{0}^{1} f(x)dx=1$

이때, $\displaystyle\int_{1}^{2} f(x)dx$의 값을 구하시오.

04 다음 조건을 만족시키는 모든 등차수열 $\{a_n\}$에 대하여 a_3의 최솟값을 구하시오.

> (가) 수열 $\{a_n\}$의 모든 항은 정수이다.
>
> (나) $a_{10}<0$, $|a_4|-a_3=0$

제5회 실전모의고사

[국어 영역]

▶ 해답 p.174

[01~02] 다음 글을 읽고 물음에 답하시오.

(가) '핵자기 공명'은 자기장 속에 놓인 시료의 원자핵이 특정 주파수의 전자기파와 공명하는 현상이다. 핵자기 공명으로 시료를 검사할 경우에 검사 과정에서 시료의 손상을 주지 않고, 한 번 검사한 시료라도 다시 검사가 가능하다. 이러한 장점 때문에 핵자기 공명을 활용한 기술은 의학 또는 화학 분야에서도 사용되고 있다. 이때 공명의 대상이 되는 원자핵으로 질량수 1인 수소가 많이 활용되지만, 필요에 따라서는 질량수 13인 탄소를 사용하기도 한다.

(나) 수소가 공명하는 원리는 다음과 같다. 수소 원자핵은 회전을 하는데 이를 핵의 스핀이라고 한다. 외부 자기장이 없을 때 스핀은 무질서하게 배향*하고 각각의 핵이 가진 에너지도 같다. 공명 장치의 내부에 있는 초저온의 자석으로 강한 자기장을 만들어 시료에 가하면, 〈그림 1〉과 같이 스핀은 외부 자기장의 방향과 같은 정방향이거나 반대인 역방향으로 배향된다. 정방향의 핵은 에너지가 낮아지고 역방향의 핵은 에너지가 높아지는데,

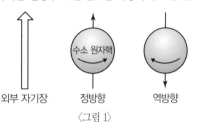

외부 자기장　　정방향　　역방향
〈그림 1〉

이 에너지 차이만큼 외부에서 전자기파로 에너지를 가하면 이를 흡수한 정방향의 스핀이 역방향으로 변한다. 이러한 변화를 공명이라고 하고 가해 준 전자기파의 주파수를 공명 주파수라고 한다. 공명 상태에서 전자기파를 끊으면 핵은 원상태로 돌아가면서 에너지를 방출하는데 이를 공명 신호라고 한다.

(다) 핵자기 공명은 의학 분야에서 인체 내의 조직을 관찰하기 위해 '자기 공명 영상 장치(MRI)'에 사용되고 있다. 인체 내부에는 많은 양의 물(H_2O)을 포함하고 있다. 이 장치는 H_2O의 수소를 공명시켜 인체 내부를 화면에 밝기의 정도로 나타낸다. 사람은 세포 조직마다 지방과 물을 함유하는 고유한 비율이 있다. MRI에서는 이를 'T1 강조 영상'과 'T2 강조 영상'으로 나타내는데, 두 영상 모두 신호 강도가 높은 부위일수록 하얗게, 신호 강도가 낮은 부위일수록 어둡게 나타낸다. T1 강조 영상에서는 지방의 비율이 높을수록, T2 강조 영상에서는 물의 비율이 높을수록 신호 강도가 높다. 이때 뼈는 두 강조 영상 모두에서 가장 어둡게 나타나 검은색으로 보인다. 세포 조직에 종양이 발생한 경우, 종양은 정상적인 세포 조직보다도 물을 많이 함유하고 있기 때문에 영상에 색의 밝기가 다르게 나타난다. 이로 인해 방사선을 이용하는 두 기기인 '엑스레이'와 '컴퓨터 단층 촬영(CT)'으로도 진단하기 어려운 것들까지 진단할 수 있다.

(라) 핵자기 공명은 화학 분야에서 화합물의 결합 구조를 알아내기 위해 '핵자기 공명 분광법(NMR 분광법)'에 사용되고 있다. 이 기법은 공명 과정에서 나타나는 '화학적 이동'을 이용한다. 화학적 이동이란 같은 외부 자기장을 가해도 수소가 다른 원소와 결합하고 있으면, 수소의 결합 환경에 따라 수소 원자핵의 공명 주파수가 약간 달라지는 현상이다. NMR분광법에서는 화학적 이동을 스펙트럼으로 나타낸다.

(마) 〈그림 2〉는 매톡시아세토나이트릴(CH_3OCH_2CN)의 스펙트럼이 다. C, H, N, O가 이 시료를 이루고 있으며, 결합 환경이 다른 수소는 두 가지로 CH_3O의 수소와 CH_2CN의 수소가 있다. 수평 축은 화학적 이동을 ppm*이라는 단위로 나타내는데, 결합 환경 이 같다면 수소 원자핵들은 항상 같은 위치에서 봉우리가 나타 난다. 그래서 위치가 다른 봉우리는 결합 환경이 같지 않은 수소 들이 몇 종류인지를 보여 준다. 결합 환경에 의해 높은 공명 주

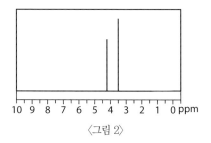

〈그림 2〉

파수를 갖는 수소일수록 봉우리는 왼쪽에 위치한다. 이미 많은 연구를 통해 수소의 결합 환경에 대응하는 ppm 값들은 알려져 있는데 통상 0에서 10ppm 사이의 값을 가진다. 또한 스펙트럼에서 봉우리의 높이는 공명 신호의 세기를 나타내는데, 수소 원자핵의 개수가 많을수록 봉우리는 높게 나타난다. 그래서 스펙트럼에 나타난 ppm과 봉우리의 높이를 통해 시료의 구조를 알아낼 수 있게 된다.

*배향(配享): 어떤 결정의 축과 그 계의 기본축 사이의 각도 관계

*ppm: 백만 분의 1을 나타내는 단위

---

01 위 제시문의 논지를 각 단락별 중심어를 통해 다음과 같이 정리하여 제시하시오.

(가) 핵자기 공명의 개요

(나) _____

(다) _____

(라) _____

(마) _____

02 다음의 〈관찰〉 조건을 바탕으로 환자의 복부를 '자기 공명 영상 장치(MRI)'로 촬영했을 때, 아래와 같은 〈결과〉가 도출되었다. 제시문의 내용을 바탕으로 그 원인을 진술하시오.

─〈 관찰 〉─

[조건 1] 환자의 복부를 촬영하니, 화면을 통해 세포 조직 중 정상적인 조직 P, Q, R와 종양이 관찰되었다.

[조건 2] P, Q, R, 종양은 모두 물과 지방만으로 구성되었고, 각각의 세포 조직이 포함하고 있는 물의 비율은 30%, 20%, 10%, 50%로 알려져 있다.

─〈 결과 〉─

[결과 1] T1 강조 영상에서는 지방의 비율이 가장 높은 세포 조직인 R가 가장 하얗게 나타났다.

[결과 2] T2 강조 영상에서는 물의 비율이 가장 높은 세포 조직인 종양이 가장 하얗게 나타났다.

[원인 1] T1 강조 영상에서는 _____ ⓐ _____

[원인 2] T2 강조 영상에서는 _____ ⓑ _____

[03~04] 다음 글을 읽고 물음에 답하시오.

(가)

전강(前腔)	둘하 노피곰 도두샤
	어긔야 머리곰 비취오시라
	어긔야 어강됴리
소엽(小葉)	아으 다롱디리
후강(後腔)	전(全) 져재 녀러신고요
	어긔야 즌 디롤 드디욜셰라
	어긔야 어강됴리
과편(過編)	어느이다 노코시라
금선조(金善調)	어긔야 ㉠내 가논 디 졈그룰셰라
	어긔야 어강됴리
소엽(小葉)	아으 다롱디리

– 어느 행상인의 아내, 「정읍사」

(나)
가시리 가시리잇고 나는
부리고 가시리잇고 나는
위 증즐가 대평셩디(太平聖代)

날러는 엇디 살라 ᄒᆞ고
부리고 가시리잇고 나는
위 증즐가 대평셩디(太平聖代)

잡ᄉᆞ와 두어리마ᄂᆞᄂᆞᆫ
선ᄒᆞ면 아니 올셰라
위 증즐가 대평셩디(太平聖代)

셜온 님 보내ᄋᆞᆸ노니 나는
가시ᄂᆞᆫ 듯 도셔 오쇼셔 나는
위 증즐가 대평셩디(太平聖代)

— 작자 미상, 「가시리」

(다)
월히노인을 통하어 저승에 하소연해
내세에는 내가 아내 되고 그대가 남편 되어,
나는 죽고 그대는 천 리 밖에 살아서,
그대에게 이 슬픔을 알게 했으면.
요장월로소명부(聊將月老訴冥府)
내세부처역지위(來世夫妻易地爲)
아사군생천리외(我死君生千里外)
사군지유차심비(使君知有此心悲)

— 김정희, 「배소만처상」

03 (가) 작품에서 밑줄 친 ㉠은 발화의 주체를 누구로 보느냐에 따라 그 해석을 달리 할 수 있다. 발화의 주체가 다음과 같을 때, 〈보기〉의 빈칸에 들어갈 해석 내용을 각각 20자 이내로 진술하시오.

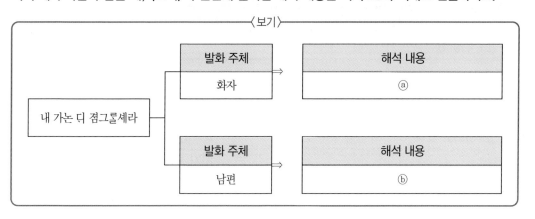

04 후렴구에 대한 〈보기〉의 설명 중 밑줄 친 부분에 해당하는 작품을 찾아 그 후렴구를 제시하시오.

〈보기〉

고전 시가에서 일정한 간격을 두고 반복되어 나타나며 조흥(助興), 강조, 감탄 등의 기능을 하는 말이나 소리를 여음(餘音)이라 하고, 여음 중에서 노래 곡조 끝에 붙여서 같은 가락으로 되풀이하여 부르는 구절을 후렴구(後斂句)라 한다. 후렴구 중에는 해석이 가능한 것도 있지만, 작품의 주제나 분위기와 일치하지 않는 경우도 있다. 이를 통해 해당 작품이 구전되다가 궁중의 악곡으로 수용되었다고 추정되기도 한다. 한시에서는 음악적 미감을 살리기 위해 일정한 자리에 규칙적으로 운자를 넣는 압운법(押韻法)을 사용한다.

97

PART 1
기출문제

PART 2
실전모의고사

PART 3
정답 및 해설

제5회 실전모의고사

[수학 영역]

▶ 해답 p.175

01 연립방정식 $\begin{cases} x-y=1 \\ 3^x+3^{y+3}=60 \end{cases}$ 의 해를 $x=\alpha$, $y=\beta$라고 할 때, $3^{\alpha+\beta}$의 값을 구하시오.

02 $\triangle ABC$의 세 변의 길이가 각각 $a=2$, $b=3$, $c=4$일 때, $\triangle ABC$의 넓이를 S라고 하자. 이때, $16S^2$의 값을 구하시오.

03 함수 $f(x)=\begin{cases} x+5 & (x \geq a) \\ 3x-1 & (x<a) \end{cases}$에 대하여

함수 $\{f(x)+1\}^2$가 실수 전체에서 연속이 되도록 하는 모든 실수 a의 값의 곱을 M이라 할 때, $-2M$의 값을 구하시오.

04 다항함수 $f(x)$가 모든 실수 x에 대하여

$$xf(x)=2x^3+ax^2+3a+\int_1^x f(t)dt$$를

만족시킨다.

$f(1)=\displaystyle\int_0^1 f(t)dt$일 때, $a-f(3)$의 값을 구하시오.

PART 1
기출문제

PART 2
실전모의고사

PART 3
정답 및 해설

99

제6회 실전모의고사

[국어 영역]

▶ 해답 p.178

[01~02] 다음 글을 읽고 물음에 답하시오.

혁신 클럽에서 포그는 우연히 세계 일주와 관련된 논증에 휩쓸리고, 결국 80일 안에 세계 일주를 할 수 있는지를 두고 2만 파운드(오늘날 돈으로 환산하면 약 20억 원)를 건 내기를 하게 된다. 포그는 자신의 주장을 입증하기 위해 바로 그날 저녁, 고용한 지 반나절도 안 된 하인 파스파르투와 함께 런던에서 출발한다.

포그의 세계 일주는 순조롭게 진행되는 듯했다. 계획보다 이틀이나 빨리 인도 뭄바이에 도착한 것이다. 그러나 곧바로 첫 번째 위기에 처한다. 영국 신문에서는 인도 횡단 철도가 완전히 개통되었다고 보도했었는데, 실제로는 약 80km 구간에 철길이 놓여 있지 않았다.

일정을 지키기 위해 대체 교통수단을 찾던 포그와 파스파르투는 한 인도인에게 코끼리를 빌려 여정을 재촉하려 한다. 그러나 코끼리 주인은 시간당 40파운드라는 금액을 제시해도 꿈쩍도 하지 않는다. 그러자 포그는 1,000파운드를 주고 코끼리를 아예 사겠다고 제안한다. 포그 일행과 동행한 영국 육군 준장은 코끼리 주인이 값을 더 올리기 전에 신중히 고민하라고 충고한다.

그럼에도 불구하고 포그는 자신에게 가장 중요한 것은 2만 파운드를 건 내기이고, 내기에서 이기려면 코끼리가 꼭 필요하기 때문에 제값의 스무 배를 주고서라도 코끼리를 반드시 살 것이라고 대답한다.

포그 일행은 오랜 흥정 끝에 얻은 2,000파운드짜리 코끼리를 타고, 인도의 밀림을 헤쳐 나간다. 그러던 중 일행은 브라만교도들에게 화형을 당할 위험에 처한 아우다 부인을 만나게 된다. 끊어진 철길 때문에 이미 많은 시간을 허비했음에도 불구하고 포그 일행은 그녀를 구한다. 그리고 아우다 부인은 자신의 목숨을 구해 준 포그의 호의에 감동하여 그와 동행하기로 한다.

포그 일행은 인도를 떠난 이후에도 갖가지 난관에 부딪힌다. 홍콩에 도착한 포그 일행은 일본 요코하마로 이동하여 태평양 횡단선을 탈 계획이었지만, 배를 놓치고 만다. 포그는 하루에 100파운드를 주는 조건으로 수로 안내선을 빌려 상하이로 향했고, 가까스로 태평양을 건너는 배에 올라탄다. 우여곡절 끝에 미국에 도착한 포그 일행은 대륙 횡단 열차를 탄다. 그러던 중 인디언들의 공격을 받아 갈아타야 할 기차를 놓치자 썰매를 빌리고, 썰매에 돛을 달아 개조하여 달린 끝에 결국 다른 열차로 갈아탄다. 하지만 그런 노력에도 불구하고 45분 차이로 대서양 횡단 기선을 놓치고 만다. 포그는 항구를 둘러보다 프랑스 보르드까지 가는 화물선 '앙리에타호'를 발견한다.

'앙리에타호'의 선장은 태워 달라는 포그 일행의 요구를 계속 거절하지만, 1인당 2,000파운드의 돈을 제시하여 결국 승낙한다. 대서양 항해를 하던 도중 연료가 떨어지자, 포그는 만든 지 20년 된 5만 달러짜리 배 '앙리에타호'를 6만 달러의 거금을 주고 산다. 그런 후에 배의 나무로 된 부분을 연료로 사용하며 항해를 마친다. 이처럼 온갖 수단을 동원해 영국에 도착한 그는 약속된 시간 바로 직전에 기적적으로 혁신 클럽 홀에 들어선다.

포그는 세계 일주를 떠나기에 앞서 상세한 계획표를 작성했지만, 곳곳에서 예기치 못한 위기에 처한다. 그럴 때마다 그는 대체 교통수단을 가진 이들에게 상품이 시장에서 그때그때 실제 거래되는 시장 가격보다 훨씬 높은 가격을 지불하며 여행을 지속해 나간다. 내기에서 이겨야만 하는 포그로서는 시장 가격보다 훨씬 높은 가격을 지불하는 것이 전혀 아깝지 않았던 것이다. 이를 경제학 용어를 사용하여 표현하면 '포그의 교통수단에 대한 지불 용의 가격은 다른

일반 여행객들보다 매우 높은 수준'이라고 말할 수 있다. 여기에서 지불 용의 가격이란 소비자가 상품 구입을 위해 지불하겠다고 마음먹은 금액 중 가장 높은 가격을 말한다.

위기 상황에서 포그는 과감하게 높은 가격을 제시하여 문제를 해결했지만 그가 항상 높은 가격을 지불했던 것은 아니다. 일정에 차질이 없을 때는 당연히 다른 일반 여행객들과 같은 가격을 내고 교통수단을 이용했다. 즉, 포그는 굉장히 높은 지불 용의 가격을 가지고 있음에도 남들과 같은 가격을 지불하여 큰 소비자 잉여를 누린 것이다.

01 포그가 80일간의 세계 일주 여행 당시 각 위기 상황마다 대체한 교통수단을 제시하시오.

위기 상황	대체 교통 수단
인도 횡단 철도가 완전히 개통되지 않음	ⓐ

위기 상황	대체 교통 수단
홍콩에서 일본 요코하마로 가는 배를 놓침	ⓑ

위기 상황	대체 교통 수단
인디언의 공격을 받아 갈아타야 할 열차를 놓침	ⓒ

위기 상황	대체 교통 수단
45분 차이로 대서양 횡단 기선을 놓침	ⓓ

02 다음의 〈보기〉에 들어갈 말을 윗글에서 찾아 문장을 완성하시오.

〈 보기 〉

우체국에서 파는 우표는 누구에게나 동일한 가격에 판매된다. 하지만 소비자에 따라 우푯값 몇백 원을 아까워하기도 하고, 수백만 원 혹은 수천만 원을 주고서라도 우표를 사려고 한다. 이러한 차이는 소비자들마다 우푯값에 대한 [   ]이/가 다르기 때문이다.

PART 1
기출문제

PART 2
실전모의고사

PART 3
정답 및 해설

[03~04] 다음 글을 읽고 물음에 답하시오.

　　내 내장 속에서 아무런 소리도 들리지 않는다고 했어요. 먼 바람 소리 같은 것만 쏴쏴 메아리친다고 했어요. 손가락 끝으로 청진기를 두들기며 그 늙은 의사가 중얼거리는 것을 들었어요. 청진기를 탁자에 올려놓은 의사는 초음파 검사기의 흑백 모니터를 틀었어요. 누워 있는 내 배에 희고 차가운 유액을 바르고는, 막대기처럼 생긴 차가운 기구로 명치에서 아랫배까지 살갗을 차근차근 문질러 내려갔어요. 그것을 통해서 내장들의 모습이 모니터에 나타나는 모양이었어요.

　　노말인데.

　　쯧, 하고 입맛을 다시며 의사가 중얼거렸지요.

　　지금 보이는 게 위장인데……. 아무 이상 없어요.

　　모든 것이 '노말'이라고 그분은 말했어요.

　　위, 간, 자궁, 콩팥 모두 정상인데.

　　그것들이 모두 서서히 사라지고 있는 것을 그는 왜 보지 못했을까요. 휴지를 몇 장 뽑아 유액을 대충 닦아 주더니, 일어나려고 하는 나에게 다시 누워 보라고 하고는 별반 아프지 않은 배 이곳저곳을 꾹꾹 누르기만 했어요. 아파? 하고 대뜸 반말로 묻는 그의 안경 쓴 얼굴을 쏘아보며 나는 연신 고개를 흔들었어요.

　　여기도 괜찮고?

　　여기도 안 아프고?

　　안 아파요.

　　주사를 맞고 돌아오는 길에 다시 토악질을 했어요. 지하철 구내의 차가운 타일 벽에 등을 대고 쪼그려 앉았어요. 통증이 멈추기를 기다리며 숫자를 세었어요. 마음을 편하게 가지라고 그 의사가 말했거든요. 모든 것이 마음 탓이라고 스님 같은 말을 했어요. 마음을 편하게, 마음을 평화롭게, 하나, 둘, 셋, 넷, 토하고 싶을 때는 숫자를 세면서, 한없이 평화롭게……. 기어이 눈물이 솟구칠 때까지 통증은 멈추지 않았고, 거푸 위액을 게워 낸 뒤 엉덩이를 깔고 주저앉았어요. 흔들리는 지상이 제발, 멈추어 주기를 기다렸어요.

　　그것은 얼마나 먼 날의 일이었을까요.

　　어머니, 자꾸만 같은 꿈을 꾸어요. ⓐ내 키가 마루나무만큼 드높게 자라나는 꿈요. 베란다 천장을 뚫고 윗집 베란다를 지나, 십오 층, 십육 층을 지나 옥상 위까지 콘크리트와 철근을 뚫고 막 뻗어 올라가는 거예요. 아아, 그 생장점 끝에서 흰 애벌레 같은 꽃이 꼬물꼬물 피어나는 거예요. 터질 듯 팽팽한 물관 가득 맑은 물을 퍼 올리며, 온 가지를 힘껏 벌리고 가슴으로 하늘을 밀어 올리는 거예요. 그렇게 이 집을 떠나는 거예요. 어머니, 밤마다 꿈을 꾸어요.

　　하루가 다르게 추워지고 있어요. 오늘도 세상의 땅에는 얼마나 많은 잎사귀가 떨어졌는지, 얼마나 많은 풀벌레가 죽어 갔는지, 얼마나 많은 뱀이 허물을 벗었고 어떤 개구리들은 일찌감치 겨울잠에 들었는지요.

　　자꾸만 어머니 스웨터 생각이 나요. 어머니 살냄새가 잘 기억나지 않아요. 그이더러 그 옷으로 내 몸을 덮어 달라고 말하고 싶지만 말할 길이 없어요. 어쩌면 좋을까요. 그이는 말라 가는 나를 보면서 울기도 하고, 화를 내기도 해요. 아시지요, 그이한테 가족은 나뿐이었어요. 그이가 부어 주는 약수에 따뜻한 눈물이 섞이는 것을 느낄 수 있어요. 불끈 쥔 주먹이 겨냥할 곳 없이 허공을 휘저어 대는 것을 느낄 수 있어요.

어머니, 무서워요. 내 사지를 떨구어야 해요. 이 화분은 너무 좁고 딱딱해요. 뻗어 나간 뿌리 끝이 아파요. 어머니, 겨울이 오기 전에 나는 죽어요. 이제 다시는 이 세상에 피어나지 못 하겠지요.

[뒷부분의 줄거리] 남편은 나무가 된 아내를 화분에 옮겨 심는다. 하지만 겨울이 다가와 나무는 결국 시들어 버리고 마지막으로 열매를 남긴다. 남편은 아내가 남긴 열매를 화분에 심으며, '봄이 오면 아내가 다시 돌아날까.'라고 생각해 본다.

– 한강, 「내 여자의 열매」

03 위 작품의 ⓐ에서 아내가 꾼 '꿈'에 담긴 의미를 25자 이내로 진술하시오.

04 다음의 〈보기〉에서 설명하는 이 작품의 핵심 소재를 3어절로 쓰시오.

〈보기〉

새롭게 돋아날 수 있도록 하는 존재로, 생태계의 순환적 삶을 이어가는 고리를 상징한다.

PART 1
기출문제

PART 2
실전모의고사

PART 3
정답 및 해설

제6회 실전모의고사

[수학 영역]

▶ 해답 p.179

01 다항함수 $f(x)$에 대하여
$f'(x)=3x^2+2x+2$이고 $f(0)=4$이다.
이때, $f(-1)$의 값을 구하시오.

02 다음은 수열 $\{a_n\}$을 차례대로 나열한 것이다.

$$\frac{1}{\sqrt{2}+1},\ \frac{1}{\sqrt{3}+\sqrt{2}},\ \frac{1}{2+\sqrt{3}},\ \frac{1}{\sqrt{5}+2},\ \cdots$$

이때, 수열 $\{a_n\}$의 첫째항부터 제 10항까지의 합을 구하시오.

03 수직선 위를 움직이는 두 점 P의 시각 $t(t \geq 0)$에서의 위치 x가 $x = t^3 - t^2 + at$ 이다. 이때, 점 P가 운동방향을 두 번 바꾸게 하는 정수 a의 최솟값을 구하시오.

04 양수 k에 대하여 함수 $f(x)$는 $f(x) = kx(x-2)(x-3)$이다.
곡선 $y = f(x)$와 x축이 원점 O와 두 점 P, $Q(\overline{OP} < \overline{OQ})$에서 만난다.
곡선 $y = f(x)$와 선분 OP로 둘러싸인 영역을 A, 곡선 $y = f(x)$와 선분 PQ로 둘러싸인 영역을 B라 하자.
(A의 넓이)$-$(B의 넓이)$= 9$일 때, k의 값을 구하시오.

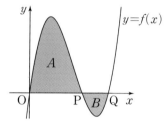

PART 1
기출문제

PART 2
실전모의고사

PART 3
정답 및 해설

제7회 실전모의고사

[국어 영역]

▶ 해답 p.181

[01~03] 다음 글을 읽고 물음에 답하시오.

선박이 항해할 때 일반적으로 선체는 조파 저항, 마찰 저항, 조와 저항이라는 세 종류의 저항이 작용하여 운항 효율에 영향을 준다. 항해하는 선박을 상공에서 보면 선체 측면에서 비스듬하게 나가는 물결과 선미(船尾)에서 선박의 진행 방향과 거의 수직으로 나가는 물결이 있다는 것을 알 수 있다. 물결은 선박이 물의 표면을 밀어내면서 진행하기 때문에 생기는 것으로 선박의 운항에 저항으로 작용한다. 이와 같이 유체 속을 운동하는 물체가 파동을 일으킴으로써 받는 저항이 조파 저항이다. 그러므로 물결을 크게 만드는 선박일수록 조파 저항을 더 크게 받는다. 선박의 운항 속도를 높이면 조파 저항은 점점 커지는데, 처음에는 조파 저항이 속도의 제곱에 비례해서 증가하지만 어느 정도 속도가 빨라지면 제곱값보다 더 크게 증가한다. 이 속도에서는 아무리 엔진의 추진력을 높여도 속도 변화가 거의 없는 상태가 되는데, 이를 '조파 저항의 벽'이라 부른다.

그러면 조파 저항은 어떻게 줄일 수 있을까? 선박을 가늘고 길게 만들면 조파 저항은 감소한다. 칼처럼 날카로운 형태를 가진 선박은 수면을 달려도 물결을 거의 만들지 않아 조파 저항이 작다. 그러나 앞뒤로 가늘고 긴 모양에는 한계가 존재한다. 지나치게 가늘고 길면 선박의 복원력*이 감소해서 선박이 쉽게 뒤집힌다. 한편 선박의 속도 증가에 따라 조파 저항은 커졌다 작아졌다 하면서 전반적으로 증가한다. 선수(船首) 부근에서 발생하는 물결과 선미 부근에서 발생하는 물결이 서로 간섭을 일으키기 때문이다. 이처럼 물결이 간섭하는 원리를 이용해 조파 저항을 줄이는 장치가 수면 아래 공처럼 튀어나온 구상 선수이다. 구상 선수에서 만드는 물결과 선수부에서 만들어진 물결이 서로 상쇄되어 조파 저항을 줄일 수 있다. 구상 선수는 수면 위에 어느 정도 돌출되거나 수면에 가까워야 큰 물결을 발생시켜 운항 효율이 높아지지만, ㉠저속 운항 시에는 이렇게 설계된 구상 선수가 오히려 운항 효율을 떨어뜨리는 역효과가 발생한다. 따라서 저속 운항하는 선박의 구상 선수는 고속 운항 시에 비해 그 크기를 줄이고 수면에 더욱 잠기도록 설계한다.

선체의 표면에 작용하는 마찰 저항은 유체가 가진 점성 때문에 발생한다. 기름처럼 끈적거리는 유체는 점성이 크고, 공기는 비교적 점성이 작다. 물도 유체로 점성이 있는데, 그 속에서 물체가 이동하면 물체 표면을 따라 물체의 진행을 방해하는 힘이 작용한다. 공기가 물 위에 있는 선체에 작용하는 마찰 저항도 있지만 대부분의 마찰 저항은 물속에 잠겨 있는 선체에 의해 발생한다. 이때 물속에 잠긴 선체에 작용하는 마찰 저항은 선체 속도의 제곱과 물속에 잠기는 선체 표면적에 각각 비례한다. 따라서 선박의 운항 속도가 감소하면 조파 저항과 마찰 저항이 모두 줄어들지만, 선박의 운항 속도가 느릴수록 선박에 작용하는 전체 저항에서 마찰 저항이 차지하는 비중은 증가한다. 그러므로 속도를 줄이지 않고 마찰 저항을 줄이기 위해서는 물속에 잠기는 선체의 표면적을 줄여야 한다.

유체의 점성 때문에 발생하는 저항에는 조와 저항도 있다. 선체 표면 근처에는 점성 때문에 선박의 움직임을 따라 같이 움직이는 얇은 물의 막이 만들어진다. 이것을 경계층이라 부르는데, 선수에서는 경계층이 얇지만 선미로 갈수록 점점 두껍게 변해서 대형 선박의 선미에서는 1~2m 정도 두께까지 커진다. 경계층이 선체 표면에서 떨어지면 큰 소용돌이를 만드는데, 이러한 현상을 박리라 부른다. 경계층이 두꺼워지다가 결국 박리되어 소용돌이를 방출하면 이것이 저항으로 작용한다. 이와 같이 선체의 모양이 갑자기 달라지는 선미 부분에서 선체 부근의 물입자와 선체에서 멀리 떨어진 물 입자 사이의 속도 차이로 인해 물의 입자가 유선으로 흐르지 못하고 흩어지게 되면서 선체의 운항 방

향에 역류하여 소용돌이가 발생할 때 나타나는 저항이 조와 저항이다. 박리는 선미가 둥글면 특히 강하게 발생하므로, 원기둥이나 구처럼 박리가 발생하기 쉬운 형태의 선미 뒤쪽에서는 큰 소용돌이가 형성된다. 또한 선박의 운항 속도가 **빠를수록** 소용돌이가 생기는 정도가 커지게 된다. 박리가 발생하지 않게 선미를 매끈하게 만든 형태가 유선형이다. 이는 유체의 저항을 최소화하기 위하여 앞부분을 곡선으로 만들고, 뒤쪽으로 갈수록 뾰족해지게 만든 형태이다.

*복원력(復原力): 평형을 유지하던 선박 따위가 외부의 힘을 받아서 기울어졌을 때, 중력과 부력 따위의 외부 힘이 우세하게 작용하여 물체를 본디의 상태로 되돌리는 힘

01 제시문의 내용을 바탕으로 ㉠의 이유를 진술하고자 한다. 〈보기〉의 단어를 모두 활용하여 아래의 빈칸을 35자 이내로 완성하시오.

〈보기〉

구상 선수, 표면적, 마찰 저항

구상 선수가 발생시킨 물결이 상쇄되지 않아 조파 저항으로 작용할 뿐 아니라
(   ).

02 〈보기 2〉는 〈보기 1〉의 '컨테이너 운반선'의 운항 속도가 2배로 증가했을 때의 상황을 제시문의 내용을 바탕으로 추론한 것이다. 빈칸에 알맞은 선택지를 고르시오.

〈보기 1〉

A 해운 회사는 평소 운항 시에 비해 무게는 절반 정도이지만 운송 기간은 절반으로 단축해야 하는 긴급 화물을 선적한 컨테이너 운반선을 운항하려 한다. A 사는 운항 기간을 단축하기 위해 운항 속도를 평소에 비해 2배로 높이기로 했으며, 배의 안정을 위해 평형수*를 배에 주입할지 여부를 논의 중이다.
(단, 해당 컨테이너 운반선에는 평소 운항 속도에 적합한 구상 선수가 설치돼 있다. 또한 선체의 무게가 절반으로 감소하면 물속에 잠긴 선체의 표면적도 50% 감소한다고 가정한다. 공기에 의한 저항 등 언급한 조건 외의 다른 조건은 고려하지 않는다고 가정한다.)

*평형수(平衡水): 선박에 짐을 싣고 내리는 과정에서 또는 공선(空船) 상태에서 선박의 균형을 잡기 위해 선박 아래에 채우거나 배출하는 바닷물

〈보기 2〉

• 만약 평소에 비해 줄어든 선적의 무게와 같은 양의 평형수를 주입한다면, 전체 저항에서 마찰 저항이 차지하는 비중은 평소에 비해 ⓐ(늘어난다 / 줄어든다).
• 만약 평소에 비해 줄어든 선적의 무게보다 적은 양의 평형수를 주입한다면, 물속에 잠긴 선체의 표면적이 줄어들어 평소에 비해 마찰 저항은 ⓑ(증가한다 / 감소한다).
• 만약 평소에 비해 줄어든 선적의 무게보다 많은 양의 평형수를 주입한다면, 구상 선수가 평소보다 물속에 깊이 잠겨 조파 저항의 영향력이 더 ⓒ(증가한다 / 감소한다).

[03~04] 다음 글을 읽고 물음에 답하시오.

"대개 만물의 경중을 알고자 할진대 저울만 같음이 없고, 송사의 곡직을 알진대 양언(兩言)을 들음만 같음이 없나니, 일편의 말만 듣고 선불선을 가벼이 판결치 못할지라. 소진(蘇秦)의 말로써 진나라를 배반함이 어찌 옳다 하며 장의(張儀)의 말로써 진나라를 섬김이 어찌 그르다 하리오. 소장(訴狀) 양인의 말을 같이 들은 연후에야 종횡을 쾌히 결단하리니, 다람쥐는 우선 옥으로 내리고 서대쥐를 즉각 착래(捉來)하여 상대한 연후에 가히 백변하리라."

한번 제사하매 오소리와 너구리 두 형졸로 하여금 서대쥐를 빨리 잡아 대령하라 분부하니 두 짐승이 청령하고 나올새 오소리가 너구리더러 일러 왈,

"내 들으니 서대쥐 재물이 많으므로 심히 교만하매 우리 매양 괴악히 알아 벼르던 바이러니, 오늘 우리에게 걸렸는지라. 이 놈을 잡아 우리를 괄시하던 일을 설분하고 또 소송당한 놈이 피차 예물 바치는 전례는 위에서도 아는 바라. 수백 냥이 아니면 결단코 놓지 말자."

하고 둘이 서로 약속을 정하고, 호호탕탕한 기분을 발호하고 예기(銳氣)는 맹렬하여 바로 구궁산 팔괘동에 이르러 토굴 밖에서 여성대호(厲聲大呼)하여 가로되,

"서대쥐 정소(呈訴)를 만나매 백호산군의 명을 받아 패자(牌子)를 가지고 잡으러 왔나니 서대쥐는 빨리 나오고 지체 말라."

독촉이 성화 같은지라. 비복들이 이 말을 듣고 혼백이 비월하여 급급히 들어가서 서대쥐께 연유를 고할새 서대쥐 호흡이 천축하고 한출첨배(汗出沾背)*하는지라. 모든 쥐들이 이를 보고 눈을 둥글고 뒤 귀 발록발록하여 황황망조(遑遑罔措)하거늘 서대쥐 왈,

"너희들은 놀라지 말라. 옛말에 일렀으되 칼이 비록 비수라도 죄 없는 사람은 해치지 못한다 하였으니 우리 본디 죄를 범한 바 없는지라 무엇이 두려우리오."

(중략)

'이번 송사도 신과 다람쥐 사이에 무도함이 아니라 책재원수(責在元帥)*라. 산군의 교화가 이르지 못함이요 덕이 무왕을 효측하지 못함이라. 신은 구궁산에 거한 지 수년에 조상이 전하온 재물이 수천 금에 지나고 겸하여 요사이 당천자 사급*하옵신 율목이 사만여 주에 지나오니 항상 마음에 과복함을 염려하는 바요. 상하 권솔이 매양 무슨 볼일이 있어도 출필곡 반필면 하옵거늘 노복종이라도 하일에 무엇이 부족하여 타인의 양미를 엿보아 도적을 하오리까. 다람쥐는 수십 세를 내려오며 빈한한 것은 천산만학이 중소공지(衆所共知)*요, 성품이 본래 장구지계하는 원려(遠慮)가 없고 다만 고식지계(姑息之計)*로 어제 거두어 오늘 살고 금일 취하여 내일 지내오며, 또한 가중이 본디 적막하여 훼장삼척(喙長三尺)*에 사벽이 매어늘, 무엇이 넉넉하여 도둑맞을 수십 양미를 어느 겨를에 저축하오리까. 다람쥐가 거년에 애연한 사정을 신더러 말하옵기에 생률백자 일이 석을 주어 구활하온 후 금년 신정에 다시 나와 두 번 와 사정하오나 마침 신의 집에 용도가 많아서 그 청을 들어주지 못하였더니, 그로 활원하와 보은함은 생각지 않고 이같이 소송을 제기하기에 이르니 어찌 억울치 않사오리까. 증공의 글에 일렀으되 도적이 증거를 밝혀야 도적에게도 도리어 복을 주게 된다고 하였으며, 옛날 한 태조는 진나라를 멸하고 함양에 들어가 포로와 더불어 삼정법(三章法)을 언약할 제 살인자는 사(死)하고 상인자와 도적은 죄로 다스리기로 국법을 밝혔사오니, 원컨대 산군은 진상을 명찰하신 후에 만일 신이 도적에 나타나는 형상이 분명하올진대 쾌히 신을 명정기죄(明正基罪)*하와 일후 다른 짐승으로 하여금 징계하시고, 산군도 덕화를 멀리 베푸지 못하사 교화 널리 흐르지 못하므로 이런 송사가 생기는 것이오면, 스스로 탄식만 하옵시고 신등의 쟁송함을 그르다 마옵소서.'

백호산군이 서대쥐의 소지를 본 후 말이 없더니, 이윽고 제사를 불렀다.

ㅡ 작자 미상, 「서동지전」

*한출첨배: 몹시 부끄럽거나 무서워서 흐르는 땀이 등을 적심

*책재원수: 가장 높은 지위에 있는 사람에게 책임이 있음

*사급: 나라나 관청에서 금품을 내려 줌

*중소공지: 뭇사람들이 모두 아는 일

*고식지계: 우선 당장 편한 것만을 택하는 꾀나 방법

*훼장삼척: 허물이 드러나서 숨기어 감출 수가 없음

*명정기죄: 명백하게 그 죄명을 집어냄

03 위의 작품에서 글의 문맥상 지배층에 대한 비판적 인식을 드러낸 한자성어(한자 제외)를 찾아 제시하시오.

04 위 작품은 쥐를 의인화환 우화 소설로 '서대쥐'와 '다람쥐'의 대립을 통해 향촌 사회의 갈등을 드러내고 있다. 여기서 '서대쥐'와 '다람쥐'는 조선 후기의 어떤 계층을 각각 형상화 한 것인지 3어절로 제시하시오.

ⓐ 서대쥐 ⇒ _____

ⓑ 다람쥐 ⇒ _____

PART 1 기출문제

PART 2 실전모의고사

PART 3 정답 및 해설

제7회 실전모의고사

[수학 영역]

▶ 해답 p.182

01 등비수열 $\{a_n\}$의 첫째항부터 제 n항까지의 합을 S_n이라 할 때, $S_4=2$, $S_8=6$이다. 이때 S_{12}의 값을 구하시오.

02 수직선 위를 움직이는 점 P의 시각 $t(t>0)$에서의 속도 $v(t)$가 $v(t)=-3t^2+12t$이다. 점 P가 움직이는 방향이 바뀌는 순간의 가속도를 구하시오.

03 함수 $f(x) = \left(\dfrac{1}{3}\right)^x + 1$, $g(x) = \log_2 x$에 대하여 $-1 \le x \le 0$에서 함수 $(g \circ f)(x)$의 최댓값과 최솟값을 각각 M, m이라 하자. 이때, $M + m$의 값을 구하시오.

04 최고차항의 계수가 1인 이차함수 $f(x)$에 대하여 함수 $g(x) = \displaystyle\int_0^x f(t)\,dt$가 다음 조건을 만족시킬 때, $f(5)$의 값을 구하시오.

> $x \ge 1$인 모든 실수 x에 대하여
> $g(x) \ge g(4)$이고 $|g(x)| \ge |g(3)|$이다.

제8회 실전모의고사

[국어 영역]

▶ 해답 p.185

[01~02] 다음 글을 읽고 물음에 답하시오.

편의점의 또 한 가지 차별성은 매장의 디자인에도 있다. 우선 조명이 환하다. 천장을 잘 보라. 형광등이 빼곡하게 걸려 있고 대낮에도 환하게 커져 있어 그 어느 공간보다도 밝다. 밤이 되면 그 밝음은 일종의 화려함으로도 느껴진다. 우리는 편의점에 들어설 때 다소 신선하고 활기찬 시공간을 경험한다. 이렇게 빛의 밝기를 높이는 것은 소비 욕구를 자극하는 고전적인 수법으로 백화점의 진열장에서 그 극치를 이루지만, 편의점은 그러한 비일상성을 일상 가까이에 끌어들인 것이라고 할 수 있다. 물건을 진열하는 데도 불빛이 어떤 각도로 반사되어야 소비자에게 부담되지 않으면서 구매 욕구를 불러일으킬지를 면밀하게 계산하여 조명과 선반의 위치를 규격화해 놓고 있다.

그렇듯 밝은 실내 분위기는 진열된 상품들을 빛나게 할 뿐 아니라, 드나드는 이들을 안심시키는 효과도 있다. 여성들도 심야에 아무런 망설임 없이 편의점에 들어갈 수 있고, 낯선 손님들이 옆에 있어도 신경을 쓰지 않는 것은 구석구석을 환하게 비추는 불빛 덕분이다. 그리고 투명 유리를 통해 바깥에서 내부를 훤히 들여다볼 수 있어 더욱 안심된다. 또한, 도난 방지용으로 설치된 볼록 거울을 통해 계산대 직원의 시선이 매장 내에 두루 미칠 수 있는 구조도 고객을 안심시킨다. 흥미로운 것은 그 밝은 불빛이 매장 바깥으로도 뻗어 나가 어두운 도시에 오아시스와 같은 역할을 한다는 점이다. 이는 지역의 치안에 도움이 된다. 실제로 일본의 어떤 편의점에는 '아이들과 여성의 110번(한국의 112번) 점포'라는 안내문이 창문에 붙어 있고 천장이나 간판 옆에 경광등을 설치하여 비상시에 사이렌을 울린다. 위험에 처하거나 다급한 일이 있을 때 누구든지 편의점에 도움을 청할 수 있어, 말하자면 파출소의 역할까지 겸하는 셈이다.

편의점은 도시 문화의 산물이다. 도시인, 특히 젊은이들의 인간관계 감각과 잘 맞아떨어진다. 구멍가게의 경우 주인이 늘 지키고 앉아 있다가 들어오는 손님들을 맞이한다. 따라서 무엇을 살 것인지 확실하게 정하고 들어가야 한다. 그러나 편의점의 경우 점원은 출입할 때 간단한 인사만 건넬 뿐 손님이 말을 걸기 전에는 입을 열지도 않을뿐더러 시선도 건네지 않는다. 그 '무관심'의 배려가 손님의 기분을 홀가분하게 만들어 준다. 그래서 특별히 살 물건이 없어도 부담 없이 들어가 둘러볼 수 있다. 그런 점에서 ㉠편의점은 인간관계의 번거로움을 꺼리는 도시인들에게 잘 어울리는 상업 공간이다. 대형 할인점이 백화점보다 매력적인 것 가운데 하나도 점원이 '귀찮게' 굴지 않는다는 점이 아닐까. 그러므로 익명의 고객들이 대거 드나드는 편의점에 단골이 생기기는 매우 어려울 것이다.

편의점은 24시간 열어 놓고 있어야 하기에 주인들은 자기가 계산대를 지키기보다는 아리바이트 점원을 세우는 경우가 훨씬 많다. 그런데 흥미로운 점은 그 점원들이 고객을 대하는 태도나 방식이 어느 편의점이든 똑같고 표준화되어 있다는 것이다. 이는 편의점뿐 아니라 즉석 식품점도 마찬가지로, 사회학자 조지 리처는 즉석 식품점을 '각본에 의한 고객과의 상호 작용', '예측 가능한 종업원의 행동' 등의 개념으로 분석하고 있다. 글쓴이는 햄버거 가게에서 종업원들이 고객을 대하는 규칙이 매우 세밀하게 짜여 있고, 그 편안한 의례와 각본 때문에 손님들이 즉석 식품점에 매료된다고 보고 있다. 종업원이 누구든 그 외모, 말씨, 감정 등을 예측할 수 있기에 고객들은 편안하게 음식을 주문하고 구매할 수 있다. 깔끔한 인간관계 그 자체다. 그리고 그러한 효율적인 소통이 짧은 시간에 많은 손님을 접대할 수 있도록 해 준다. 즉석 식품점의 그러한 속성을 편의점도 거의 그대로 지니고 있다.

그런데 주인과 고객 사이에 인간관계가 형성되지 않는 편의점은 역설적으로 고객에 대한 정보를 매우 상세하게 입수한다. 소비자들은 잘 모르지만, 일부 편의점에서 점원들은 물건값을 계산할 때마다 구매자의 성별과 연령대를 계산기에 붙어 있는 버튼으로 입력한다. 그 정보는 곧바로 본사로 송출된다. 또 한 가지로 편의점 천장에 붙어 있는 시시 티브이(CCTV)가 있는데 그 용도는 도난 방지만이 아니다. 연령대와 성별에 따라서 어느 가게에 오래 머물러 있는지를 분석하려는 목적도 있다. 녹화된 화면은 주기적으로 본사로 보내져 분석된다. 어떤 편의점에서는 삼각 김밥 진열대에 초소형 카메라를 설치해 손님들의 구매 행태를 기록한다. 먼저 살 물건의 종류를 정한 뒤에 선택하는지, 이것저것 들어 보며 살펴 가면서 고르는지, 유통 기한까지 확인하는지, 한 번에 평균 몇 개를 구매하는지 등을 통계 처리하는 것이다. 그렇듯 정교하게 파악된 자료는 본사의 영업 전략에 활용된다. 편의점이 급성장해 온 이면에는 이렇듯 치밀한 정보 시스템이 가동되고 있다.

01 제시문의 ㉠에서 볼 수 있는 손님에 대한 편의점 점원의 응대 전략을 제시문에서 찾아 2어절로 쓰시오.

02 편의점의 차별화된 매장 디자인을 위해 설치된 물품 세 가지를 위의 제시문에서 찾아 제시하시오.

ⓐ _____

ⓑ _____

ⓒ _____

PART 1
기출문제

PART 2
실전모의고사

PART 3
정답 및 해설

[03~04] 다음 글을 읽고 물음에 답하시오.

오늘 저녁 이 좁다란 방의 흰 바람벽에

어쩐지 쓸쓸한 것만이 오고 간다

이 ㉠흰 바람벽에

희미한 십오 촉(十五燭) 전등이 지치운 불빛을 내어 던지고

때글은 다 낡은 무명 샤쯔가 어두운 그림자를 쉬이고

그리고 또 달디단 따끈한 감주나 한잔 먹고 싶다고 생각하는 내 가지가지 외로운 생각이 헤매인다

그런데 이것은 또 어인 일인가

이 흰 바람벽에

내 가난한 늙은 어머니가 있다

내 가난한 늙은 어머니가

이렇게 시퍼러둥둥하니 추운 날인데 차디찬 물에 손을 담그고 무이며 배추를 씻고 있다

또 내 사랑하는 사람이 있다

내 사랑하는 어여쁜 사람이

어늬 먼 앞대 조용한 개포가의 나즈막한 집에서

그의 지아비와 마조 앉어 대구국을 끓여 놓고 저녁을 먹는다

벌써 어린것도 생겨서 옆에 끼고 저녁을 먹는다

그런데 또 이즈막하야 어늬 사이엔가

이 흰 바람벽엔

내 쓸쓸한 얼골을 쳐다보며

이러한 글자들이 지나간다

— 나는 이 세상에서 가난하고 외롭고 높고 쓸쓸하니 살어가도록 태어났다

그리고 이 세상을 살어가는데

내 가슴은 너무도 많이 뜨거운 것으로 호젓한 것으로 사랑으로 슬픔으로 가득찬다

그리고 이번에는 나를 위로하는 듯이 나를 울력하는 듯이

눈질을 하며 주먹질을 하며 이런 글자들이 지나간다

— 하눌이 이 세상을 내일 적에 그가 가장 귀해하고 사랑하는 것들은 모두

가난하고 외롭고 높고 쓸쓸하니 그리고 언제나 넘치는 사랑과 슬픔 속에 살도록 만드신 것이다.

초생달과 바구지꽃과 짝새와 당나귀가 그러하듯이

그리고 또 '프랑시쓰 쨈'과 도연명(陶淵明)과 '라이넬 마리아 릴케'가 그러하듯이

— 백석, 「흰 바람벽에 있어」

03 아래의 〈보기〉에서 위 작품의 ㉠과 유사한 기능을 하는 시적 매개물을 찾아 그 공통점을 15자 이내의 한 문장으로 진술하시오.

〈보기〉

새벽 시내 버스는
차창에 웬 찬란한 치장을 하고 달린다
엄동 혹한일수록
선연히 피는 성에꽃
어제 이 버스를 탔던 처녀 총각 아이 어른
미용사 외판원 파출부 실업자의 입김과 숨결이
간밤에 은밀히 만나 피워 낸
번뜩이는 기막힌 아름다움
나는 무슨 전람회에 온 듯
자리를 옮겨 다니며 보고
다시 꽃이파리 하나, 섬세하고도
차가운 아름다움에 취한다
어느 누구의 막막한 한숨이던가
어떤 더운 가슴이 토해 낸 정열의 숨결이던가
일 없이 정성스레 입김으로 손가락으로
성에꽃 한 잎 지우고
이마를 대고 본다
덜컹거리는 창에 어리는 푸석한 얼굴
오랫동안 함께 길을 걸었으나
지금은 면회마저 금지된 친구여.

— 최두석, 「성에꽃」

ⓐ 시적 매개물: _____

ⓑ 공통점: _____

04 위 작품에서 화자의 태도가 변하며 시상이 전환되는 시행(詩行)을 찾아 쓰시오.

PART 1 기출문제

PART 2 실전모의고사

PART 3 정답 및 해설

제8회 실전모의고사

[수학 영역]

▶ 해답 p.186

01 다항함수 $f(x)$에 대하여
$f(2)=1, f'(2)=-1$이다.
이때, 함수 $g(x)=(2x^3+x+1)f(x)$에
대하여 $g'(2)$의 값을 구하시오.

02 연속함수 $f(x)$가 모든 실수 x에 대하여
$f(x)=f(x+3)$를 만족한다.
구간 $[0, 3)$에서
$$f(x)=\begin{cases} x+2 & (0 \le x < 1) \\ a(x-1)^2+b & (1 \le x < 3) \end{cases}$$
일 때, $4 \times f(5)$의 값을 구하시오.

03 $\triangle ABC$는 반지름의 길이가 6인 원에 내접한다. $\sin A + \sin B + \sin C = \dfrac{3}{2}$일 때, $a+b+c$의 값을 구하시오.

04 실수 전체의 집합에서 증가하는 연속함수 $f(x)$가 다음 조건을 만족시킬 때, 함수 $y=f(x)$의 그래프와 x축 및 두 직선 $x=6$, $x=9$로 둘러싸인 부분의 넓이를 구하시오.

> (가) 모든 실수 x에 대하여
> $$f(x) = f(x-3) + 4$$
> (나) $\displaystyle\int_0^6 f(x)dx = 0$

PART 1
기출문제

PART 2
실전모의고사

PART 3
정답 및 해설

제9회 실전모의고사

[국어 영역]

▶ 해답 p.188

[01~02] 다음 글을 읽고 물음에 답하시오.

조선의 성리학자들은 음악의 예술성과 교화성(敎化性)에 주목하여, 치세(治世)의 수단으로서 음악의 의미와 가치를 강조하였다. 치세의 도구로서 음악이 올바른 역할을 하기 위해서는 음악과 관련된 제반 요소를 정비하는 것이 중요하였다. 특히 조선의 성리학자들은 악곡(樂曲) 작곡 및 악기 제작의 기본 척도이며 악기의 음질을 결정하는 데 핵심적 요소가 되는 율관(律管) 제작법에 많은 관심을 쏟았다. 율관은 전통 음악에 쓰이는 기본음을 낼 수 있는 죽관(竹管)으로서 음을 조율하는 도구이다. 조선의 성리학자들은 음(音)의 기본이 되는 소리를 황종(黃鐘)이라 부르고 황종의 음(音)을 낼 수 있는 황종 율관을 만들기 위하여 많은 관심과 노력을 기울였다. 황종 율관의 길이와 부피의 수치가 사회적 도량형(度量衡)의 기준도 되었기 때문에 황종 율관의 표준 규격을 정하는 것은 매우 중요하였다.

황종 율관의 규격을 정하는 방법은 다양하였는데, 그중 기장법이 널리 사용되었다. 기장법은 곡식인 기장의 길이로 율관의 규격을 정하는 방법인데, 기장을 세로로 쌓아 만든 것을 ⓐ종서척(縱黍尺), 기장을 가로로 쌓아 만든 것을 ⓑ횡서척(橫黍尺)이라고 한다. 종서척은 기장의 길이가 긴 세로 방향으로 늘어놓은 기장알 1개의 길이를 1분(分)으로, 9개로 늘어놓은 9분을 1촌(寸)으로, 9촌을 1척(尺)으로 삼았다. 횡서척은 기장의 길이가 짧은 가로 방향으로 늘어놓은 기장알 1개의 길이를 1분으로, 10개를 늘어놓은 10분을 1촌으로, 10촌을 1척으로 삼았다. 두 방법은 늘어놓는 방법에 따라 기장 낱알의 길이에서는 차이가 나지만 황종 율관의 전체 길이로 삼은 1척의 길이는 결과적으로 같았다. 한편 황종 율관에 기장 1,200알을 담으면 율관이 가득 찬다고 보아 그 부피로 정하였다.

조선의 성리학자들은 황종 율관의 수치를 정하기 위해 『한서(漢書)』「율력지(律曆志)」의 수치를 활용하였다. 이 책에서는 황종 율관의 길이를 9촌으로 제시하고 있다. 이때 황종 율관의 길이로 제시한 9촌은 기장알 90개를 늘어놓은 길이이다. 즉 90분을 9촌으로 삼아 황종 율관의 길이로 제시하였다. 이는 종서척과 횡서척에 근거한 단위 개념들이 혼재된 것으로 조선의 성리학자들은 수의 철학적 의미에 기반하여 『한서(漢書)』「율력지(律曆志)」에 제시된 황종 율관의 수치를 이해하고자 하였다. 성리학에서는 천지의 수가 1에서 시작하여 10에서 끝난다고 보았다. 이중 1, 3, 5, 7, 9는 양(陽)의 수, 2, 4, 6, 8, 10은 음(陰)의 수라 하였으며, '9'를 양수(陽數)의 완성으로 보았고 '10'을 음수(陰數)의 완성으로 보았다. 조선의 성리학자들은 황종이 음악의 시작점이 되는 소리임과 동시에 음악의 기준이 되는 소리이기 때문에 황종을 양의 기를 가진 완성된 소리라 생각하였다. 이 점에 주목하여 그들은 9라는 숫자가 가진 철학적 의미를 토대로 이와 같은 황종 율관의 수치가 결정된 것이라 보았다.

[A]
　　조선 시대의 음악은 한 옥타브* 내의 음이 12음으로 구성되었으며 각 음 사이는 반음 정도의 차이가 있었다. 이 음들은 황종 율관과 그것을 기준으로 만들어진 11개의 율관에서 산출된다. 11개의 율관은 삼분손익법(三分損益法)을 사용해 황종 율관의 길이를 짧게 해 만들었는데, 율관의 길이가 짧을수록 음은 높아진다. 삼분손익법은 삼분손일법(三分損一法)과 삼분익일법(三分益一法)을 교대로 사용하여 율관의 길이를 산정한다. 우선 삼분손일법은 한 율관의 길이를 3등분 한 뒤, 그 1/3을 제거하고 남은 2/3만으로 다음의 율관의 길이를 산정하는 것이다. 그리고 삼분익일법은 3등분 한 율관의 1/3을 본래의 율관에 더하여 다음 율관의 길이를 구하는 것이다. 가령, 황종 율관에서 1/3을 뺀 관의 길이로 임종 율관을 구하고, 임종 율관에서 1/3을 더한 관의 길이로 태주 율관을 구한다. 삼분손익법으로 율관을 만들면 임종·태주·남려·고선·응종·유빈·대려·이칙·협종·무역·중려 율관 순이 된다. 그런데 대려·협종·중려 율관의 길이가 너무 짧아 이들 율관에서 나오는 소리는 황종보다 한 옥타브 위에 있는 음이 된다. 그래서 이 세 율관의 길이만 본래 길이보다 두 배로 늘려서 만들어 황종 음과 같은 옥타브 내의 음이 되도록 율관의 길이를 조절하였다. 이에 따라 율관의 길이가 긴 것에서 짧은 순으로 12음을 배열하면, 황종·대려·태주·협종·고선·중려·유빈·임종·이칙·남려·무역·응종의 순이 된다. 이 음들은 양의 소리인 '율(律)'과 음의 소리인 '려(呂)'가 번갈아 구성되어 ⓒ12율려(律呂)라고 불렸다.

　　한편 실학자 홍대용은 기장의 규격으로 기준을 삼는 율관 제작 방법의 부정확성을 지적하며 양금(洋琴)의 사용을 주장하였다. 황종 율관의 길이와 부피는 기장의 낱알 수로 정해졌다. 하지만 기장의 낱알 자체의 크기와 길이가 각각 다르기 때문에 황종 율관의 길이와 부피 역시 고정적일 수 없어 기준음이 고정되지 않는 문제점이 있었다. 이러한 문제점을 극복하기 위한 대안으로 홍대용은 양금을 새로운 음의 조율 도구로 제시하였다. 그는 양금이 명주실로 된 다른 현악기와는 달리 주석과 철의 합금으로 된 쇠줄을 사용하고 있어 조현(調絃)*이 편리하다는 점과 줄의 굵기가 균일하다는 점을 강조하고 있다. 여기서 줄의 굵기가 균일하다는 것은 크기가 일정하지 않은 기장을 사용하여 율관을 만들었던 기존 방법에 대한 대안으로 제시할 수 있는 중요한 부분이라 할 수 있다.

*옥타브: 어떤 음에서 완전 8도의 거리에 있는 음. 또는 그 거리.

*조현: 현악기의 음을 표준음에 맞추어 고름.

01 기장알의 낱알 수가 257개라고 할 때, ⓐ와 ⓑ의 방법에 따라 척(尺)·촌(寸)·분(分)의 단위를 사용하여 그 길이를 각각 표현하시오.

ⓐ 종서척: _____

ⓑ 횡서척: _____

02 다음의 〈보기〉는 [A]의 내용을 바탕으로 율관의 길이를 구하는 방법을 도식화한 것이다. ⓒ의 12율려(律呂)에 따라 〈보기〉의 율관들을 '율(律)'과 '려(呂)'로 구별하시오.

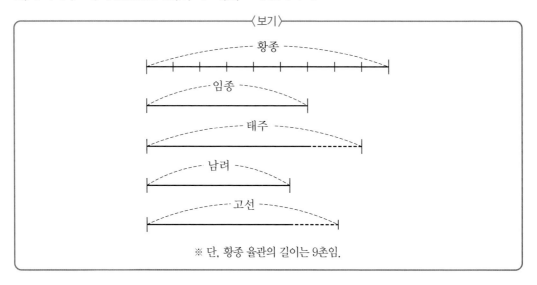

〈보기〉

황종

임종

태주

남려

고선

※ 단, 황종 율관의 길이는 9촌임.

ⓐ 율(律) ⇒ _____

ⓑ 려(呂) ⇒ _____

[03～04] 다음 글을 읽고 물음에 답하시오.

[앞부분의 줄거리] 제대 후 취업 준비를 하던 '나'는 명동에서 포병 부대 상관이었던 제대군인 포대령을 우연히 만나 함께 생활을 하게 된다. 제대 후에도 현실을 전시 상황으로 인식하는 포대령은 집 주변 채석장의 다이너마이트 폭음을 전장의 대포 소리로 인식했다. 장난감 야포를 쓰다듬으며 '나'를 관측병으로 대하는 포대령과의 생활은 군대 생활의 연장선상에 있다. 어느 날 포대령은 '나'의 긴 머리를 보고 이발을 하라고 명령한다. '나'는 제대를 하였다는 이유로 이를 거부한다. 포대령은 이런 '나'의 태도를 항명으로 간주한다.

내심 걷잡을 수 없는 분노와 멸시의 조소를 그에게 보내고 있던 나의 가슴속에서 뭉클뭉클 솟는 게 있었다. 포대령의 진지한 시선은 상관으로서의 위엄을 과시하는 게 아니었고 뭔가 애절한 하소와 동감의 요구를 절실하게 절규하고 있는 것이었다.

포대령의 분노는 곧 인정의 황막한 단절 속에다 끈을 대고 있었다. 그것은 ⊙그가 설정한 가정 세계에다 절대적인 자위로 뿌리를 박고 있는 것이었다.

그래서 군대 사회에 대한 끈질긴 집념이 그의 생명을 유지시키는 한 지극한 우연에서 얻어진 하찮은 나나 채석장의 폭음 따위도 그에게 있어서는 필연 이상의 가치를 갖는 것이었다.

나는 아무 말 없이 이발소로 향했고 지켜 서선 나의 거동을 살피는 포대령에게 후회 없는 동정을 쏟았었다.

그날 이후 포대령과의 생활에 어떤 변혁을 바랐던 나의 기대는 역시 무너지고 말았다. 그는 조금도 변함없는 방법 속에서 나를 필요로 할 뿐이었다.

이 시간이면 어떻든 어정거려야 하는 약속된 곡예가 메스꺼웁다 못해 따분했다. 조금 지나면 곤드레만드레 취한 포대령이 나타날 것이고 나는 거수경례로 그의 귀대를 환영해야 했다. 좀 더 진지한 거수경례는 없는 것일까. 강요에 의해서 어쩔 수 없이 이행되는 나의 충성은 그때마다 더한 망집의 고뇌 속으로 그를 몰아넣는 것인 줄도 모른다.

사실 요즈음 들어 나의 고민은 좀 더 인간적인 것으로 발전한 셈이었다. 장바구니를 들고 가파른 산길을 오르내릴 때나 개울가에서 세탁을 하고 있을 때, '식모 아줌마'라고 놀려대는 동네 꼬마들의 합창에 감당할 수 없도록 치솟던 분노 따위의 수치감은, 이제 포대령과의 과감한 인간적 재기를 갈구하는 집요한 관심으로 변한 것이다.

"시시하게 뒈졌을래면 벌써 백 번은 더 뒈졌디! 수의 입구서라므니 시시하게 관 속에나 자빠져야 하는 죽엄이래면 수턴 번두 뒈졌데서! 썅– 나의 끝장은 전사야 전사! 온 몸뚱이가 박살나서라므니 형체가 없어두 조국이 태극기 한 장만 덮어 주면 되는 거야! 그카면 김달봉인 천국에 가는 게지 뭐 바랠 게 또 이서?"

하루에도 몇 번씩 포대령은 이랬다.

'포대령이여 궐기합시다요! 그 용기로 좀, 달리 살아 봅시다요!'

힘껏 쥐어 보는 주먹 안으로 질긴 땀이 솟는데 귀청이 떨어질 정도로 크나큰 고함이 터졌다.

"임마! 보초병 태도가 뭬 그래? 새끼이 형편없구나 이거–"

벌써 숫구멍 골막하게 취기가 오른 포대령이 들고 있던 나무 막대기로 나의 가슴을 꾹 찔러 댔다. 이마가 아플 정도로 나의 거수경례는 충성의 숨 가쁜 반사 작용을 했다.

"수고하십니다! 하루 종일 아무 일도 없었습니다. 이상 무우!"

"뭬라구? 수고? 우하하하–"

갑자기 실성한 사람처럼 연신 대소하던 포대령이 고개를 설레설레 내젓더니만 이내 표독스러운 눈빛으로 나를 흘겼다.

"새끼! 이거 뭐 도통 쑥밭이라니끼니! 임마, 여기가 신병 훈련소인 줄 아니? 그따위 서툰 보고가 어디서? 넌 하사야 하사. 군대 밥 그만큼 처먹었으면 임마 포성이 울리는 전선하구 후방 훈련소하군 구별해야 될 께 아니가서? 응? 어드래?"

"……."

"대답해 보라우! 빨리 임마!"

"전 여기가 전선이 아니라구 생각합니다! 금호동입니다!"

"뭬라구? 이 새끼 벌통이 나야 알갓나 이거……. 왜 전선이 아니야? 포성이 터디구 가차 없는 포격이 진지를 후리는데두 새깨야 전선이 아니면 뭬란 말이야? 너 영창 보내야 알갓니 엉?"

"그건…… 그건 포성도 포격도 아니고 채석장 다이너마이트 폭음입니다. 연대장님!"

(중략)

사실 제일로 궁금했던 일이었다. 그러나 이런 경우 바싹 대드는 걸 포대령은 제일 질색으로 여긴다는 상식을 알고 있는 이상 하는 수 없이 엉뚱한 뒤딜미부터 만져 봐야 했다.

"월남하실 때 부인과 이별하셨나요? 아니면……."

"아니면 뭬야? 우하하하–우하하하–새끼 갈데없이 유행가 짓누나. 임마 뒈져라 뒈져! 그런 해골루 관측 도오타! 너 같은 가이새끼 전선 관측시켰다간 포대 쑥밭 되기 망덩이디! 우하하하–곡조 좀 붙여 보라우. 그 유행가에 말야. 하하하–"

포대령은 미친 듯 껄껄 웃어 대고 나선 하늘을 보고 반듯이 누워 버렸다. 그의 가슴이 깊은숨을 몰아쉬었다.

[A] "낙동강 전투 때여서. 워커가 적의 낙동강 도하는 절대 불가능하구 아군 저지선은 철통 같다구 떵떵거리였디……. 야음을 타서 적의 이 개 대대의 특공대 병력이 도강에 성공했디. 그때만 해두 다부동 부락민들은 태평이었대서. 적의 공격이란 거의 산발적인 기총 공격이었구 다부동은 국련군 엄호하에 있었으니까니……. 기런데 도강한 괴뢰군들이 국련군 저지선을 돌파해서라므니 아군의 후방 다부동에 돌출한 게야. 적은 계속 도하해 와서. 전선이 이동되는 날엔 마지막이디. 위기여서. 보병이 도하해 오는 적을 공격하며 저지선을 정리하는 동안 드디어 포대가 불을 뿜어 대서. 다부동은 쑥밭 됐구 돌출한 적의 선발대는 전멸돼서. …… 다부동은 쑥밭 만들던 내 얼굴은 땀인디 눈물인디 웬통 물끼루 떳대서. 왜냐구? …… 더위 때문이었됐나? …… 글쎄……."

포대령은 느질거리는 눈빛으로 나를 올려다보고 나선 눈을 감았다.

"…… 그때 다부동엔…… 다부동엔…… 다부동엔 만삭이 다 된 내 애미나이가 있었대서! 끝이었디……. 김달봉이는 포병이 먼저였어! 한 애미나이의 시나이보단 분명 포병이 먼저였디!"

포대령은 어떤 감당할 수 없는 동요에 몸을 떨었다. 몇 번이고 마당을 뱅글뱅글 돌아 댔다.

나의 가슴속에서 뭔가 솟아오르는 게 있었다. 체증 같은 것이었다. 그것은 지극한 공감과 애착이 억류될 때 어쩔 수 없이 체념되어야 하는 관심의 여력처럼 무거운 것이었다.

연신 엎치락뒤치락거리고 있는 포대령에게 나는 다가갔다. 그리고 그의 손목을 잡았다.

"연대장님! 들어가서서 주무십쇼! 감기드십니다!"

– 천승세, 「포대령」

03 위 작품의 내용을 바탕으로 ㉠의 이유를 진술하고자 한다. 〈보기〉의 단어를 모두 활용하여 아래의 빈칸을 40자 이내로 완성하시오.

〈보기〉
사명감, 죄책감, 심리적

포대령이 현실을 인정하지 못하고 그가 설정한 가정 세계에 머물고 있는 이유는

(   ).

04 다음의 〈보기〉를 바탕으로 위의 작품을 감상할 때, 〈보기〉의 밑줄 친 부분에 해당하는 '나'의 행위를 위 작품의 [A]에서 찾아 진술하시오.

〈보기〉

풍자는 희화화된 대상에 대한 비판적 태도를 환기하여, 그 대상을 격하시키려는 의도를 갖는다. 따라서 비판 주체는 우위에 선 관점에서 비판 대상을 파악하고자 한다. 이는 비판적 주체가 비판 대상에 의해 벌어지는 우스꽝스러운 행위나 비판 대상이 오인하고 있는 상황 인식을 바로잡으려는 의도를 갖기 때문이다. 그런데 「포대령」에서는 이러한 풍자의 의미가 변주된다. 비판 주체가 스스로를 무기력한 현실에서 벗어나지 못하는 반성 대상으로 인식하기 때문이다. 또한 비판 주체가 비판 대상에 대해 점차 연민의 감정을 갖게 됨으로써, 비판 주체와 대상의 위상에 변화를 유발한다.

제9회 실전모의고사

[수학 영역]

▶ 해답 p.189

01 자연수 n에 대하여 함수 $y = \left| \left(\frac{1}{3} \right)^x - 9 \right|$ 의 그래프가 직선 $y = n$과 만나는 서로 다른 점의 개수를 a_n이라 하자. $\sum\limits_{k=1}^{9} a_k$의 값을 구하시오.

02 함수 $y = \dfrac{x+4}{x+1}$의 그래프와 직선 $y = x$가 만나는 서로 다른 두 점의 x좌표를 각각 α, β 라 할 때, $\sum\limits_{k=1}^{5} (k-\alpha)(k-\beta)$의 값을 구하시오.

03 함수 $y = x^3 - 2x^2$ 와 함수 $y = 4x^2 + k$ 가 서로 다른 두 점에서 만나도록 하는 모든 실수 k값의 합을 구하시오.

04 수직선 위를 움직이는 점 P의 시각 t $(x \geq 0)$에서의 속도 $v(t)$의 가속도 $a(t)$가 다음 조건을 만족시킬 때, 시각 $t = 0$에서 $t = 3$까지 점 P가 움직인 거리를 구하시오.

> (가) $0 \leq t \leq 2$일 때, $v(t) = 2t^3 - 8t$이다.
>
> (나) $t \geq 2$일 때, $a(t) = 6t + 4$이다.

제10회 실전모의고사

[국어 영역]

▶ 해답 p.192

[01~02] 다음 글을 읽고 물음에 답하시오.

순자는 본성대로 가면 결과가 악이고 본성을 거스르는 의지적 실천대로 가면 선이기 때문에 성은 악이고 위는 선이라고 합니다. 순자가 인간의 본성을 악하다고 보았다고 해서 본성대로 살자고 한 것은 아닙니다. 그에게는 의지적 실천을 통해 본성이 가져올 악한 결과를 어떻게 변화시켜 나갈 것인가가 문제였습니다. 따라서 순자의 철학은 '위'에 그 가치가 있으며, 그런 점에서 순자의 철학은 의지에 기초한 실천 철학이라고 할 수 있습니다.

순자는, 인간의 본성을 착하다고 한 맹자의 주장은 본성을 제대로 알지 못한 것이라고 비판합니다. ㉠사람의 타고난 본성과 후천적인 의지에 따른 노력을 구분하지 못한 것이라는 지적입니다. 그리고 맹자의 말대로 본성이 본래 착한 것이라면, 현실의 인간은 대부분 태어나면서 바로 자신의 착한 본성을 잃어버리게 되는 셈이라고 비판합니다. 또 인간이 본래 착한 존재라면 애초부터 훌륭한 임금이나 좋은 제도 따위는 필요가 없다고도 했습니다.

맹자는 모든 인간의 본성이 착하다고 하면서도 실제적인 강조점은 군자에게 두었습니다. 인간의 본성에 생리적인 면이 있음을 인정하면서도, 그러한 생리적인 면이 본성인 사람들은 소인이고, 군자는 도덕성만이 본성이라고 하였습니다. 맹자는 사실상 군자의 도덕성만을 인정한 것이며, 일반 백성들에 대해서는 도덕성에 근거한 군자의 교화를 받아들일 수 있는 정도의 자질만을 인정한 셈입니다. 그렇다면 순자는 어떨까요? 순자가 본래부터 악하다고 한 본성은 누구의 본성을 가리킬까요?

순자는 어떤 사람인가를 구분하지 않고 모든 사람의 본성이 악하다고 합니다. 가장 훌륭한 사람의 표본이었던 요순의 본성과 가장 악한 사람이 표본이었던 걸 임금이나 도척의 본성이 같다고 보았습니다. 순자가 같다고 본 본성은 당연히 생리적·감각적인 본성입니다. 그렇다면 도덕성은 본성 자체에서 나오는 것이 아니므로 현실에서 이루어지는 노력의 결과인 셈입니다.

01 다음의 〈보기〉는 신문 기사에서 '의인'의 행동을 순자와 맹자의 관점에서 비교하여 설명한 것이다. 제시문의 내용을 바탕으로 빈칸에 들어갈 말을 각각 2어절로 쓰시오.

> 의인은 아래층에서 화재가 난 것을 감지하자마자 119에 신고하고 본능적으로 건물 밖으로 탈출했다. 하지만 그는 곧 연기가 자욱한 건물로 다시 뛰어 들어갔다. 잠든 이웃을 깨우기 위해서였다. 뜨거운 불길을 헤치고 층층마다 문을 두드리고 초인종을 누르며 주민들을 깨워 대피시켰다. 폐회로 텔레비전을 확인한 결과, 그는 불길이 치솟는 건물 안을 들어갔다 나오기를 세 번이나 반복했다. 그 덕분에 이웃 20가구 주민들은 모두 목숨을 건졌다.
>
> – ○○일보

〈보기〉
> 순자의 관점에서 '의인'의 행동은 (ⓐ)이/가 반영된 후천적 노력의 결과이고, 맹자의 관점에서 '의인'의 행동은 (ⓑ)이/가 발현된 것으로 군자의 교화를 받아들인 결과이다.

02 순자가 맹자의 주장을 ㉠과 같이 비판한 이유를 40자 이내로 진술하시오.

[03~04] 다음 글을 읽고 물음에 답하시오.

태풍에 쓰러진 나무를 고쳐 심고
각목으로 버팀목을 세웠습니다
산 나무가 죽은 나무에 기대어 섰습니다

그렇듯 얼마간 죽음에 빚진 채 삶은
싹이 트고 다시
잔뿌리를 내립니다

꽃을 피우고 꽃잎 몇 개
뿌려 주기도 하지만
버팀목은 이윽고 삭아 없어지고
큰바람 불어와도 나무는 눕지 않습니다
이제는
사라진 것이 나무를 버티고 있기 때문입니다

내가 허위허위 길 가다가
만져 보면 죽은 ⓐ아버지가 버팀목으로 만져지고
사라진 이웃들도 만져집니다

언젠가 누군가의 버팀목이 되기 위하여
나는 싹 틔우고 꽃 피우며
살아가는지도 모릅니다

– 복효근, 「버팀목에 대하여」

03 다음의 〈보기〉는 위 시에 대한 시상의 전개 방식을 설명한 것이다. 2어절로 빈칸을 채워 완성하시오.

〈보기〉

위의 작품에서 화자는 자신이 관찰한 '버팀목'과 '산 나무'의 관계로부터 '아버지', '이웃들'과 자신의 관계를 연상시키는 (   )을/를 통해 다른 이의 버팀목이 되는 삶의 가치를 드러내고 있다.

04 위 작품의 ⓐ와 〈보기〉의 '아버지'를 통해 각 화자가 공통적으로 말하고자 하는 가치를 제시하시오.

〈보기〉

그런데 어머님,
오늘은 영하의 한강교를 지나면서 문득
나를 품에 안고 추위를 막아 주던
예닐곱 살 적 그 겨울밤의 아버지가
이승의 물로 화신(化身)해 있음을 보았습니다.
품 안에 부드럽고 여린 물살을 무사히 흘러
바다로 가라고
꽝 꽝 얼어붙은 잔등으로 혹한을 막으며
하얗게 얼음으로 엎드려 있던 아버지,
아버지, 아버지…….

– 이수익, 「결빙의 아버지」 중에서

PART 1
기출문제

PART 2
실전모의고사

PART 3
정답 및 해설

제10회 실전모의고사

[수학 영역]

▶ 해답 p.193

01 최고차항의 계수가 -1인 이차함수
$f(x)=-(x-a)^2+b(a, b$는 상수$)$에
대하여 함수 $g(x)$를
$g(x)=\begin{cases} f(x) & (x<1) \\ 3x+1 & (x\geq1) \end{cases}$ 이라 하자.
함수 $g(x)$는 실수 전체의 집합에서 연속이며, 역함수가 존재할 때, $f(0)$의 최댓값을 구하시오.

02 x값의 범위가 $-\pi\leq x<2\pi$일 때,
함수 $y=\sin x$의 그래프와
직선 $y=t(-1<t<0)$가 만나는 교점의
x좌표를 작은 것부터 차례대로 A, B, C, D
라고 하자. $A=-\dfrac{5}{6}\pi$일 때, $B+C+D$의
값을 구하시오.

03 모든 실수에 대하여 연속인 함수 $f(x)$가 $f(x+4)=f(x)+1$를 만족한다. $\int_0^4 f(x)dx=4$일 때, $\int_0^{12} f(x)dx$의 값을 구하시오.

04 11 이하의 자연수 n에 대하여 x에 대한 다항식 $\sum_{k=1}^{10}\left(\dfrac{1}{k+1}x^k - \dfrac{1}{k}x^{k+1}\right)$에서 x^n의 계수를 a_n이라 할 때, $\sum_{k=1}^{11} a_n$의 값을 구하시오.

PART 1 기출문제

PART 2 실전모의고사

PART 3 정답 및 해설

It is confidence in our bodies, minds and spirits that allows us
to keep looking for new adventures, new directions to grow in,
and new lessons to learn - which is what life is all about.
자신의 몸, 정신, 영혼에 대한 자신감이야말로 새로운 모험, 새로운 성장 방향,
새로운 교훈을 계속 찾아나서게 하는 원동력이며, 바로 이것이 인생이다.

- 오프라 윈프리 -

3개년 기출문제

2025학년도 모의고사

국어

01 [바른해설]
전통적인 형법에서는 인간의 행위만을 범죄행위로 보기 때문에 지능형 로봇은 형법에 따른 책임을 지지 않고 형벌을 받을 수 없다. 한편, 지문의 마지막 문단에서는 지능형 로봇의 범죄에 대한 형벌 부과의 정당화 조건에 대해 다루고 있는데, 지능형 로봇의 행위를 형법상 유의미한 행위로 파악할 수 있기 위해서는 지능형 로봇이 법적 주체의 지위를 구성하여 범죄 능력을 인정받아야 한다. 최근에는 사회적 체계는 행위가 아닌 소통이라는 체계 이론의 체계 개념을 바탕으로 법적 주체의 지위를 구성하여야 한다는 주장에 따라 지능형 로봇에게도 형사 책임을 물을 수 있는 가능성이 제기된다.

[채점기준]

예시답안	배점
'①체계 이론'의 관점을 배경으로, 주체인 '②지능형 로봇'이, '③자율성'을 인정받는 조건에 따라, '④형사 책임을 물을 수 있다'는 결론 등 총 4개의 주요 키워드 혹은 대체 가능한 표현을 포함하는 구성 예) 체계 이론의 관점에서는 자연인이 아닌 인공 지능을 탑재한 지능형 로봇도 자율적인 존재로서 형사 책임을 물을 수 있다. / 체계 개념으로 자연인이 아닌 존재라 할지라도 법적 주체의 지위를 인정받을 수 있다면 범죄 행위에 형법을 적용할 필요가 있다.	10점
위 4개의 키워드 중 일부가 누락 되었으나 비슷한 맥락으로 전개되는 구성 예) 사회 현상을 관찰할 때 행위가 아닌 소통을 더욱 근원적 개념으로 파악하는 체계 이론의 관점에서 자연인이 아닌 존재라 할지라도 법적 주체의 지위를 인정할 수 있다.	5점
위 기준을 바탕으로 띄어쓰기나 맞춤법에 오타가 있는 경우 1점씩 감점	−1점

02 [바른해설]
형법의 기본 원리에는 책임 원칙이라는 것이 있으며, 보기에서 제시된 내용은 책임 원칙의 내용과 의의에 관한 것으로, 책임 원칙의 적용 조건으로서 자유의지를 지니고 범죄 능력이 인정되는 자연인이라는 주체가 부각된다. 특히, 현행 형법에서는 자연인 외의 존재는 범죄 행위의 주체가 될 수 없음을 명시하고 있다.

[채점기준]

예시답안	배점
책임 원칙에 따라 현행 형법에서는 자연인에게만 범죄 능력이 인정된다는 형벌의 근거 기능에 관한 (보기) 문단의 취지를 파악하여 동일한 맥락의 문장을 선별 예) 그런데 ~ 구상하였다.	10점
정답과 비슷한 맥락이기는 하나 그에 따른 부수적인 문장을 선별 예) 이에 ~ 없다.	5점
정답과 동일한 맥락이나 한 문장이 아닌 복수의 문장을 선별 예) 그런데 ~ 없다	3점

03 [바른해설]
이 작품은 글쓴이가 두물머리를 볼 수 있는 운길산을 여행하고서 여행 감상을 담은 기행 수필이다. 저자는 두물머리에서 두 물줄기가 만나는 모습을 보며 만남의 의미를 생각한다. 물줄기의 만남에서 촉발되어 인간의 만남까지 그 생각은 이어지고 확대되고 심화된다. 이러한 글의 전개를 핵심어를 기반으로 구성할 수 있는지를 평가하고자 한다.

[채점기준]

예시답안	배점
– 두물머리를 바라보며 삶의 이치를 생각해본다. – 두물머리를 지켜보며 물의 만남, 사람의 만남을 사색한다. – 만남은 새로운 '큰 하나'가 되는 것이다. – 위와 같은 취지의 답안의 경우	10점

예시답안	배점
– 물의 만남과 사람의 만남이라는 두 가지 요소를 중심에 놓고 상호적으로 기술하는 의미가 부족한 경우 예) '계절의 틀을 벗어날 능력이 사람에겐 주어져 있다'는 구절을 근거로 인간의 삶이 만물의 이치에서 벗어난다는 취지의 답안인 경우	5점
그 이외의 경우	0점
맞춤법 등의 오류: 1건당 1점씩 감점, 최대 2점 감점	

04 [바른해설]
이 글은 다음과 같이 구성되어 있다. 두물머리라는 지명이 주는 느낌과 두물머리를 잘 볼 수 있는 장소를 다루고, 이어서 두물머리를 바라보며 떠올린 만남의 의미 그리고 사람의 만남이 이와 다른 점이 묘사되며, 마지막으로는 두물머리를 바라보며 느끼는 황홀감에 대한 글쓴이의 의미적 분석 등이 다루어지고 있다. 이 각각의 구성 단계 마다 등장하는 핵심 어휘나 어구가 등장하는데 이에 대한 의미를 수필 작품을 보며 충분히 떠올릴 수 있는지를 평가한다.

[채점기준]

예시답안	배점
① 서로 만나서 새로운 하나를 만들기 힘든 데서 오는 외로움 ② – 모든 것을 다 안을 수 있는 넉넉한 품 – 상선약수 (공통사항) 위와 같은 취지의 답안의 경우	각 5점
두 답안 가운데 하나만 맞을 경우	5점
그 이외의 경우 0	0점
맞춤법 등의 오류: 1건당 1점씩 감점, 최대 2점 감점	

수학

01 [바른해설]
주어진 방정식에서 로그의 진수 조건에 의해 $\sin x>0$, $6\sin x-1>0$을 만족해야 한다.
$\log_2 \sin x+\log_2(6\sin x-1)$
$=\log_2 \sin x(6\sin x-1)=0$이므로
$\sin x(6\sin x-1)=0$이고 이를 정리하면
$6\sin^2 x-\sin x-1=0$이다.
따라서 $(2\sin x-1)(3\sin x+1)=0$이다.
이때 주어진 조건 $\sin x>\frac{1}{6}$에서 $3\sin x+1>\frac{3}{2}$이 되므로
방정식의 해는 $2\sin x=1$이다.

따라서 $\sin x=\frac{1}{2}$이다.
$0\leq x<2\pi$에서 $\sin x=\frac{1}{2}$의 해는
함수 $y=\sin x$의 그래프와 $y=\frac{1}{2}$이 만나는 점의
x좌표이므로 $x=\frac{\pi}{6}$ 또는 $x=\frac{5}{6}\pi$이다.
따라서 구하는 모든 실수 x의 합은 $\frac{\pi}{6}+\frac{5}{6}\pi=\pi$이다.

[채점기준]

예시답안	배점
주어진 방정식에서 로그의 진수 조건에 의해 $\sin x>0$, $6\sin x-1>0$을 만족	1점
$\log_2 \sin x+\log_2(6\sin x-1)$ $=\log_2 \sin x(6\sin x-1)=0$이므로 $\sin x(6\sin x-1)=0$이고 이를 정리하면 $6\sin^2 x-\sin x-1=0$이다. 따라서 $(2\sin x-1)(3\sin x+1)=0$이다.	2점
이때 주어진 조건 $\sin x>\frac{1}{6}$에서 $3\sin x+1>\frac{3}{2}$이 되므로 방정식의 해는 $2\sin x=1$이다. 따라서 $\sin x=\frac{1}{2}$이다.	2점
$0\leq x<2\pi$에서 $\sin x=\frac{1}{2}$의 해는 함수 $y=\sin x$의 그래프와 $y=\frac{1}{2}$이 만나는 점의 x좌표이므로 $x=\frac{\pi}{6}$ 또는 $x=\frac{5}{6}\pi$이다.	3점
구하는 모든 실수 x의 합은 $\frac{\pi}{6}+\frac{5}{6}\pi=\pi$	2점

02 [바른해설]
$a_n+a_{n+3}=10$에서 $a_{n+3}=10-a_n$이다.
이때 $\sum_{n=1}^{3} a_n=5$이므로
$\sum_{n=4}^{6} a_n=\sum_{n=1}^{3} a_{n+3}=\sum_{n=1}^{3}(10-a_n)$
$=\sum_{n=1}^{3}10-\sum_{n=1}^{3}a_n=10\times3-5=25$
$\sum_{n=7}^{9} a_n=\sum_{n=4}^{6} a_{n+3}=\sum_{n=4}^{6}(10-a_n)$
$=\sum_{n=4}^{6}10-\sum_{n=4}^{6}a_n=10\times3-25=5$
$\sum_{n=10}^{12} a_n=\sum_{n=7}^{9} a_{n+3}=\sum_{n=7}^{9}(10-a_n)$
$=\sum_{n=7}^{9}10-\sum_{n=7}^{9}a_n=10\times3-5=25$
따라서
$\sum_{n=1}^{12} a_n=\sum_{n=1}^{3} a_n+\sum_{n=4}^{6} a_n+\sum_{n=7}^{9} a_n+\sum_{n=10}^{12} a_n$
$=5+25+5+25=60$

[채점기준]

예시답안	배점
$a_n + a_{n+3} = 10$에서 $a_{n+3} = 10 - a_n$	2점
$\sum\limits_{n=4}^{6} a_n = \sum\limits_{n=1}^{3} a_{n+3} = \sum\limits_{n=1}^{3}(10 - a_n)$ $= \sum\limits_{n=1}^{3} 10 - \sum\limits_{n=1}^{3} a_n = 10 \times 3 - 5 = 25$	2점
$\sum\limits_{n=7}^{9} a_n = \sum\limits_{n=4}^{6} a_{n+3} = \sum\limits_{n=4}^{6}(10 - a_n)$ $= \sum\limits_{n=4}^{6} 10 - \sum\limits_{n=4}^{6} a_n = 10 \times 3 - 25 = 5$	2점
$\sum\limits_{n=10}^{12} a_n = \sum\limits_{n=7}^{9} a_{n+3} = \sum\limits_{n=7}^{9}(10 - a_n)$ $= \sum\limits_{n=7}^{9} 10 - \sum\limits_{n=7}^{9} a_n = 10 \times 3 - 5 = 25$	2점
$\sum\limits_{n=1}^{12} a_n = \sum\limits_{n=1}^{3} a_n + \sum\limits_{n=4}^{6} a_n + \sum\limits_{n=7}^{9} a_n + \sum\limits_{n=10}^{12} a_n$ $= 5 + 25 + 5 + 25 = 60$	2점

03 [바른해설]

$f'(x) = (x-1)(x+1)$로부터 부정적분을 이용하면

$f(x) = \int (x-1)(x+1)dx$

$\qquad = \int (x^2-1)dx = \dfrac{1}{3}x^3 - x + c$이다.

삼차 다항함수의 최고차항이 양수이므로

$x = -1$에서 극댓값이고 그 값은

$f(-1) = -\dfrac{1}{3} + 1 + C = \dfrac{2}{3} + C$이고

$x = 1$에서 극솟값이므로 그 값은

$f(1) = \dfrac{1}{3} - 1 + C = -\dfrac{2}{3} + C$이다.

극솟값이 극댓값의 3배이므로 $f(1) = 3f(-1)$을 풀면

$3\left(\dfrac{2}{3} + C\right) = -\dfrac{2}{3} + C$에서 $C = -\dfrac{4}{3}$이다.

따라서 $f(x) = \dfrac{1}{3}x^3 - x - \dfrac{4}{3}$이고

$f(1) = \dfrac{1}{3} - 1 - \dfrac{4}{3} = -2$이다.

[채점기준]

예시답안	배점
$f'(x) = (x-1)(x+1)$로부터 부정적분을 이용하면 $f(x) = \int (x-1)(x+1)dx$ $\qquad = \int (x^2-1)dx = \dfrac{1}{3}x^3 - x + c$이다.	2점

예시답안	배점
삼차 다항함수의 최고차항이 양수이므로 $x = -1$에서 극댓값이고 그 값은 $f(-1) = -\dfrac{1}{3} + 1 + C = \dfrac{2}{3} + C$이고 $x = 1$에서 극솟값이므로 그 값은 $f(1) = \dfrac{1}{3} - 1 + C = -\dfrac{2}{3} + C$이다.	4점
극솟값이 극댓값의 3배이므로 $f(1) = 3f(-1)$을 풀면 $3\left(\dfrac{2}{3} + C\right) = -\dfrac{2}{3} + C$에서 $C = -\dfrac{4}{3}$이다.	2점
$f(x) = \dfrac{1}{3}x^3 - x - \dfrac{4}{3}$이고 $f(1) = \dfrac{1}{3} - 1 - \dfrac{4}{3} = -2$이다.	2점

04 [바른해설]

(1) $x < 0$일 때는 둘러싸인 영역이 생성되지 않는다.

(2) $0 \le x < 2$일 때

$\qquad y = ax|x-2| - 3a = -a(x^2 - 2x + 3)$이고

이때 둘러싸인 영역의 넓이를 A_1라 두면, 이때의 넓이

$A_1 = -\int_0^2 -a(x^2 - 2x + 3)dx$

$\qquad = a\left[\dfrac{1}{3}x^3 - x^2 + 3x\right]_0^2$

$\qquad = a\left(\dfrac{8}{3} - 4 + 6\right) = \dfrac{14}{3}a$이다.

(3) $x \ge 2$일 때

$\qquad y = ax|x-2| - 3a = a(x^2 - 2x - 3)$

$\qquad = a(x-3)(x+1)$이며

x축과 $x = -1$, $x = 3$에서 만난다.

따라서 주어진 조건 $x \ge 2$와 결합하여 만들어진

영역의 넓이를 A_2라 두면, 이때의 넓이

$A_2 = -\int_2^3 a(x^2 - 2x - 3)dx$

$\qquad = -a\left[\dfrac{1}{3}x^3 - x^2 - 3x\right]_2^3$

$\qquad = -a\left(-\dfrac{5}{3}\right) = \dfrac{5}{3}a$이다.

(4) $x \ge 3$일 때는 둘러싸인 영역이 생성되지 않는다.

(5) 구하고자 하는 전체 영역의 넓이를 A라 두면,

$\qquad$ (2)와 (3)에서 $A = A_1 + A_2 = \dfrac{19}{3}a$이다.

영역의 넓이가 19라 했으므로 $\dfrac{19}{3}a = 19$로부터 $a = 3$이다.

〈참고〉 함수의 그래프

$y = \begin{cases} -a(x^2 - 2x + 3) & (x < 2) \\ a(x^2 - 2x - 3) & (x \ge 2) \end{cases}$

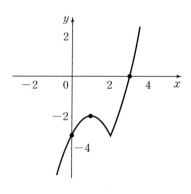

[채점기준]

예시답안	배점
(1) $x<0$일 때는 둘러싸인 영역이 생성되지 않는다.	1점
(2) $0 \leq x < 2$일 때 $$y=ax|x-2|-3a=-a(x^2-2x+3)$$ 이고 이때 둘러싸인 영역의 넓이를 A_1라 두면, 이때의 넓이 $$A_1=-\int_0^2 -a(x^2-2x+3)dx$$ $$=a\left[\frac{1}{3}x^3-x^2+3x\right]_0^2$$ $$=a\left(\frac{8}{3}-4+6\right)=\frac{14}{3}a$$이다.	3점
(3) $x \geq 2$일 때 $$y=ax|x-2|-3a=a(x^2-2x-3)$$ $$=a(x-3)(x+1)$$이며 x축과 $x=-1$, $x=3$에서 만난다. 따라서 주어진 조건 $x \geq 2$와 결합하여 만들어진 영역의 넓이를 A_2라 두면, 이때의 넓이 $$A_2=-\int_2^3 a(x^2-2x-3)dx$$ $$=-a\left[\frac{1}{3}x^3-x^2-3x\right]_2^3$$ $$=-a\left(-\frac{5}{3}\right)=\frac{5}{3}a$$이다.	3점
(4) $x \geq 3$일 때는 둘러싸인 영역이 생성되지 않는다.	1점
(5) 구하고자 하는 전체 영역의 넓이를 A라 두면, (2)와 (3)에서 $A=A_1+A_2=\frac{19}{3}a$이다. 영역의 넓이가 19라 했으므로 $\frac{19}{3}a=19$로부터 $a=3$이다.	2점

2024학년도 모의고사

국어

01 [모범답안]
공간이나 시간과 관련한 인식의 전환

[바른해설]
제시된 윗글은 공간이나 시간과 관련한 인식의 전환을 회화와 음악을 예로 들어 설명하고 있다. 무력하고 텅 빈 곳으로서의 공간에서 능동적이고 창조적인 기능을 하는 곳으로 공간 인식이 전환되었음을 몇몇 화가를 예로 하여 밝히고 있다. 이어서 음악에서의 침묵의 시간이 대한 가치 부여가 논의되고 있다. 공간과 시간에 대한 이러한 재평가가 지닌 의의를 밝히며 글은 마감된다. 이러한 글의 전개를 놓고 전체 글을 적절하게 이해하고 요약하는지를 이 문항은 측정하고자 한다.

[채점기준]

예시답안	배점
공간이나 시간에 대한 재평가, 인식 전환 등의 의미로 기술된 모든 경우	10점
– 공간과 시간 가운데 하나만 언급이 있는 경우 – 재평가, 인식 전환의 의미와 본질적으로 다른 표현의 사용(예) 평가, 인식)	5점
그 이외의 모든 경우	0점
띄어쓰기나 맞춤법이 틀리는 경우: 한 개당 1점씩 감점하되 최대 2점까지 감점	공통 사항

02 [모범답안]
① 모네, 클림트, 브라크 가운데 한 명 기입
② (다음 가운데 하나 기입)
– **모네**: 공간과 빛이 화면을 주도하게 하여 제재인 대성당을 능가하는 것처럼 그렸다.
– **클림트**: 배경에 있는 기하학적인 무늬들을 제재인 인물 못지않게 시선을 끌게 그렸다.
– **브라크**: 공간에 대상과 동일한 색, 질감, 실질성을 부여하여, 공간과 대상을 거의 구별할 수 없게 뒤섞어 그렸다.

[바른해설]
이 문항은 "긍정적 부정 공간"을 두고 이어지는 긴 설명을 이해하고 이어서 이를 압축적으로 표현하는지를 평가한다. 긍정적 부정 공간을 설명하기 위해 모네, 클림트, 브라크 등이 거론되며 이들 각각의 기법이 간략히 소개되고 있다.

[채점기준]

예시답안	배점
화가 한 명을 제시하고, 그의 기법을 모범답안의 의미로 기술한 경우	10점
화가명만 제시하거나 기법만 제시한 경우	5점
그 이외의 모든 경우	0점
맞춤법이 틀리는 경우: 한 개당 1점씩 감점하되 최대 2점까지 감점	공통 사항

03 [모범답안]
덜 중요하게 여겨지던 것에 구성적, 긍정적 가치를 새롭게 부여하였다.

[바른해설]
"공간과 시간에 대한 이러한 재평가는 공간·시간 경험을 주요한 것과 부차적인 것으로 양분하는 뚜렷한 구분 선을 지웠다"는 문장은 공간과 시간에 대한 재평가가 지닌 의미나 의의를 전반적으로 지적하고 있다. 따라서 '양분하는 뚜렷한 구분 선을 지웠다'라는 평가가 나오게 된 근거를 글의 전체 내용과의 호흡에서 제시하는 것이 적절하다.

[채점기준]

예시답안	배점
모범답안의 취지(재평가 이전과 이후의 대조가 분명히 지적되어야 함)로 기술된 경우	10점
– 답안의 취지와는 일부 부합하나 일부 사례에 초점을 맞춘 기술인 경우 (예: 화가나 음악가 한 명의 사례를 활용하여 답한 경우) – 위계의 평준화 등의 의미로 답한 경우	5점
그 이외의 경우	0점
띄어쓰기나 맞춤법이 틀리는 경우: 한 개당 1점씩 감점하되 최대 2점까지 감점	공통 사항

04 [모범답안]
(가) 인공 지능이 창작하는 음악의 출현
(나) 음악 유전체의 의한 음악 유기체의 발생
(라) 적합 함수에 의한 짝짓기 대상 선별

[바른해설]
글의 논지는 '인공 지능이 창작하는 음악의 출현 – 음악 유전체의 의한 음악 유기체의 발생 – 짝짓기, 돌연변이, 발생을 통한 음악 유기체의 진화 – 적합 함수에 의한 짝짓기 대상 선별' 순으로 전개되었다. 이 흐름에 따라 각 단락의 중심어를

통해 정리하여 제시하면 된다.

[채점기준]

예시답안	배점
(가), (나), (라)의 중심문장 진술이 모두 옳은 경우	10점
(가), (나), (라) 중 두 단락의 중심문장 진술이 옳은 경우	5점
(가), (나), (라) 중 한 단락의 중심문장 진술만 옳거나 중심문장 진술이 모두 옳지 않은 경우	0점
– 의미상 중심 내용과 뜻이 통하는 진술은 정답으로 처리 – 항목별 미진술은 0점 처리 – 띄어쓰기나 맞춤법이 틀리는 경우: 한 개당 1점씩 감점하되 최대 2점까지 감점	공통 사항

05 [모범답안]

두 음악 유기체의 유전체 일부를 이어받은 단일한 음

[바른해설]

3문단 (다)에서 두 음악 유기체가 짝짓기를 하면 수정란, 즉 새로운 음악 유전체를 가진 단일한 음악 유전체를 가진 단일한 음을 형성하는데, 이 새로운 음악 유전체가 갖는 절반의 '유전자'는 두 부모 음악 유기체의 유전체 중 하나에서 온 것이고 나머지 절반은 다른 부모 음악 유기체의 유전체에서 온 것이라고 하였다. 따라서 두 음악 유기체가 짝지어지면 <u>두 음악 유기체의 유전체 일부를 이어받은</u> <u>단일한 음</u>이 만들어진다고 할 수 있다.

[채점기준]

예시답안	배점
모범답안과 일치하는 경우	10점
'두 음악 유기체의 유전체를 이어받은 단일한 음'이라는 취지로 진술한 경우 '두 음악 유기체의 유전체의 일부를 이어받은 음'이라는 취지로 진술한 경우	5점
모범 답안의 의미와 전혀 일치하지 않는 내용으로 진술한 경우 예) '두 음악 유기체의 유전체 <u>전부</u>' 또는 '<u>여러(개의)</u> 음'이 포함되어 진술한 경우	0점
– 모범답안의 핵심어는 '두 음악, 유기체, 유전체, 단일한 음'임. – 띄어쓰기나 맞춤법이 틀리는 경우: 한 개당 1점씩 감점하되 최대 2점까지 감점	공통 사항

06 [모범답안]

① 적합 함수

② 기계의 창조성

[바른해설]

4문단의 (라)에서 적합도가 적합 함수에 의해 평가되는데 가장 적합도가 높은 10~25%의 음악 유기체가 무작위로 짝을 지어 충분한 자손을 만들어 내고 그것들은 개체군을 구성하는 새로운 음악 유기체가 된다고 하였다. 또한 〈보기〉에서는 음악 유기체의 개발자가 자신의 미적 기준과 목적에 따라 선호하는 음악의 특성이 나타나도록 적합 함수를 조절할 것이고 결과적으로 이러한 편향으로 인하여 기계의 창조성은 제한적으로 진화 음악에 반영된다고 하였다. 그러므로 <u>적합 함수가 적합도의 기준을 낮춰 잡으면 더 많은 음악 유기체가 짝짓기를 위해 선택될 수 있어서 더 다양한 자손 음악들이 만들어질 것이고 편향이 줄어들어 기계의 창조성은 더 크게 허용될 수 있을 것임을 추론하여 판단할 수 있다.</u>

[채점기준]

예시답안	배점
두 개가 모두 맞는 경우	10점
하나만 정답인 경우	5점
그 이외의 모든 경우	0점
띄어쓰기나 맞춤법이 틀리는 경우: 한 개당 1점씩 감점하되 최대 2점까지 감점	공통 사항

07 [모범답안]

몽달 씨

[바른해설]

작품의 타당한 해석과 감상을 통해 작가의 의도와 주제의식을 추론하고, 그것이 표현된 단어의 함축적 의미를 파악할 수 있도록 한다.

[채점기준]

예시답안	배점
몽달 씨	10점
'부조리한 일을 경험한 몽달 씨' 또는 '양보하고 손해 보는 삶을 감내하는 몽달 씨', '박해받는 몽달 씨', '박해받고 싶어 하는 몽달 씨'	10점
'(박해받는) 순교자' 또는 '(박해받고 싶어 하는) 순교자'	5점
'몽달 씨' 또는 '순교자'가 들어가지 않은 답	0점

08 [모범답안]

'공존한다는' 또는 '함께 등장한다는'

[바른해설]

삶에 대한 상반된 인식과 행동을 보여주는 등장인물들에 대한 이해를 통해 작가가 이야기하고자 하는 것이 무엇인지를 파악한다.

[채점기준]

예시답안	배점
'공존한다는/공존하고 있다는' 또는 '함께 등장한다는/등장하고 있다는', '함께 살고 있다는', '어우러져 있다는', '한 작품(소설)에 나타난다는'	10점
'있다는' 또는 '등장한다는', '어우러진다는'	7점
'공존', '함께 등장', '함께 삶' 등 적절한 서술어가 포함되지 않은 경우	5점
'거론된다는' 또는 '제시된다는', '말한다는', '이웃이라는', '가까운 이웃이라는'	3점
위 항목에 언급된 단어가 없는 경우	0점

09 [모범답안]

어린 여자아이 또는 여자아이, 어린이, 어린 아이

[바른해설]

소설은 시점, 사건과 인물 제시 방식, 문체, 태도와 어조의 변화를 통해 이야기를 전달하는 데 있어 다양한 효과를 드러낼 수 있다. 이 중 시점은 흔히 (1인칭 주인공)시점, 1인칭 관찰자 시점, (3인칭) 전지적 서술자 시점, 3인칭 관찰자 시점으로 나누어 볼 수 있다. 또한 한 같은 시점을 채택하더라도, 그 서술자의 나이, 신분, 태도 등에 따라 다양한 효과가 나타난다.

[채점기준]

예시답안	배점
어린 여자아이	10점
여자아이	10점
어린이 또는 어린 아이	10점
제3자 또는 관찰자, 서술자	3점
위 항목에서 언급되지 않은 답: 무식한 자, 무지한 자 등	0점

01 [바른해설]

부등식 $x^2 - x \log_3 27n + \log_3 n^3 \leq 0$을 인수분해 하여 정리하면 $(x-3)(x-\log_3 n) \leq 0$이고 부등식을 풀기 위하여 자연수 n의 범위에 따라 근의 개수를 살펴보면

(i) $n=1$이면 $x=0, 1, 2, 3$의 네 개

(ii) $n=2, 3$이면 $x=1, 2, 3$의 세 개

(iii) $n=4, 5, 6, 7, 8, 9$이면 $x=2, 3$의 두 개

(iv) $n=10, 11, \cdots, 27, \cdots, 80$이면 $x=3$의 한 개

(v) $n=81, \cdots, 242$이면 $x=3, 4$의 두 개

(vi) $n=243, \cdots$이면 $x=3, 4, 5 \cdots$의 세 개 이상

그러므로 두 개인 경우는 $n=4, 5, 6, 7, 8, 9$와 $n=81, \cdots, 242$인 경우이므로 모두 168개이다.

[채점기준]

예시답안	배점
부등식 $x^2 - x \log_3 27n + \log_3 n^3 \leq 0$을 인수분해 하여 정리하면 $(x-3)(x-\log_3 n) \leq 0$	1점
• $n=1$이면 $x=0, 1, 2, 3$의 네 개 • $n=2, 3$이면 $x=1, 2, 3$의 세 개	2점
• $n=4, 5, 6, 7, 8, 9$이면 $x=2, 3$의 두 개 • $n=10, 11, \cdots, 27, \cdots, 80$이면 $x=3$의 한 개 • $n=81, \cdots, 242$이면 $x=3, 4$의 두 개 • $n=243, \cdots$이면 $x=3, 4, 5 \cdots$의 세 개 이상	4점
두 개인 경우는 $n=4, 5, 6, 7, 8, 9$와 $n=81, \cdots, 242$인 경우이므로 모두 168개이다.	3점
(공통) 앞 과정의 오류와는 별개로 뒤 과정은 독립적으로 채점하는 것을 원칙 (공통) 단순오기나 단순연산 실수 시 개당 1점 감점	

02 [바른해설]

삼각함수 $y=\cos 2x$의 그래프를 x축의 방향으로 $\frac{\pi}{4}$만큼 평행이동하면 $y=\cos 2\left(x-\frac{\pi}{4}\right)=\cos\left(2x-\frac{\pi}{2}\right)=\sin 2x$ 이므로 $g(x)=\sin 2x$이다.

방정식 $\{f(x)\}^2 = \frac{3}{2}g(x)$에서 $\cos^2 2x = \frac{3}{2}\sin 2x$이고 이것을 변형하면 $1-\sin^2 2x = \frac{3}{2}\sin 2x$이다.

이것을 이차방정식 형태로 만들면 $2\sin^2 2x + 3\sin 2x - 2 = 0$이다.

인수분해를 하면 $(2\sin 2x - 1)(\sin 2x + 2) = 0$이고 $(\sin 2x + 2) > 0$이므로 $(2\sin 2x - 1) = 0$이어야 한다.

따라서 $\sin 2x = \frac{1}{2}$이다.

이때 $2x = X$라 하면 $\sin X = \frac{1}{2}$이므로

$X=\dfrac{\pi}{6}$ 또는 $X=\dfrac{5}{6}\pi$이다.

즉, $2x=X$로부터 $x=\dfrac{1}{12}\pi$ 또는 $x=\dfrac{5}{12}\pi$이다.

$0\le x<\pi$일 때, 방정식 $\{f(x)\}^2=\dfrac{3}{2}g(x)$를 만족시키는

모든 실수 x값들의 곱은 $\dfrac{5}{144}\pi^2$이다.

[채점기준]

예시답안	배점
삼각함수 $y=\cos2x$의 그래프를 x축의 방향으로 $\dfrac{\pi}{4}$만큼 평행이동하면 $y=\cos2\left(x-\dfrac{\pi}{4}\right)=\cos\left(2x-\dfrac{\pi}{2}\right)=\sin2x$ 이므로 $g(x)=\sin2x$이다.	2점
방정식 $\{f(x)\}^2=\dfrac{3}{2}g(x)$에서 $\cos^2 2x=\dfrac{3}{2}\sin2x$이고 이것을 변형하면 $1-\sin^2 2x=\dfrac{3}{2}\sin2x$이다. 이것을 이차방정식 형태로 만들면 $2\sin^2 2x+3\sin2x-2=0$이다. 인수분해를 하면 $(2\sin2x-1)(\sin2x+2)=0$ 이고 $(\sin2x+2)>0$이므로 $(2\sin2x-1)=0$ 이어야 한다. 따라서 $\sin2x=\dfrac{1}{2}$이다.	3점
이때 $2x=X$라 하면 $\sin X=\dfrac{1}{2}$이므로 $X=\dfrac{\pi}{6}$ 또는 $X=\dfrac{5}{6}\pi$이다. 즉, $2x=X$로부터 $x=\dfrac{1}{12}\pi$ 또는 $x=\dfrac{5}{12}\pi$이다.	3점
$0\le x<\pi$일 때, 방정식 $\{f(x)\}^2=\dfrac{3}{2}g(x)$를 만족시키는 모든 실수 x값들의 곱은 $\dfrac{5}{144}\pi^2$이다.	2점
(공통) 앞 과정의 오류와는 별개로 뒤 과정은 독립적으로 채점하는 것을 원칙 (공통) 단순오기나 단순연산 실수 시 개당 1점 감점	

03 [바른해설]

등차수열 $\{a_n\}$의 공차를 d라 하면 $a_2a_4-a_1a_3=8$에서

$(a_1+d)(a_1+3d)-a_1(a_1+2d)=8$

$d(2a_1+3d)=8$ …… ①

$\displaystyle\sum_{i=1}^{4}a_i=a_1+a_2+a_3+a_4=4$에서 $\dfrac{4(2a_1+3d)}{2}=4$

$2a_1+3d=2$ …… ②

①과 ②에서

$d=4,\ a_1=-5$

따라서 $a_3=3,\ a_5=11,\ a_7=19$이므로

$|a_1a_3a_5a_7|=|(-5)\times3\times11\times19|=3135$

[채점기준]

예시답안	배점
등차수열 $\{a_n\}$의 공차를 d라 하면 $a_2a_4-a_1a_3=8$에서 $(a_1+d)(a_1+3d)-a_1(a_1+2d)=8$ $d(2a_1+3d)=8$ …… ①	3점
$\displaystyle\sum_{i=1}^{4}a_i=a_1+a_2+a_3+a_4=4$에서 $\dfrac{4(2a_1+3d)}{2}=4$ $2a_1+3d=2$ …… ②	3점
①과 ②에서 $d=4,\ a_1=-5$ 따라서 $a_3=3,\ a_5=11,\ a_7=19$이므로	2점
$|a_1a_3a_5a_7|=|(-5)\times3\times11\times19|$ $=3135$	2점
(공통) 앞 과정의 오류와는 별개로 뒤 과정은 독립적으로 채점하는 것을 원칙 (공통) 단순오기나 단순연산 실수 시 개당 1점 감점	

04 [바른해설]

조건 (ㄱ)에서 다항함수 $f(x)$의 모든 항의 계수가 정수이고 조건 (ㄴ)에서 함수 $f(x)-x^2$은 일차 이하의 다항함수이므로 함수 $f(x)$를 $f(x)=x^2+ax+b$ ($a,\ b$는 정수)라 하자.

이때 $\displaystyle\lim_{x\to\infty}\dfrac{f(x)-x^2}{x}=\lim_{x\to\infty}\dfrac{ax+b}{x}=\lim_{x\to\infty}a+\dfrac{b}{x}=a$

$f(-4)=16-4a+b$이므로

$a=16-4a+b,\ b=5a-16$이다.

조건 (ㄷ)에서 함수 $\dfrac{1}{f(x)}$은 실수 전체의 집합에서 연속이려면 모든 실수 x에 대하여 $f(x)\ne0$이어야 하므로 방정식 $x^2+ax+b=0$의 판별식을 D라 하면 $D<0$이어야 한다.

$D=a^2-4b=a^2-4(5a-16)$

$=a^2-20a+64=(a-4)(a-16)$이므로

$D<0$에서 $4<a<16$

a는 정수이므로 $a=\{5,6,7,\ \cdots,\ 15\}$

$f(2)=4+2a+b=4+2a+(5a-16)=7a-14$

이므로

$f(2)$의 최댓값은 $a=15$일 때 $7\times15-14=91$

$$= \left[\frac{5}{6}t^6 + \frac{4}{5}t^5 - \frac{6}{4}t^4 \right]_0^1 = \frac{5}{6} + \frac{4}{5} - \frac{3}{2}$$

$$= \frac{25 + 24 - 45}{30} = \frac{2}{15}$$

[채점기준]

예시답안	배점
$A = \int_{-1}^{1} tf(t)dt$ 라고 하면 $f(x) = 5x^3 + 4x^2 + 3Ax$ 이므로 대입하여 계산하면 $A = \int_{-1}^{1} tf(t)dt = \int_{-1}^{1} t(5t^3 + 4t^2 + 3At)dt$ $= 2\int_{0}^{1} (5t^4 + 3At^2)dt$ $= 2[t^5 + At^3]_0^1 = 2 + 2A$ 그러므로 $A = -2$이다.	4점
$f(x) = 5x^3 + 4x^2 - 6x$	2점
$\int_{0}^{1} t^2 f(t)dt = \int_{0}^{1} t^2 (5t^3 + 4t^2 - 6t)dt$ $= \left[\frac{5}{6}t^6 + \frac{4}{5}t^5 - \frac{6}{4}t^4 \right]_0^1 = \frac{5}{6} + \frac{4}{5} - \frac{3}{2}$ $= \frac{25 + 24 - 45}{30} = \frac{2}{15}$	4점
(공통) 앞 과정의 오류와는 별개로 뒤 과정은 독립적으로 채점하는 것을 원칙 (공통) 단순오기나 단순연산 실수 시 개당 1점 감점	

[채점기준]

예시답안	배점
조건 (ㄱ)에서 다항함수 $f(x)$의 모든 항의 계수가 정수이고 조건 (ㄴ)에서 함수 $f(x) - x^2$은 일차 이하의 다항함수이므로 함수 $f(x)$를 $f(x) = x^2 + ax + b$ (a, b는 정수) 라 하자. 이때 $\lim_{x \to \infty} \frac{f(x) - x^2}{x} = \lim_{x \to \infty} \frac{ax + b}{x}$ $= \lim_{x \to \infty} a + \frac{b}{x} = a$	2점
$f(-4) = 16 - 4a + b$이므로 $a = 16 - 4a + b$, $b = 5a - 16$이다.	1점
조건 (ㄷ)에서 함수 $\frac{1}{f(x)}$은 실수 전체의 집합에서 연속이려면 모든 실수 x에 대하여 $f(x) \neq 0$이어야 하므로 방정식 $x^2 + ax + b = 0$의 판별식을 D라 하면 $D < 0$이어야 한다. $D = a^2 - 4b = a^2 - 4(5a - 16)$ $= a^2 - 20a + 64 = (a - 4)(a - 16)$	3점
$D < 0$에서 $4 < a < 16$ a는 정수이므로 $a = \{5, 6, 7, \cdots, 15\}$	2점
$f(2) = 4 + 2a + b = 4 + 2a + (5a - 16)$ $= 7a - 14$ 이므로 $f(2)$의 최댓값은 $a = 15$일 때 $7 \times 15 - 14 = 91$	2점
(공통) 앞 과정의 오류와는 별개로 뒤 과정은 독립적으로 채점하는 것을 원칙 (공통) 단순오기나 단순연산 실수 시 개당 1점 감점	

05 [바른해설]

$A = \int_{-1}^{1} tf(t)dt$ 라고 하면 $f(x) = 5x^3 + 4x^2 + 3Ax$ 이므로 대입하여 계산하면

$$A = \int_{-1}^{1} tf(t)dt = \int_{-1}^{1} t(5t^3 + 4t^2 + 3At)dt$$

$$= 2\int_{0}^{1} (5t^4 + 3At^2)dt$$

$$= 2[t^5 + At^3]_0^1 = 2 + 2A$$

그러므로 $A = -2$이다.

따라서 $f(x) = 5x^3 + 4x^2 - 6x$

$$\int_{0}^{1} t^2 f(t)dt = \int_{0}^{1} t^2 (5t^3 + 4t^2 - 6t)dt$$

06 [바른해설]

$4F(x) = xf(x)$의 양변을 미분하면

$4f(x) = f(x) + xf'(x)$이므로 $3f(x) = xf'(x)$

따라서 $f(0) = 0$이다. 다시 미분하면

$3f'(x) = f'(x) + xf''(x)$

즉, $2f'(x) = xf''(x)$이므로 $f'(0) = 0$이다.

다시 미분하면 $2f''(x) = f''(x) + xf'''(x)$,

즉, $f''(x) = xf'''(x)$이므로 $f''(0) = 0$이다.

그러므로 $f(x) = ax^3$의 형태이다.

적분하면 $F(x) = \frac{a}{4}x^4 + C$인데 $F(0) = 0$이므로 $C = 0$

$\int_{0}^{2} f(x)dx = 2$이므로

$$2 = \int_{0}^{2} f(x)dx = [F(x)]_0^2 = F(2) = 4a$$

따라서 $a = \frac{1}{2}$

그러므로

$$\int_{0}^{2} [F(x) + 1]f(x)dx = \left[\frac{1}{2}F^2(x) + F(x) \right]_0^2$$

$$= \frac{1}{2}F^2(2) + F(2) = \frac{1}{2}\left(\frac{1}{8}2^4 \right)^2 + \frac{1}{8}2^4$$

$$= 2 + 2 = 4$$

[별해]

$f(x)=ax^3+bx^2+cx+d$라고 하면

$F(x)=\dfrac{a}{4}x^4+\dfrac{b}{3}x^3+\dfrac{c}{2}x^2+dx+e$가 되므로

$4F(x)=xf(x)$에서

$4F(x)=ax^4+\dfrac{4b}{3}x^3+2cx^2+4dx+4e$

$xf(x)=ax^4+bx^3+cx^2+dx$를 비교하면

$b=c=d=e=0$이다.

[채점기준]

예시답안	배점
$4F(x)=xf(x)$의 양변을 미분하면 $4f(x)=f(x)+xf'(x)$이므로 $3f(x)=xf'(x)$ 따라서 $f(0)=0$이다. 다시 미분하면 $3f'(x)=f'(x)+xf''(x)$ 즉, $2f'(x)=xf''(x)$이므로 $f'(0)=0$이다. 다시 미분하면 $2f''(x)=f''(x)+xf'''(x)$, 즉, $f''(x)=xf'''(x)$이므로 $f''(0)=0$이다. 그러므로 $f(x)=ax^3$의 형태이다. 적분하면 $F(x)=\dfrac{a}{4}x^4+C$인데 $F(0)=0$이므로 $C=0$ (또는 별해)	5점
$\displaystyle\int_0^2 f(x)dx=2$이므로 $2=\displaystyle\int_0^2 f(x)dx=[F(x)]_0^2=F(2)=4a$ 따라서 $a=\dfrac{1}{2}$	2점
그러므로 $\displaystyle\int_0^2 [F(x)+1]f(x)dx=\left[\dfrac{1}{2}F^2(x)+F(x)\right]_0^2$ $=\dfrac{1}{2}F^2(2)+F(2)=\dfrac{1}{2}\left(\dfrac{1}{8}2^4\right)^2+\dfrac{1}{8}2^4$ $=2+2=4$	3점
(공통) 앞 과정의 오류와는 별개로 뒤 과정은 독립적으로 채점하는 것을 원칙 (공통) 단순오기나 단순연산 실수 시 개당 1점 감점	

2023학년도 기출문제

국어

01 [바른해설]

이 글은 측정에서 사용되는 척도 문제를 다루면서 기존의 척도와는 근본적으로 다른 이른바 체화 척도의 성격을 드러내고 있다. 글의 흐름에서 척도가 지녀야 할 요건으로 접근성, 적합성, 신뢰성이 언급되고 이어서 이러한 요소들과는 근본적으로 다른 요건인 보편성을 지니는 표준화한 체화 척도가 설명되고 있다.

그리고 보편성 이외에 답안으로 기입될 가능성이 있는 경우로 표준화, 표준 등이 거론될 수 있다. 하지만 이는 보편성이라는 요건이 충족되어 지니게 되는 특성이라 볼 수 있기에 부분적 점수를 부여한다.

[채점기준]

답안	배점
보편성	10점
표준화, 표준	5점
그 이외의 모든 경우	0점
맞춤법 및 띄어쓰기 오류: – 한 개당 1점씩 감점하되, 최대 2점까지만 감점 – 문장에서 마침표를 찍지 않은 경우 1점 감점	공통 사항

02 [바른해설]

지문의 처음 부분에 척도에 대하여 설명이 주어져 있다. "통계에 기반하는 양적 연구를 실행하기 위해서는 추상적인 대상이나 변인들을 구체적인 숫자로 치환해야 하는데, 이 치환 과정을 측정이라고 한다. 그리고 측정에서 기준이 되는 것을 척도라 한다." 이에 비추어 척도에 해당하는 단어를 〈지문〉에서 찾아보면 "50도"의 도, "120만 명"의 명, "40퍼센트"의 퍼센트가 있다.

숫자, 특히 1을 척도로 여길 가능성이 있는데 이는 구체적 숫자로 치환하는 측정에서 기준이 되는 것이 척도라 설명되고 있기에 숫자는 정확히 따지면 척도가 아니라 수치화되지 않고 있는 대상들을 척도를 사용하여 숫자 값으로 나타낸 것이다. 이에 숫자를 기입한 경우는 오답으로 처리한다.

[채점기준]

답안	배점
도, 명, 퍼센트 가운데 최소한 두 단어 기입	10점
위의 세 단어 가운데 한 단어 기입	5점
그 이외의 모든 경우	0점
– 정답에 해당하는 단어가 있으면서 오답이 포함된 경우 (예: 숫자, 50도 등): 오답 기입 시 하나마다 1점씩 감점 맞춤법 및 띄어쓰기 오류: – 한 개당 1점씩 감점하되, 최대 2점까지만 감점 – 문장에서 마침표를 찍지 않은 경우 1점 감점	공통 사항

03 [바른해설]

앞의 출제 의도에서 밝힌 바와 같이, 이 문항은 지문의 핵심적인 단락에서 설명되고 있는 내용을 정확히 이해하고 있는지를 다루고 있다. 임시방편 척도와 표준화한 체화 척도를 두고, 자연물과 인공물로 대조 설명될 수 있으며, 나아가 사물로서의 정체성과 체계 징제성이 내소되고 있다. 그리고 이러한 대조들의 예시로 '1푸스는 16닥틸로스이다'와 어떠한 구절이 대조될 수 있는지를 문항은 묻고 있다. 정답은 '1피트는 12인치로 정의된다' 이다.

[채점기준]

답안	배점
1피트는 12인치로 정의된다.	10점
정답의 의미와 어긋나는 어구, 문장을 포함하는 답안의 경우(예: '1척은 10촌이다'를 포함하는 답안)	5점
그 이외의 모든 경우	0점
맞춤법 및 띄어쓰기 오류: – 한 개당 1점씩 감점하되, 최대 2점까지만 감점 – 문장에서 마침표를 찍지 않은 경우 1점 감점	공통 사항

04 [바른해설]

A는 X토지에 대한 소유권을 가지고 있는 사람이고, B는 X토지에 대한 채권인 소유권 이전 등기 청구권을 행사할 수 있는 사람이다. 그리고 4문단(라)의 내용에 따르면, 소유권은 상대적 효력이 아닌 대세적 효력을 갖고 있음을 알 수 있다.

[채점기준]

답안	배점
취득 시효의 요건이 충족되어 (B는 A와의 관계에서) 상대적 효력이 있는 소유권 이전 등기 청구권을 갖게 된다. 정답의 내용과 일치하는 취지로 기술한 경우	15점
(B는 A와의 관계에서) 상대적 효력이 있는 소유권 이전 등기 청구권을 갖게 된다. 취득 시효의 요건이 충족되어 (B는 A와의 관계에서) 소유권 이전 등기 청구권을 갖게 된다. (원인에 대해 미기술 또는 효력에 대해 미기술)	10점
(B는 A와의 관계에서) 소유권 이전 등기 청구권을 갖게 된다. (원인 및 효력에 대해 미기술)	5점
'B는 A와의 관계에서) 소유권을 갖게 된다.'는 취지로 진술한 경우 (원인 및 효력에 대해 미기술, 사법상 권리의 유형을 잘못 기술)	0점
* 채점 기준: ① 어떠한 원인(소멸 시효가 아닌, 취득 시효의 요건 충족), ② 어떠한 효력(대세적 효력이 아닌, 상대적 효력), ③ 어떤 유형의 사법상 권리(소유권이 아닌, 소유권 이전 등기 청구권) – 원인, 효력이 맞더라도 사법상 권리의 유형을 소유권으로 잘못 기술한 경우: 0점 처리함 맞춤법 및 띄어쓰기 오류: – 한 개당 1점씩 감점하되, 최대 2점까지만 감점 – 문장에서 마침표를 찍지 않은 경우 1점 감점	공통 사항

05 [바른해설]

필자의 관점은 민법상 예외적으로 인정되는 시효 제도는 일반적인 법의 역할과는 달리, 진정한 권리 관계에 부합하지 않는 사실관계를 진정한 권리관계에 부합하는 것으로 인정하는 제도이므로 乙의 입장에서는 부당하다고 판단할 수 있음을 나타내고 있다. 즉, 1문단(가)를 통해 파악할 수 있으며, 이러한 시효 제도를 인정하는 민법의 취지를 2문단(나)를 통해 알 수 있다. 따라서 〈조건〉을 참조할 때 진정한 권리관계에 부합하지 않는 사실관계를 진정한 권리관계에 부합하는 것으로 인정하는 시효 제도임을 밝히면 된다.

[채점기준]

답안	배점
* 시효 제도는 (법의 역할과는 다르게) 일정한 사실관계가 오랫동안 지속되는 경우 그러한 사실관계를 존중하여 진정한 권리관계에 부합하지 않는 사실관계를 진정한 권리관계에 부합하는 것으로 인정하는 제도이기 때문이다. * 시효 제도는 일정한 사실관계가 오랫동안 지속되는 경우 그러한 사실관계를 존중하여 (법의 역할과는 다르게) 진정한 권리관계에 부합하지 않는 사실관계를 진정한 권리관계에 부합하는 것으로 인정하는 제도이기 때문이다. 정답의 내용과 일치하는 취지로 기술한 경우	15점
'시효 제도는 진정한 권리관계에 부합하지 않는 사실관계를 진정한 권리관계에 부합하는 것으로 인정하는 제도'의 취지로 기술한 경우	10점
'시효 제도는 진정한 권리관계에 부합하지 않는 사실관계를 진정한 권리관계에 부합하는 것으로서 소유권(소유권 이전 등기 청구권)을 인정하는 제도'의 취지로 기술한 경우: 지문에서의 밑줄 친 ⊙과 관련된 사례는 취득 시효가 아닌, 소멸 시효에 대한 내용이므로 조건을 모두 충족했더라도 사법상 권리를 포함하여 인정된다고 기술한 경우 5점 처리함	5점
– '시효 제도는 법의 역할과 다르게 진정한 사실관계에 부합하지 않는 권리관계를 진정한 사실관계에 부합하는 것으로 인정하는 제도'의 취지로 기술한 경우 등(조건은 모두 충족했으나, 이유(근거)를 반대로 기술함: 지문을 잘못 이해한 경우) – 정답의 의미와 전혀 일치하지 않는 내용으로 기술한 경우	0점
– '시효 제도'를 주어로 문장화하지 않은 경우(〈조건〉1 위반), 해당 평가 항목에서 추가 1점 감점 – '권리관계'를 활용하지 않고 기술하는 경우(〈조건〉2 위반), 해당 평가 항목에서 추가 1점 감점 – '사실관계'를 활용하지 않고 기술하는 경우(〈조건〉2 위반), 해당 평가 항목에서 추가 1점 감점 맞춤법 및 띄어쓰기 오류: – 한 개당 1점씩 감점하되, 최대 2점까지만 감점 – 문장에서 마침표를 찍지 않은 경우 1점 감점	공통 사항

06 [바른해설]

작품이 1970년대 급속한 산업화, 근대화 속에 농촌공동체가 연대 의식을 잃고 속물화되는 문제를 소시민적 인물을 통해 드러냄을 알고, 이의 타당한 해석을 위해 작품 생산의 사회역사적 배경을 참조하여 작가의 비판적 주제의식을 이해할 수 있도록 한다.

PART 1 기출문제
PART 2 실전모의고사
PART 3 정답 및 해설

[채점기준]

답안	배점
왕소나무는 오래도록 마을을 지켜왔다는 점에서 고향마을의 공동체적 삶의 전통을 상징한다. (왕소나무가 사라져 버렸다는 것은 고향의 변화를 의미하고, 아울러 전통이 무너졌음을 의미한다.) 소재의 상징성의 근거와, 그것의 의미에 대한 기술이 모두 정답인 경우	10점
상징성의 근거 해명은 적절하나, 의미 기술이 오류인 경우 상징성의 내용만을 즉답식으로 제시한 경우 (예: 고향, 정신적 지주)	5점
상징적 의미의 해석이 오류인 경우	0점
* 유사정답 – 상징성 근거 해명은 정답이나, 그 의미 기술이 모호한 경우: 2점 감점 – 상징성의 근거 해명이 부적절하지만, 그 의미를 정확히 기술한 경우는 논리성 미확보 경우: 2점 감점 맞춤법 및 띄어쓰기 오류: – 한 개당 1점씩 감점하되, 최대 2점까지만 감점 – 문장에서 마침표를 찍지 않은 경우 1점 감점	공통 사항

07 [바른해설]

이 작품은 1인칭 독백체로 서술된 독특한 문체와 구성 형태를 지닌다. 즉 일반적인 사건 전개의 필연성을 구성하는 것이 아니라 화자인 서술자와 이야기꾼들과 같은 입장에서 자신의 삶의 체험을 직접 말하기 때문에 마치 수필과도 같은 인상을 준다. 특히 구체적이면서도 일상적인 생활어와 향토색 짙은 고유어를 잘 살려 씀으로써, 잃어버린 고향을 찾고자 하는 안타까운 마음을 생생하게 느낄 수 있게 한다. 그러므로 화자의 고향에 얽힌 추억을 서술하면서 유년 시절 경험한 농촌 공동체의 따뜻한 인정의 가치를 돌아보는 것은 급속한 산업화에 따른 농촌의 변화에 대해 생각하게끔 해 준다.

[채점기준]

답안	배점
(가) 고향에 대한 향수(인정어린 삶에 대한 공감) (나) 고풍스런 어휘와 말투(어조, 문체)나 한자어 구사 (가), (나) 두 항목 기술이 모두 정답인 경우	10점
(가), (나) 두 항목 기술 중 한 항목만 정답인 경우	5점
(가), (나) 두 항목 기술이 모두 오답인 경우	0점

답안	배점
*유사정답 – (가) '상실감, 비애' 등의 정서 표출, '과거 회고의 감정 유발'은 2점 감점 – (나) '옛스러운(격조있는)말 사용'은 인정, '역사적 인물 제시'는 2점 감점 맞춤법 및 띄어쓰기 오류: – 한 개당 1점씩 감점하되, 최대 2점까지만 감점 – 문장에서 마침표를 찍지 않은 경우 1점 감점	공통 사항

08 [바른해설]

우리 사회에서 1970년대는 산업화가 진전됨에 따라 그로 인한 모순들이 표면화되는 시기였으며, 대규모 이농 현상과 함께 서구 문명의 충격이 우리 전통을 대체하는 격변기였다. 경제 발전이 초래한 불균형 성장의 문제는 도시 위주의 산업화로 인한 농촌의 피폐와 도시 빈민의 출현이라는 현상으로 압축된다. 이러한 사회적 현실을 그리는 공동체적 삶의 원형이 파괴되는 비인간화의 현실에 대한 비판적 태도를 기반으로 하며, 휴머니즘의 회복을 추구한다. 이문구의 작품에서 제시된 고향의 추억은 이런 의미에서 당시 사회 현실을 바라보는 작자의 태도가 반영된 것이라 할 수 있다.

[채점기준]

답안	배점
1) 실향민, 나는 어느덧 실향민이 돼 버리고 말았다는 느낌을 덜어 버릴 수가 없었다. 2) 고향 마을의 쇠락(퇴락)과 시대변화에 비애(비감)을 느낀다. 요구하는 문장과 의미를 모두 정확히 모두 쓴 경우 (*'실향민'이라는 표현의 의미에 대한 판단이 기술되어 있어야 함)	10점
(1)의 문장은 정확히 찾았으나 (2)의 의미 기술이 없거나 오류인 경우 (1)의 문장은 잘못 찾았으나 (2)의 의미 기술이 적절한 경우	5점
해당 부분이 잘못 제시되었고, 그 의미의 설명도 적절하지 않은 경우	0점
유사 정답 – '실향민'이라는 규정의 내적 의미에 대한 해명이 모호한 경우: 2점 감점 (1970년대 산업화(도시화)과정이라는 사회역사적 맥락에 대한 이해가 드러나지 않는 경우) (농촌공동체적 삶의 해체, 정체성 혼란과 같은 내용이 드러나지 않는 경우) 맞춤법 및 띄어쓰기 오류: – 한 개당 1점씩 감점하되, 최대 2점까지만 감점 – 문장에서 마침표를 찍지 않은 경우 1점 감점	공통 사항

수학

09 [바른해설]

주어진 부등식을 로그의 성질($\log_{a^m} b^n = \dfrac{n}{m}\log_a b$을 이용

하여 다시 쓰면,

$-\log_{\frac{1}{5}}|x| + \log_5(x+2) \leq 4$

$\Longleftrightarrow \log_{5^{-1}}|x|^{-1} + \log_5(x+2) \leq 4$

$\Longleftrightarrow \log_5|x| + \log_5(x+2) \leq 4$이다.

로그의 진수 조건에 따라서 $|x| > 0$이고 $x+2 > 0$이어야 한다.

두 조건을 만족하는 x의 범위를 결정하면 (i) $x > 0$ 또는 (ii) $-2 < x < 0$이다.

(i) $x > 0$인 경우

주어진 부등식 $\log_5|x| + \log_5(x+2) \leq 4$

$\Longleftrightarrow \log_5 x(x+2) \leq 4$이고

로그함수의 역함수인 지수함수를 이용하기 위해서 양변에 밑을 5로 하는 지수함수를 취하고

로그의 성질($a^{\log_b c} = c^{\log_b a}$)을 이용하면

$\log_5 x(x+2) \leq 4 \Longleftrightarrow 5^{\log_5 x(x+2)} \leq 5^4 \Longleftrightarrow$

$x(x+2) \leq 5^4 \Longleftrightarrow x^2+2x-5^4 \leq 0$이다.

근의 공식을 이용하여 x의 범위를 구하면

$-1-\sqrt{5^4+1} \leq x \leq -1+\sqrt{5^4+1}$이고 주어진 조건

$x > 0$과 결합하면 $0 < x \leq -1+\sqrt{5^4+1}$이다.

$\sqrt{5^4} < \sqrt{5^4+1} < \sqrt{26^2}$이므로 $\sqrt{5^4+1} = 25\cdots$이고

이 범위에 속하는 정수는 $x=1$부터 24까지이다.

따라서 만족하는 정수의 개수는 24개이다.

(ii) $-2 < x < 0$인 경우

주어진 부등식 $\log_5|x| + \log_5(x+2) \leq 4 \Longleftrightarrow$

$\log_5(-x(x+2)) \leq 4$이고

로그함수의 역함수인 지수함수를 이용하기 위해서 양변에 밑을 5로 하는 지수함수를 취하고

로고의 성질($a^{\log_b c} = c^{\log_b a}$)을 이용하면

$\log_5(-x(x+2)) \leq 4 \Leftrightarrow 5^{\log_5(-x(x+2))} \Longleftrightarrow 5^4 \Longleftrightarrow$

$-x(+2) \leq 5^4 \Longleftrightarrow x^2+2x+5^4 \geq 0$이다.

이차부등식을 만족하는 x의 범위는 모든 실수이다.

따라서 주어진 조건 $-2 < x < 0$과 결합하면 만족하는 정수는 $x = -10$다.

따라서 만족하는 정수의 개수는 1개이다.

(i)과 (ii)에 의하여 구하는 정수 x의 개수는 모두 25개이다.

[채점기준]

답안	배점
주어진 부등식을 로그의 성질 $\left(\log_{a^m} b^n = \dfrac{n}{m}\log_a b\right)$을 이용하여 다시 쓰면, $-\log_{\frac{1}{5}}|x| + \log_5(x+2) \leq 4$ $\Longleftrightarrow \log_{5^{-1}}|x|^{-1} + \log_5(x+2) \leq 4$ $\Longleftrightarrow \boxed{\log_5|x| + \log_5(x+2) \leq 4}$ 이다.	1점
로그의 진수 조건에 따라서 $|x| > 0$이고 $(x+2) > 0$이어야 한다. 두 조건을 만족하는 x의 범위를 결정하면 $\boxed{(\text{i})\ x > 0\ \text{또는}\ (\text{ii})\ -2 < x < 0}$이다.	2점
(i) $x > 0$인 경우 주어진 부등식 $\log_5|x| + \log_5(x+2) \leq 4 \Longleftrightarrow$ $\log_5 x(x+2) \leq 4$이고 로그함수의 역함수인 지수함수를 이용하기 위해서 양변에 밑을 5로 하는 지수함수를 취하고 로그의 성질($a^{\log_b c} = c^{\log_b a}$)을 이용하면 $\log_5 x(x+2) \leq 4 \Longleftrightarrow 5^{\log_5 x(x+2)} \leq 5^4 \Longleftrightarrow$ $x(x+2) \leq 5^4$ $\Longleftrightarrow \boxed{x^2+2x-5^4 \leq 0}$ 이다.	1점
근의 공식을 이용하여 x의 범위를 구하면 $-1-\sqrt{5^4+1} \leq x \leq -1+\sqrt{5^4+1}$이고 주어진 조건 $x > 0$과 결합하면 $\boxed{0 < x \leq -1+\sqrt{5^4+1}}$ 이다.	1점
$\sqrt{5^4} < \sqrt{5^4+1} < \sqrt{26^2}$이므로 $\sqrt{5^4+1} = 25\cdots$이고 이 범위에 속하는 정수는 $x=1$부터 24까지이다. 따라서 만족하는 $\boxed{\text{정수의 개수는 24개}}$ 이다.	1점
(ii) $-2 < x < 0$인 경우 주어진 부등식 $\log_5|x| + \log_5(x+2) \leq 4 \Longleftrightarrow$ $\log_5(-x(x+2)) \leq 4$이고 로그함수의 역함수인 지수함수를 이용하기 위해서 양변에 밑을 5로 하는 지수함수를 취하고 로그의 성질($a^{\log_b c} = c^{\log_b a}$)을 이용하면 $\log_5(-x(x+2)) \leq 4 \Leftrightarrow 5^{\log_5(-x(x+2))} \leq 5^4$ $\Longleftrightarrow -x(x+2) \leq 5^4$ $\boxed{x^2+2x+5^4 \geq 0}$ 이다.	1점
이차부등식을 만족하는 $\boxed{x\text{의 범위는 모든 실수}}$이다.	1점

PART 1 기출문제

PART 2 실전모의고사

PART 3 정답 및 해설

답안	배점
따라서 주어진 조건 $-2<x<0$과 결합하면 만족하는 정수는 $x=-1$이고 정수의 개수는 1개 이다.	1점
(i)과 (ii)에 의하여 구하는 정수 x의 개수는 25개 이다.	1점

10 [모범답안]

주어진 문제에서 $|\cos 3x|$를 풀어서 $y=\cos 3x$와 직선 $y=\dfrac{\sqrt{3}}{2}$과 직선 $y=-\dfrac{\sqrt{3}}{2}$가 만나는 점들을 그래프상에 표시하면 다음과 같다.

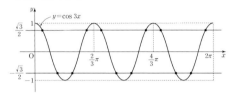

(i) $|\cos 3x|$에서 $\cos 3x \geq 0$인 경우에 주기가 $\dfrac{2\pi}{3}$인 $\cos 3x\,(0 \leq x < 2\pi)$의 그래프를 이용한다.

위의 그림에서 직선 $y=\dfrac{\sqrt{3}}{2}$와 만나는 점을 세어 보면 6개의 실근을 갖는다.

그 점들을 $x_1, x_2, x_3, x_4, x_5, x_6$라 하고 $\cos 3x=\dfrac{\sqrt{3}}{2}$가 되는 값을 직각 삼각형에서 코사인의 특수각을 이용하여 찾으면 $3x=30°=\dfrac{\pi}{6}$이며 가장 처음 값인 $x_1=\dfrac{\pi}{18}$이고 6개의 모든 점을 찾으면, $x_1=\dfrac{\pi}{18}$, $x_2=\dfrac{11}{18}\pi$, $x_3=\dfrac{13}{18}\pi$, $x_4=\dfrac{23}{18}\pi$, $x_5=\dfrac{25}{18}\pi$, $x_6=\dfrac{35}{18}\pi$이다.

모든 값을 더하면

$$x_1+x_2+x_3+x_4+x_5+x_6=\dfrac{108}{18}\pi=6\pi$$이다.

따라서 이 경우에 실근의 개수는 6개이고 모든 실근의 합은 6π이다.

(ii) $|\cos 3x|$에서 $\cos 3x < 0$인 경우에 주기가 $\dfrac{2\pi}{3}$인 $\cos 3x\,(0 \leq x < 2\pi)$의 그래프를 이용한다.

위의 그림에서 직선 $y=-\dfrac{\sqrt{3}}{2}$와 만나는 점을 세어 보면 6개의 실근을 갖는다.

그 점들을 $y_1, y_2, y_3, y_4, y_5, y_6$라 하고 $\cos 3x=-\dfrac{\sqrt{3}}{2}$가 되는 값을 직각 삼각형에서 코사인의 특수각을 이용하여 찾으면 $3x=150°=\dfrac{5}{6}\pi$이며 가장 처음 값인 $y_1=\dfrac{5}{18}\pi$이고 6개의 모든 점을 찾으면,

$y_1=\dfrac{5}{18}\pi$, $y_2=\dfrac{7}{18}\pi$, $y_3=\dfrac{17}{18}\pi$, $y_4=\dfrac{19}{18}\pi$, $y_5=\dfrac{29}{18}\pi$, $y_6=\dfrac{31}{18}\pi$이고

모든 값을 더하면

$$y_1+y_2+y_3+y_4+y_5+y_6=\dfrac{108}{18}\pi=6\pi$$이다.

따라서 이 경우에 실근의 개수는 6개이고 모든 실근의 합은 6π이다.

(i), (ii)로부터 실근의 개수는 모두 $a=12$개이고 모든 실근의 합은 12π이므로 $b=12$이다.

따라서 $\dfrac{b}{a}=1$이다.

[다른 방법1]

$|\cos 3x|$의 그래프와 직선 $\dfrac{\sqrt{3}}{2}$과 만나는 모든 점을 표시해 보면 아래 그림과 같이 12개의 실근을 갖고 $a=12$이다.

실근의 값들을 $z_1, \cdots z_{12}$이라 하면, 처음값은 $z_1=\dfrac{1}{18}\pi$이고 모든 값들을 코사인 함수의 특수각을 이용하여 구하면

$z_1=\dfrac{1}{18}\pi$, $z_2=\dfrac{5}{18}\pi$, $z_3=\dfrac{7}{18}\pi$, $z_4=\dfrac{11}{18}\pi$, $z_5=\dfrac{13}{18}\pi$, $z_6=\dfrac{17}{18}\pi$, $z_7=\dfrac{19}{18}\pi$, $z_8=\dfrac{23}{18}\pi$, $z_9=\dfrac{25}{18}\pi$, $z_{10}=\dfrac{29}{18}\pi$, $z_{11}=\dfrac{31}{18}\pi$, $z_{12}=\dfrac{35}{18}\pi$이다.

모두 합하면 $\dfrac{216}{18}\pi=12\pi$이므로 $b=12$이다.

따라서 $a=12$이고 $b=12$이다. 이로부터 $\dfrac{b}{a}=1$이다.

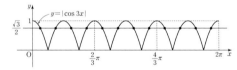

[다른 방법2]

$y=\cos 3x$의 주기는 $\dfrac{2}{3}\pi$이고 정의구역은 $0 \leq x < 2\pi$이다.

$y=\cos 3x$와 직선 $y=\pm\dfrac{\sqrt{3}}{2}$의 그래프를 그리면 다음과 같다.

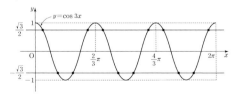

$\cos 3x$의 그래프와 직선 $y=\pm\dfrac{\sqrt{3}}{2}$과 만나는 모든 점을 표시해 보면 위의 그램과 같이 모든 12개의 실근을 갖기 때문에 $a=12$이다.

대칭함수 근의 합공식인 "대칭축 × 근의개수"에 의하여

(i) 방정식 $\cos 3x = \dfrac{\sqrt{3}}{2}$ 은 대칭축이 π이고 근의 개수가 6개이므로 $\pi \times 6 = 6\pi$이다. 따라서 근의 합은 6π이다.

(ii) 방정식 $\cos 3x = -\dfrac{\sqrt{3}}{2}$ 은 대칭축이 π이고 근의 개수가 6개이므로 $\pi \times 6 = 6\pi$이다. 따라서 근의 합은 6π이다.

(i), (ii)로부터 실근의 개수 $a = 12$이고 모든 실근의 합은 12π이므로 $b = 120$이다.

따라서 $\dfrac{b}{a} = 1$이다.

[채점기준 1]

답안	배점
$y = \cos 3x$의 주기는 $\dfrac{2}{3}\pi$이고 정의구역은 $0 \le x < 2\pi$이다. $y = \cos 3x$와 직선 $y = \pm\dfrac{\sqrt{3}}{2}$의 그래프를 그리면 다음과 같다.	0점
(i) $\cos 3x \ge 0$인 경우 직선 $y = \dfrac{\sqrt{3}}{2}$과의 교점은 $x_1 = \dfrac{\pi}{18}, x_2 = \dfrac{11}{18}\pi, x_3 = \dfrac{13}{18}\pi, x_4 = \dfrac{23}{18}\pi,$ $x_5 = \dfrac{25}{18}\pi, x_6 = \dfrac{35}{18}\pi$로 6개이다. 따라서 실근의 개수는 6개 이다.	2점
또한, 모든 값을 더하면 $x_1 + x_2 + x_3 + x_4 + x_5 + x_6 = \dfrac{108}{18}\pi = 6\pi$이다. 따라서 실근의 모든 합은 6π 이다.	2점
(ii) $\cos 2x < 0$인 경우 $y = -\dfrac{\sqrt{3}}{2}$ 직선 과의 교점은 $y_1 = \dfrac{5}{18}\pi, y_2 = \dfrac{7}{18}\pi, y_3 = \dfrac{17}{18}\pi, y_4 = \dfrac{19}{18}\pi,$ $y_5 = \dfrac{29}{18}\pi, y_6 = \dfrac{31}{18}\pi$로 6개이므로 실근의 개수는 6개 이다.	2점
또한, 모든 값을 더하면 $y_1 + y_2 + y_3 + y_4 + y_5 + y_6 = \dfrac{108}{18}\pi = 6\pi$이다. 따라서 실근의 모든 합은 6π 이다.	2점

답안	배점
(i), (ii)로부터 실근의 개수 $a = 120$이고 모든 실근의 합은 12π이므로 $b = 120$이다. 따라서 $\boxed{\dfrac{b}{a} = 1}$이다.	2점

[채점기준 2]

답안	배점
	0점
$|\cos 3x|$ 의 그래프와 직선 $\dfrac{\sqrt{3}}{2}$과 만나는 모든 점을 표시해 보면 위의 그림과 같이 모두 12개의 실근을 갖기 때문에 $a = 12$ 이다.	3점
그 값들 $z_1, \cdots z_{12}$라 하고 처음 값인 $z_1 = \dfrac{1}{18}\pi$ 을 코사인 함수의 특수각을 이용하여 구하고 나머지 값들을 주기함수의 특성을 이용하여 구하면, $z_1 = \dfrac{1}{18}\pi, z_2 = \dfrac{5}{18}\pi, z_3 = \dfrac{7}{18}\pi, z_4 = \dfrac{11}{18}\pi,$ $z_5 = \dfrac{13}{18}\pi, z_6 = \dfrac{17}{18}\pi, z_7 = \dfrac{19}{18}\pi, z_8 = \dfrac{23}{18}\pi,$ $z_9 = \dfrac{25}{18}\pi, z_{10} = \dfrac{29}{18}\pi, z_{11} = \dfrac{31}{18}\pi, z_{12} = \dfrac{35}{18}\pi$ 이다. 이를 모두 합하면 $\dfrac{216}{18}\pi = 12\pi$이므로 $b = 12$ 이다.	5점
위 결과로부터 실근의 개수 $a = 12$개이고, 모든 실근의 합은 12π이므로 $b = 120$이다. 따라서 $\boxed{\dfrac{b}{a} = 1}$ 이다.	2점

[채점기준 3]

답안	배점
$y=\cos 3x$의 주기는 $\dfrac{2}{3}\pi$이고 정의구역은 $0\le x<2\pi$이다. $y=\cos 3x$와 직선 $y=\pm\dfrac{\sqrt{3}}{2}$의 그래프를 그리면 다음과 같다.	0점
$\cos 3x$의 그래프와 직선 $y=\pm\dfrac{\sqrt{3}}{2}$과 만나는 모든 점을 표시해 보면 위의 그럼과 같이 모두 12개의 실근을 갖기 때문에 $a=12$ 이다.	2점
대칭함수 근의 합공식인 "대칭축×근의개수"에 의하여 (i) 방정식 $\cos 3x=\dfrac{\sqrt{3}}{2}$은 대칭축이 π이고 근의 개수가 6개이므로 $\pi\times 6=6\pi$이다. 따라서 근의 합은 6π 이다.	3점
(ii) 방정식 $\cos 3x=-\dfrac{\sqrt{3}}{2}$은 대칭축이 π이고 근의 개수가 6개이므로 $\pi\times 6=6\pi$이다. 따라서 근의 합은 6π 이다.	3점
(i), (ii)로부터 실근의 개수 $a=12$이고 모든 실근의 합은 12π 이므로 $b=12\pi$이다. 따라서 $\dfrac{b}{a}=\pi$ 이다.	2점

11 [바른해설 1]

수열 $2\times(n-1),\ 3\times(n-2),\ 4\times(n-3),\ \cdots$의 제 k항은

$a_k=k\{n-(k-1)\}=k(n-k+1)$

이때 주어진 합은 수열 $\{a_k\}$의 둘째 항부터 제 $n-1$항까지의 합과 같으므로

$2\times(n-1)+3\times(n-2)+4(n-3)+\cdots$
$\qquad\qquad\qquad +(n-2)\times 3+(n-1)\times 2$

$=\displaystyle\sum_{k=2}^{n-1}a_k=\sum_{k=2}^{n-1}k(n-k+1)=\sum_{k=2}^{n-1}(nk-k^2+k)$이고

$\displaystyle\sum_{k=2}^{n-1}(nk-k^2+k)=\sum_{k=1}^{n}(nk-k^2+k)-(a_1+a_n)$이 성립한다.

또한 $\displaystyle\sum_{k=1}^{n}(nk-k^2+k)$

$=n\times\dfrac{n(n+1)}{2}-\dfrac{n(n+1)(2n+1)}{6}+\dfrac{n(n+1)}{2}$

$=\dfrac{n(n+1)(n+2)}{6}$이고, $a_1+a_n=2n$이다.

그러므로 $\displaystyle\sum_{k=2}^{n-1}(nk-k^2+k)=\dfrac{n(n+1)(n+2)}{6}-2n$

$\qquad\qquad\qquad\qquad =\dfrac{n(n-2)(n+5)}{6}$

따라서 $a=-2,\ b=5$ 또는 $a=5,\ b=-2$이므로 $a+b=3$

[채점기준 1]

답안	배점
(일반항 a_k 도출) 수열 $2\times(n-1),\ 3\times(n-2),\ 4\times(n-3),\ \cdots$ 의 제 k항은 $\boxed{a_k=k\{n-(k-1)\}=k(n-k+1)}$	2점
(주어진 수열의 합은 두 부분으로 분리) 이때 주어진 합은 수열 $\{a_k\}$의 둘째 항부터 제 $n-1$항까지의 합과 같으므로 $2\times(n-1)+3\times(n-2)+4\times(n-3)+\cdots$ $\qquad\qquad +(n-2)\times 3+(n-1)\times 2$ $=\displaystyle\sum_{k=2}^{n-1}a_k=\sum_{k=2}^{n-1}k(n-k+1)=\sum_{k=2}^{n-1}(nk-k^2+k)$ 이고 $\boxed{\displaystyle\sum_{k=2}^{n-1}(nk-k^2+k)=\sum_{k=1}^{n}(nk-k^2+k)-(a_1+a_n)}$이 성립	3점
(자연수의 거듭제곱의 합 공식을 이용한 전개 및 정리) 또한, $\displaystyle\sum_{k=1}^{n}(nk-k^2+k)$ $=n\times\dfrac{n(n+1)}{2}-\dfrac{n(n+1)(2n+1)}{6}$ $\qquad\qquad\qquad +\dfrac{n(n+1)}{2}$ $\boxed{=\dfrac{n(n+1)(n+2)}{6}}$ (2점)이고, $a_1+a_n=2n$이다. $\displaystyle\sum_{k=2}^{n-1}(nk-k^2+k)=\dfrac{n(n+1)(n+2)}{6}-2n$ $\boxed{=\dfrac{n(n-2)(n+5)}{6}}$ (1점)	3점

답안	배점
(답안 도출) 따라서 $a=-2, b=5$ 또는 $a=5, b=-2$이므로 $\boxed{a+b=3}$	2점

[바른해설 2]

수열 $2\times(n-1), 3\times(n-2), 4\times(n-3), \cdots$의 제$k$항은

$a_k=(k+1)(n-k)=nk-k^2+n-k$

$2\times(n-1)+3\times(n-2)+4\times(n-3)+\cdots$
$\qquad\qquad\qquad +(n-2)\times3+(n-1)\times2$

$=\displaystyle\sum_{k=1}^{n-2}a_k=\sum_{k=1}^{n-2}(k+1)(n-k)=\sum_{k=1}^{n-2}(nk-k^2+n-k)$

$\qquad\qquad\qquad\qquad\qquad\qquad \cdots\cdots(1)$

$(1)=n\times\dfrac{(n-2)(n-1)}{3}-\dfrac{(n-2)(n-1)(2n-3)}{6}$
$\qquad\qquad +n(n-2)-\dfrac{(n-2)(n-1)}{2}$

$=\dfrac{(n-2)(n-1)}{6}\{3n-(2n-3)-3\}+n(n-2)$

$=\dfrac{n(n-2)(n-1)}{6}+\dfrac{6n(n-2)}{6}$

$=\dfrac{n(n-2)(n+5)}{6}=\dfrac{n(n+a)(n+b)}{6}$

따라서 $a=-2, b=5$ 또는 $a=5, b=-2$이므로 $a+b=3$

[채점기준 2]

답안	배점
(일반항 a_k 도출) 수열 $2\times(n-1), 3\times(n-2), 4\times(n-3), \cdots$ 의 제 k항은 $\boxed{a_k=(k+1)(n-k)=nk-k^2+n-k}$	2점
(주어진 수열의 합으로 표현) $2\times(n-1)+3\times(n-2)+4\times(n-3)+\cdots$ $\qquad\qquad +(n-2)\times3+(n-1)\times2$ $=\displaystyle\sum_{k=1}^{n-2}a_k=\sum_{k=1}^{n-2}(k+1)(n-k)$ $\boxed{\displaystyle\sum_{k=1}^{n-2}(nk-k^2+n-k)} \quad\cdots\cdots(1)$	2점

답안	배점
(자연수의 거듭제곱의 합 공식을 이용한 전개 및 정리) $(1)=n\times\dfrac{(n-2)(n-1)}{3}$ $\qquad -\dfrac{(n-2)(n-1)(2n-3)}{6}+n(n-2)$ $\qquad\qquad -\dfrac{(n-2)(n-1)}{2}$ $=\dfrac{(n-2)(n-1)}{6}\{3n-(2n-3)$ $\qquad\qquad\qquad -3\}+n(n-2)$ $=\dfrac{n(n-2)(n-1)}{6}+\dfrac{6n(n-2)}{6}$ $\boxed{=\dfrac{n(n-2)(n+5)}{6}=\dfrac{n(n+a)(n+b)}{6}}$ 이다.	4점
(답안 도출) 따라서 $a=-2, b=5$ 또는 $a=5, b=-2$이므로 $\boxed{a+b=3}$	2점

12 [바른해설]

$f(x)=ax+b$ (a, b는 상수이고, $a\neq0$)이라 하자.

$\displaystyle\lim_{x\to1}f(x)=2$에서 $\displaystyle\lim_{x\to1}(ax+b)=a+b=2 \cdots\cdots(1)$

$\displaystyle\lim_{x\to1}\dfrac{\{f(x)\}^2-4}{\sqrt{f(-x)}-2}=k$에서

$x\to1$일 때, (분자) $\to0$이고 0이 아닌 극한값이 존재하므로 (분모) $\to0$이어야 한다.

즉, $\displaystyle\lim_{x\to1}\sqrt{f(-x)}-2=\sqrt{f(-1)}-2=0$

$f(-1)=4$

$f(-1)=-a+b=4$일 때, $a-b=-4 \cdots\cdots(2)$

(1), (2)를 연립하면 $a=-1, b=3$이므로 $f(x)=-x+3$

$k=\displaystyle\lim_{x\to1}\dfrac{\{f(x)\}^2-4}{\sqrt{f(-x)}-2}=\lim_{x\to1}\dfrac{(-x+3)^2-4}{\sqrt{x+3}-2}$

$=\dfrac{x^2-6x+5}{\sqrt{x+3}-2}=\displaystyle\lim_{x\to1}\dfrac{(x-1)(x-5)(\sqrt{x+3}+2)}{(\sqrt{x+3}-2)(\sqrt{x+3}+2)}$

$=\displaystyle\lim_{x\to1}(x-5)(\sqrt{x+3}+2)=-4\times(\sqrt{4}+2)$

$=-16 \cdots\cdots(3)$

따라서 (1), (3)의 의해 $\dfrac{k}{a+b}=-\dfrac{16}{2}=-8$

PART 1 기출문제
PART 2 실전모의고사
PART 3 정답 및 해설

[채점기준]

답안	배점
($a+b$ 도출) $f(x)=ax+b$ (a,b는 상수이고, $a\neq0$)이라 하자. $\lim\limits_{x\to1}f(x)=2$에서 $\lim\limits_{x\to1}f(x)=\lim\limits_{x\to1}(ax+b)$ $\boxed{=a+b=2}$ …… (1)	1점
(극한값 존재 조건 도출) $\lim\limits_{x\to1}\dfrac{\{f(x)\}^2-4}{\sqrt{f(-x)}-2}=k$에서 $x\to1$일 때, (분자) $\to0$이고 0이 아닌 극한값이 존재하므로 (분모) $\to0$이어야 한다. 즉, $\lim\limits_{x\to1}\sqrt{f(-x)}-2=\sqrt{f(-1)}-2=0$ $\boxed{f(-1)=4}$	2점
($a-b$와 일차함수 도출) $f(-1)=-a+b=4$일 때, $a-b=-4$ …… (2) (1), (2)를 연립하면 $a=-1$, $b=3$이므로 $\boxed{f(x)=-x+3}$	2점
(극한값 k 도출) $k=\lim\limits_{x\to1}\dfrac{\{f(x)\}^2-4}{\sqrt{f(-x)}-2}=\lim\limits_{x\to1}\dfrac{(-x+3)^2-4}{\sqrt{x+3}-2}$ $=\dfrac{x^2-6x+5}{\sqrt{x+3}-2}$ $=\lim\limits_{x\to1}\dfrac{(x-1)(x-5)(\sqrt{x+3}+2)}{(\sqrt{x+3}-2)(\sqrt{x+3}+2)}$ $=\lim\limits_{x\to1}(x-5)(\sqrt{x+3}+2)=-4\times(\sqrt{4}+2)$ $\boxed{=-16}$ …… (3)	3점 부분 점수 부여
(답안 도출) 따라서 (1), (3)의 의해 $\boxed{\dfrac{k}{a+b}=-\dfrac{16}{2}=-8}$	2점

13 [모범답안]

함수 $f(x)$가 원점을 지나므로 $f(x)=0$

$f(x)$가 닫힌구간 $\left[0,\dfrac{4}{3}\right]$에서 연속이고 열린구간 $\left(0,\dfrac{4}{3}\right)$에서 미분가능하므로 평균값 정리에 의해

$\dfrac{f\left(\dfrac{4}{3}\right)-f(0)}{\dfrac{4}{3}-0}=f'(c)$인 상수 가 열린구간 $\left(0,\dfrac{4}{3}\right)$에 적어도 하나 존재한다.

모든 실수 x에 대하여 $|f'(x)|\leq9$를 만족하므로
$|f'(c)|\leq9$

그러므로 $-9\leq\dfrac{f\left(\dfrac{4}{3}\right)}{\dfrac{4}{3}}\leq9$

즉, $-12=9\cdot\dfrac{4}{3}\leq f\left(\dfrac{4}{3}\right)\leq9\cdot\dfrac{4}{3}=12$

그리고 $f(x)=\pm9x$가 조건을 만족하므로 $M=12$, $m=-12$

그러므로 $M^2-mM+m^2=12^2-(-12)(12)$
$+(-12)^2=144\cdot3=432$

[채점기준 1]

답안	배점
함수 $f(x)$가 원점을 지나므로 $\boxed{f(x)=0}$	2점
$f(x)$가 닫힌구간 $\left[0,\dfrac{4}{3}\right]$에서 연속이고 열린구간 $\left(0,\dfrac{4}{3}\right)$에서 미분가능하므로 평균값 정리에 의해 $\boxed{\dfrac{f\left(\dfrac{4}{3}\right)-f(0)}{\dfrac{4}{3}-0}=f'(c)}$인 상수 c가 열린구간 $\left(0,\dfrac{4}{3}\right)$에 적어도 하나 존재한다.	3점
$\boxed{-9\leq\dfrac{f\left(\dfrac{4}{3}\right)}{\dfrac{4}{3}}\leq9}$ 즉, $-12=-9\cdot\dfrac{4}{3}\leq f\left(\dfrac{4}{3}\right)\leq9\cdot\dfrac{4}{3}=12$	2점
그리고 $f(x)=\pm9x$가 조건을 만족하므로 $M=12$, $m=-12$ 그러므로 $\boxed{\begin{array}{l}M^2-mM+m^2\\=12^2-(-12)(12)+(-12)^2=144\cdot3\\=432\end{array}}$	3점

[채점기준 2]

답안	배점
$f(x)$가 닫힌구간 $\left[0,\dfrac{4}{3}\right]$에서 연속이고 열린구간 $\left(0,\dfrac{4}{3}\right)$에서 미분가능하므로 평균값 정리에 의해 $\boxed{\dfrac{f\left(\dfrac{4}{3}\right)-f(0)}{\dfrac{4}{3}-0}=f'(c)}$인 상수 c가 열린구간 $\left(0,\dfrac{4}{3}\right)$에 적어도 하나 존재한다.	5점

답안	배점
$\boxed{-9 \le \dfrac{f\left(\frac{4}{3}\right)}{\frac{4}{3}} \le 9}$ 즉, $-12 = -9 \cdot \dfrac{4}{3} \le f\left(\dfrac{4}{3}\right) \le 9 \cdot \dfrac{4}{3} = 12$	2점
그리고 $f(x) = \pm 9x$가 조건을 만족하므로 $M = 12$, $m = -12$ 그러므로 $\boxed{\begin{aligned} &M^2 - mM + m^2 \\ &= 12^2 - (-12)(12) + (-12)^2 = 144 \cdot 3 \\ &= 432 \end{aligned}}$	3점

14 [바른해설 1]

함수 $y = f(x) = x^2 - 4x - 1$의 그래프를 x축에 관하여 대칭이동시키면

$-y = x^2 - 4x - 1$, 즉 $y = -x^2 + 4x + 1$

이것을 다시 x축의 방향으로 -1만큼, y축의 방향으로 3만큼 평행이동시키면

$y - 3 = -(x+1)^2 + 4(x+1) + 1 = -x^2 + 2x + 4$ 즉, $y = -x^2 + 2x + 7$

두 곡선의 교점의 x좌표는 $x^2 - 4x - 1 = -x^2 + 2x + 7$

즉, $2x^2 - 6x - 8 = 2(x^2 - 3x - 4) = 2(x+1)(x-4)$

$= 0$에서 $x = -1$, 4를 얻는다.

그러므로 구하는 넓이는

$\displaystyle \int_{-1}^{4} |f(x) - g(x)| \, dx = \int_{-1}^{4} \{g(x) - f(x)\} \, dx$

$\displaystyle = \int_{-1}^{4} (-2x^2 + 6x + 8) \, dx = \left[-\frac{2}{3}x^3 + 3x^2 + 8x \right]_{-1}^{4}$

$= -\dfrac{2 \cdot 64}{3} + 48 + 32 - \left\{ -\dfrac{2}{3} \cdot (-1) + 3 - 8 \right\}$

$= -\dfrac{128}{3} - \dfrac{2}{3} + 80 - 3 + 8 = -\dfrac{130}{3} + 85$

$= -\dfrac{130}{3} + \dfrac{255}{3} = \dfrac{125}{3}$

[채점기준 1]

답안	배점
함수 $y = f(x) = x^2 - 4x - 1$의 그래프를 x축에 관하여 대칭이동시키면 $-y = x^2 - 4x - 1$, 즉 $\boxed{y = -x^2 + 4x + 1}$ 이것을 다시 x축의 방향으로 $\boxed{-1}$만큼, y축의 방향으로 $\boxed{3}$만큼 평행이동시키면 $\begin{aligned} y - 3 &= -(x+1)^2 + 4(x+1) + 1 \\ &= -x^2 + 2x + 4 \text{ 또는} \end{aligned}$ $\boxed{y = g(x) = -x^2 + 2x + 7}$	3점 (각 1점)
두 곡선의 교점의 x좌표는 $\boxed{x^2 - 4x - 1 = -x^2 + 2x + 7}$ 즉, $2x^2 - 6x - 8 = 2(x^2 - 3x - 4)$ $= 2(x+1)(x-4) = 0$에서 $\boxed{x = -1, \, 4}$ 를 얻는다.	3점
그러므로 구하는 넓이는 $\displaystyle \int_{-1}^{4} |f(x) - g(x)| \, dx$ $\boxed{\displaystyle = \int_{-1}^{4} \{g(x) - f(x)\} \, dx}$ $\boxed{\displaystyle = \int_{-1}^{4} (-2x^2 + 6x + 8) \, dx}$ $\displaystyle = \left[-\frac{2}{3}x^3 + 3x^2 + 8x \right]_{-1}^{4}$ $= -\dfrac{2 \cdot 64}{3} + 48 + 32 - \left\{ -\dfrac{2}{3} \cdot (-1) + 3 - 8 \right\}$ $= -\dfrac{128}{3} - \dfrac{2}{3} + 80 - 3 + 8 = -\dfrac{130}{3} + \dfrac{255}{3}$ $\boxed{= \dfrac{125}{3}}$	4점

[바른해설 2]

함수 $y = f(x) = x^2 - 4x - 1$의 그래프를 x축에 관하여 대칭이동시키면 $-y = x^2 - 4x - 1$, 즉 $y = -x^2 + 4x + 1$

이것을 다시 x축의 방향으로 -1만큼, y축의 방향으로 3만큼 평행이동시키면

$y - 3 = -(x+1)^2 + 4(x+1) + 1 = -x^2 + 2x + 4$ 즉, $y = -x^2 + 2x + 7$

두 곡선의 교점의 x좌표는 $x^2 - 4x - 1 = -x^2 + 2x + 7$

즉, $2x^2 - 6x - 8 = 2(x^2 - 3x - 4)$

$= 2(x+1)(x-4) = 0$에서 $x = -1$, 4를 얻는다.

그러므로 구하는 넓이는 공식에 대입하면

$S = \dfrac{|a - a'| \, |\beta - \alpha|^3}{6} = \dfrac{|1 - (-1)| \, |4 - (-1)|^3}{6}$

$$= \frac{2 \cdot 5^3}{6} = \frac{125}{3}$$

[참고] $y=ax^2+bx+c$와 $y=a'x^2+b'x+c'$이 $x=\beta$와 $x=\alpha(\beta>\alpha)$에서 만날 때 두 곡선으로 둘러싸인 부분의 넓이는 $S=\dfrac{|a-a'||\beta-\alpha|^3}{6}$이다.

[채점기준 2]

답안	배점
함수 $y=f(x)=x^2-4x-1$의 그래프를 x축에 관하여 대칭이동시키면 $-y=x^2-4x-1$, 즉 $\boxed{y=-x^2+4x+1}$ 이것을 다시 x축의 방향으로 $\boxed{-1}$만큼, y축의 방향으로 $\boxed{3}$ 만큼 평행이동시키면 $y-3=-(x+1)^2+4(x+1)+1$ $\quad\quad =-x^2+2x+4$ 또는 $\boxed{y=g(x)=-x^2+2x+7}$	3점 (각 1점)
두 곡선의 교점의 x좌표는 $\boxed{x^2-4x-1=-x^2+2x+7}$ 즉, $2x^2-6x-8=2(x^2-3x-4)$ $=2(x+1)(x-4)=0$에서 $\boxed{x=-1,4}$ 를 얻는다.	3점
그러므로 구하는 넓이는 공식에 대입하면 $S=\dfrac{|a-a'||\beta-\alpha|^3}{6}$ $\boxed{=\dfrac{|1-(-1)||4-(-1)|^3}{6}}$ $=\dfrac{2\cdot 5^3}{6}\boxed{=\dfrac{125}{3}}$	4점

2023학년도 모의고사

국어

01 [모범답안]

답안	배점	난이도
빛의 변화에 따른 색의 변화를 화폭에 담으려고 시도하였다.	10점	하

[바른해설]

제시된 윗글은 인상주의를 넘어서는 후기 인상주의의 등장, 세잔의 입체적인 그리기, 고갱의 강렬한 색채 사용을 통한 정신적 가치의 표현, 고흐의 굵은 붓터치를 통한 정열적 내면의 표현 등의 네 부분으로 구성되어 있다. 그러면서 글의 초점은 후기 인상주의에 대한 서술에 있는데 이 과정에서 인상주의와의 다른 점이 주요 서술 요소에 해당한다. 이를 통하여 인상주의에 대한 이해를 독서 과정에서 제대로 하고 있는지를 측정하고자 한다.

[채점기준]

답안	배점
단어 모두를 포함하여 답안과 같은 뜻('빛의 변화에 따른 색의 변화를 표현한다'가 초점)으로 기술된 경우	10점
단어 모두를 포함하되 답안의 의미와 일부 어긋나는 경우 예 빛과 색의 변화를 함께 담으려는 시도였다	5점
그 이외의 모든 경우	0점
띄어쓰기나 맞춤법이 틀리는 경우: 한 개당 1점씩 감점하되 최대 2점까지 감점	공통사항

02 [모범답안]

답안	배점	난이도
① 시선 또는 시점 ② 대상 또는 물체	10점	하

[바른해설]

이 문항은 세잔의 그림이 지니는 특성을 서술하는 단락에서 ㉠ 문장을 두고 이어지는 이후의 단락 내용을 압축하여 이해하고 있는지를 묻고 있다. 초점은 원근법처럼 시선 중심에서 접근하는 것이 아니라 작품 내의 대상들 각각을 중심에 둔다는 데 있다.

[채점기준]

답안	배점
두 개가 모두 맞는 경우	10점
하나만 정답인 경우	5점
그 이외의 모든 경우	0점
맞춤법이 틀리는 경우: 한 개당 1점씩 감점하되 최대 2점까지 감점	공통사항

03 [모범답안]

답안	배점	난이도
– 유동적인 느낌을 주는 색채 분할을 통하여 – 붓 자국이 그대로 드러나는 강한 필선을 사용하여 – 어두운 색채와 형태로 그려서 – 물감을 두텁게 칠하면서 – 거칠고 구불구불한 선들로 묘사하여	10점	중

[바른해설]

이 문제는 고갱과 고흐 모두가 인상주의 그림에 결핍된 점을 화폭에 담아내려 하나 그 기법의 차이를 다루고 있다. 인간의 정신세계를 표현하고자 '원시적인 느낌을 주는 강렬한 색채'를 사용한 고갱과 달리, 정열적인 감정을 그림에 담아내고자 고흐가 구체적으로 사용한 기법은 무엇인가라는 이 문제에 대한 답은 윗글과 〈보기〉에서 여러 표현으로 주어져 있다.

[채점기준]

답안	배점
답안 가운데 하나를 기입하고 전체 문장에서의 호응이 바른 경우 – 다른 표현으로 기입하더라도 의미가 답안에 부합하고 호응이 바른 경우도 만점 부여	10점
답안 중 하나를 기입하였으나 전체 문장에서의 호응이 어색한 경우 예 유동적인 느낌을 주는 색채 분할	5점
그 이외의 경우	0점
띄어쓰기나 맞춤법이 틀리는 경우: 한 개당 1점씩 감점하되 최대 2점까지 감점	공통사항

04 [모범답안]

답안	배점	난이도
(가) 데이터 마이닝의 방법으로서 군집 분석 (다) 군집 분석 중 분할 기법의 방법 (라) 데이터 마이닝과 군집 분석의 활용	15점	중

[바른해설]

글의 논지는 '데이터 마이닝의 방법으로서 군집 분석에 대한 설명 – 군집 분석의 개념과 특성에 대한 내용 – 군집 분석 중 분할 기법의 방법에 대한 설명 – 데이터 마이닝과 군집 분석의 활용' 순으로 전개되었다. 이 흐름에 따라 각 단락의 중심어를 제시하면 된다.

[채점기준]

답안	배점
(가), (다), (라)의 중심문장 진술이 모두 옳은 경우	15점
(가), (다), (라) 중 두 단락의 중심문장 진술이 옳은 경우	10점
(가), (다), (라) 중 한 단락의 중심문장 진술이 옳은 경우	5점
(가), (다), (라) 중심문장 진술이 모두 잘못된 경우	0점
(가), (다), (라) 각 문장별 정답진술 – 의미상 유사한 내용은 항목별 배점에서 2점 감점(3점) – 의미상 중심내용과 거리가 있는 진술은 항목별 배점에서 4점 감점(1점) – 항목별 미진술은 0점 처리	공통 사항

05 [모범답안]

답안	배점	난이도
유사성을 바탕으로 군집을 형성해 가며 연관 관계와 구조를 밝혀냈기	15점	상

[바른해설]

2문단에서 군집 분석은 범주에 관한 정보가 주어지지 않으므로 객체들 사이의 유사성에만 의존하여 그룹을 형성하는 방법이라 하였고, 4문단에서 군집 분석은 이전에는 명확하지 않았지만 일단 발견되면 의미 있고 유용한 연관 관계와 구조를 밝혀낸다고 하였다.

[채점기준]

답안	배점
모범답안과 일치하는 경우	15점

답안	배점
'군집을 형성해 가며 연관 관계와 구조를 밝혀냈기 때문'이라는 취지로 진술한 경우	10점
군집을 형성한다는 내용이 없이 '연관 관계와 구조를 밝혀냈기 때문'이라는 취지로 진술한 경우	5점
모범 답안의 의미와 전혀 일치하지 않는 내용으로 진술한 경우	0점
– 모범답안의 핵심어는 '유사성, 군집, 연관 관계, 구조'임. – 맞춤법 및 표기 오류는 한 건당 1점씩 감점	공통 사항

06 [모범답안]

답안	배점	난이도
① 정체성(자기정체성) ② 부끄러운(부끄러움)	10점	하

[바른해설]

작품의 타당한 해석과 감상을 위한 창작배경의 이해를 통해 작가의 의도와 주제의식을 추론하고, 그것이 표현된 시어의 함축적 의미를 찾아낼 수 있도록 한다.

[채점기준]

답안	배점
①과 ②항 모두 정답인 경우	10점
① 혹은 ②항 한 가지만 정답인 경우	5점
①, ②항 모두 오답인 경우	0점
① 유사정답: 존재성(1점 감점) 자아, 자아의식(2점 감점), 본질(3점 감점) ② 유사정답: '부끄러운 일이다.' (1점 감점) '침전'(2점 감점)	공통 사항

07 [모범답안]

답안	배점	난이도
(1) 시가 쉽게 씌어진다 (2) (가) 최후의 나 ↔ 최초의 악수 (나) 불행한 현실상황 속의 자아 인식: 자아긍정을 통한 극복의지의 표명 (다) 비극적 존재현실에 대한 운명적 수긍과 결연한 극복의지를 표명함으로써 새로운 출발점을 자각할 수 있다고 생각하였기 때문	20점	상

[바른해설]

작품의 해석과정에서 함축적 시어를 통한 표현에 내재된 시인의 가치의식을 추론해보고, '역설적 상황인식'이라는 시인의 존재성을 인식적으로 공유하는 공감적 소통의 수용과 그 논리적 근거를 밝힐 수 있도록 한다.

[채점기준]

답안	배점
(1), (2)-(가), (나), (다) 항 모두 정답인 경우 *각 답안별 5점 만점	20점
(1), (2)-(가), (나), (다) 항 중 세 항목 정답인 경우	15점
(1), (2)-(가), (나), (다) 항 중 두 항목 정답인 경우	10점
(1), (2)-(가), (나), (다) 항 중 한 항목 정답인 경우	5점
(1), (2)-(가), (나), (다) 항 중 모두 오답인 경우	0점
(1) 시 본문의 구절 그대로 쓴 경우(시가 이렇게 쉽게 씌여지는 것은 부끄러운 일이다) : 1점 감점 * "시가 이렇게 쉽게 씌어진다"만 쓴 경우 만점 처리 (2) (가) 한 단어의 시어로만 제시한 경우 (최후/최초) : 1점 감점 * 위 두 시어 모두 제시 경우 만점 처리 (나) '운명적 존재인식 : 자아의 화해, 희망' : 1점 감점 * 역설적 자아인식을 드러낸다는 취지에서 함축적 의미를 해석했으면 인정, 만점 처리. (다) '최후' '최초'에 담긴 함축적 의미(시인의 현실인식를 밝혔으면 인정, 만점 처리 * 상호관련이 없이 대립적 시구 각각의 의미 근거만 밝힌 경우: 1점 감점	공통 사항

수학

08 [모범답안]

두 점을 지나는 직선의 방정식은

$y-\log_2 a=\dfrac{(\log_2 a-\log_2 b)}{(2-1)}(x-2)$ 즉,

$y=\log_2\dfrac{a}{b}(x-2)+\log_2 a$이다.

점 $(3, 2)$를 지나기 때문에 이점을 대입하면 식을 만족한다.

따라서 $2=\log_2\dfrac{a}{b}+\log_2 a=\log_2\dfrac{a^2}{b}$이고 다시 정리하면,

$\log_2 2^2=\log_2\dfrac{a^2}{b}$, 즉 $4=\dfrac{a^2}{b}$이다.

$a+b$의 최솟값을 찾기 위해

$a+b=a+\dfrac{a^2}{b}=\dfrac{1}{4}(a^2+4a+4-4)$

$=\dfrac{1}{4}(a+2)^2-1$로 변형하고

$a>0$, $b>0$이고 정수이므로 위 값이 최소가 되기 위해서는 $a=2$, $b=1$이고 이때 $a+b=3$이다.

[채점기준]

답안	배점
두 점을 지나는 직선의 방정식은 $y-\log_2 a=\dfrac{(\log_2 a-\log_2 b)}{(2-1)}(x-2)$ 즉, $y=\log_2\dfrac{a}{b}(x-2)+\log_2 a$ 이다.	3점
점 $(3, 2)$를 지나기 때문에 이점을 대입하면 식을 만족한다. 따라서 $2=\log_2\dfrac{a}{b}+\log_2 a=\log_2\dfrac{a^2}{b}$ 이고 다시 정리하면, $\log_2 2^2=\log_2\dfrac{a^2}{b}$, 즉, $4=\dfrac{a^2}{b}$ 이다.	3점
$a+b$의 최솟값을 찾기 위해 $a+b=a+\dfrac{a^2}{4}=\dfrac{1}{4}(a^2+4a+4-4)$ $=\dfrac{1}{4}(a+2)^2-1$ 로 변형하고 $a>0$, $b>0$이고 정수이므로 위 값이 최소가 되기 위해서는 $a=2$, $b=1$이고 이때 $a+b=3$이다.	4점
직선의 방정식을 만들 때 다른 점 $(1, \log_2 b)$을 이용해도 동일한 결과를 얻는다.	

09 [모범답안]

주어진 이차방정식이 서로 다른 두 실근을 갖기 위해서는 근의 공식에서 판별식 $\dfrac{D}{4}>0$이어야 한다.

따라서 $\dfrac{D}{4}=2\sin^2\theta-3\cos\theta>0$이고,

식을 변형하면

$2\sin^2\theta-3\cos\theta=2(1-\cos^2\theta)-3\cos\theta$

$=-2\cos^2\theta-3\cos\theta+2>0$,

따라서 $(2\cos\theta-1)(\cos\theta+2)<0$이고,

주어진 $0\le\theta<2\pi$에서 $\cos\theta+2>0$이므로

$(2\cos\theta-1)<0$이어야 한다.

따라서 $\cos\theta<\dfrac{1}{2}$인 θ의 범위는 $\dfrac{\pi}{3}<\theta<\dfrac{5\pi}{3}$이다.

따라서 $\alpha=\dfrac{\pi}{3}$, $\beta=\dfrac{5\pi}{3}$이고 $\alpha+\beta=2\pi$이다.

[채점기준]

답안	배점
주어진 이차방정식이 서로 다른 두 실근을 갖기 위해서는 근의 공식에서 판별식 $\dfrac{D}{4} > 0$이어야 한다. 따라서 $\dfrac{D}{4} = 2\sin^2\theta - 3\cos\theta > 0$ 이어야 한다.	3점
위 식을 변형하면 $2\sin^2\theta - 3\cos\theta = 2(1-\cos^2\theta) - 3\cos\theta$ $\qquad\qquad\qquad\quad = -2\cos^2\theta - 3\cos\theta + 2 > 0.$ 따라서 $(2\cos\theta - 1)(\cos\theta + 2) < 0$이고 주어진 $0 \le \theta < 2\pi$에서 $\cos\theta a + 2 > 0$이므로 $(2\cos\theta - 1) < 0$이어야 한다.	3점
따라서 $\cos\theta < \dfrac{1}{2}$인 θ범위는 $\dfrac{\pi}{3} < h < \dfrac{5\pi}{3}$이다. 따라서 $\alpha = \dfrac{\pi}{3}$, $\beta = \dfrac{5\pi}{3}$이고 $\alpha + \beta = 2\pi$이다.	4점
그래프를 이용하여 표현해도 위 내용을 모두 포함하면 정답으로 처리한다.	

10 [모범답안]

$\lim\limits_{x \to a} f(x) \ne 0$이면
$\lim\limits_{x \to a} \dfrac{f(x) - (x-a)}{f(x) + (x-a)} = 1 \ne \dfrac{5}{7}$이므로
$\lim\limits_{x \to a} f(x) = f(a) = 0$
즉, a는 방정식 $f(x) = 0$의 한 근이다.
이때 $a = \alpha$라 하면 $f(x) = (x-\alpha)(x-\beta)$이므로
$\lim\limits_{x \to a} \dfrac{f(x) - (x-a)}{f(x) + (x-a)} = \lim\limits_{x \to a} \dfrac{(x-\alpha)(x-\beta) - (x-\alpha)}{(x-\alpha)(x-\beta) + (x-\alpha)}$
$\qquad\qquad\qquad\qquad = \lim\limits_{x \to a} \dfrac{(x-\beta) - 1}{(x-\beta) + 1}$
$\qquad\qquad\qquad\qquad = \dfrac{\alpha - \beta - 1}{\alpha - \beta + 1} = \dfrac{5}{7}$
즉, $7(\alpha - \beta) - 7 = 5(\alpha - \beta) + 5$이므로
$2(\alpha - \beta) = 12$
따라서 $|\alpha - \beta| = 6$

[채점기준]

답안	배점
$\lim\limits_{x \to a} f(x) \ne 0$이면 $\lim\limits_{x \to a} \dfrac{f(x) - (x-a)}{f(x) + (x-a)} = 1 \ne \dfrac{5}{7}$이므로 $\lim\limits_{x \to a} f(x) = f(a) = 0$ 즉, a는 방정식 $f(x) = 0$의 한 근이다.	3점
이때 $a = \alpha$라 하면 $f(x) = (x-\alpha)(x-\beta)$이므로	2점
$\lim\limits_{x \to a} \dfrac{f(x) - (x-a)}{f(x) + (x-a)}$ $= \lim\limits_{x \to a} \dfrac{(x-\alpha)(x-\beta) - (x-\alpha)}{(x-\alpha)(x-\beta) + (x-\alpha)}$ $= \lim\limits_{x \to a} \dfrac{(x-\beta) - 1}{(x-\beta) + 1} = \dfrac{\alpha - \beta - 1}{\alpha - \beta + 1} = \dfrac{5}{7}$	3점
즉, $7(\alpha - \beta) - 7$ $= 5(\alpha - \beta) + 5$이므로 $2(\alpha - \beta) = 12$ 따라서 $|\alpha - \beta| = 6$	2점
(공통) 앞 과정의 오류와는 별개로 뒤 과정은 독립적으로 채점하는 것을 원칙 (공통) 단순오기나 단순연산 실수 시 개당 1점 감점	

11 [모범답안]

함수 $f(x)$가 $x = 2$를 제외한 모든 실수 x에서 연속이므로 함수 $|f(x)|$도 $x = 2$를 제외한 모든 실수 x에서 연속이다. 따라서 $|f(x)|$가 모든 실수에서 연속이 되려면 $x = 2$에서만 연속이 되면 된다.
즉, $\lim\limits_{x \to 2-} |f(x)| = \lim\limits_{x \to 2+} |f(x)| = |f(2)|$
이때
$\lim\limits_{x \to 2-} |f(x)| = \lim\limits_{x \to 2-} |x^2 + 3x| = 2^2 + 3 \times 2 = 10$
$\lim\limits_{x \to 2+} |f(x)| = \lim\limits_{x \to 2+} |ax - 4| = |2a - 4|$
$|f(2)| = |2^2 + 3 \times 2| = 10$
이므로 $|2a - 4| = 10$
$a \ge 2$일 때, $2a - 4 = 10$에서 $2a = 14$, $a = 7$
$a < 2$일 때, $-2a + 4 = 10$에서 $-2a = 6$, $a = -3$
따라서 구하는 모든 실수 a의 곱은
$7 \times (-3) = -21$

[채점기준]

답안	배점
함수 $f(x)$가 $x=2$를 제외한 모든 실수 x에서 연속이므로 함수 $\|f(x)\|$도 $x=2$를 제외한 모든 실수 x에서 연속이다. 따라서 $\|f(x)\|$가 모든 실수에서 연속이 되려면 $x=2$에서만 연속이 되면 된다.	3점
즉, $$\lim_{x \to 2-}\|f(x)\|=\lim_{x \to 2+}\|f(x)\|=\|f(2)\|$$	2점
이때 $$\lim_{x \to 2-}\|f(x)\|$$ $$=\lim_{x \to 2-}\|x^2+3x\|$$ $$=2^2+3\times 2=10$$ $$\lim_{x \to 2+}\|f(x)\|$$ $$=\lim_{x \to 2+}\|ax-4\|$$ $$=\|2a-4\|$$ $\|f(2)\|=\|2^2+3\times 2\|=10$ 이므로 $\|2a-4\|=10$	3점
$a \geq 2$일 때, $2a-4=10$에서 $2a=14$, $a=7$ $a<2$일 때, $-2a+4=10$에서 $-2a=6$, $a=-3$ 따라서 구하는 모든 실수 a의 곱은 $7\times(-3)=-21$	2점
(공통) 앞 과정의 오류와는 별개로 뒤 과정은 독립적으로 채점하는 것을 원칙 (공통) 단순오기나 단순연산 실수 시 개당 1점 감점	

12 [모범답안]

$\int_{-2}^{x}f(t)dt=4(x+1)^3+a(x+1)^2+b(x+1)$에서 $x=-2$를 대입하면 $0=-4+a-b$를 얻는다.
양변을 미분하면
$f(x)=12(x+1)^2+2a(x+1)+b$이므로
$x=0$을 대입하면 $-1=12+2a+b$를 얻는다.
연립방정식 $\begin{cases} a-b-4=0 \\ 12+2a+b=-1 \end{cases}$의 해는
$3a+8=-1$, $3a=-9$, $a=-3$, $b=-7$
따라서
$$\int_{-2}^{2}f(t)dt=4(2+1)^3+a(2+1)^2+b(2+1)$$
$$=108-3\cdot 9-7\cdot 3=108-48=60$$

[채점기준]

답안	배점
$$\int_{-2}^{x}f(t)dt=4(x+1)^3+a(x+1)^2+b(x+1)$$ 에서 $x=-2$를 대입하면 $0=-4+a-b$를 얻는다.	1점
양변을 미분하면 $$f(x)=12(x+1)^2+2a(x+1)+b$$ 이므로 $x=0$을 대입하면 $$-1=12+2a+b$$를 얻는다.	3점
연립방정식 $$\begin{cases} a-b-4=0 \\ 12+2a+b=-1 \end{cases}$$의 해는 $3a+8=-1$, $3a=-9$, $a=-3$, $b=-7$	3점
따라서 $$\int_{-2}^{2}f(t)dt=4(2+1)^3$$ $$\qquad +a(2+1)^2+b(2+1)$$ $$=108-3\cdot 9-7\cdot 3$$ $$=108-48=60$$	3점
(공통) 앞 과정의 오류와는 별개로 뒤 과정은 독립적으로 채점하는 것을 원칙 (공통) 단순오기나 단순연산 실수 시 개당 -1점	

13 [모범답안]

$\int_{-1}^{x}f(t)d^3t=\frac{1}{3}x^3-2x^2+ax+\frac{16}{3}$의 양변에 $x=-1$을
대입하면 $-\frac{1}{3}-2-a+\frac{16}{3}=0$이므로 $a=3$
식의 양변을 미분하면 $f(x)=x^2-4x+a=x^2-4x+3$
$g(x)$의 그래프는 $f(x)=x^2-4x+3$의 그래프를 y축에 관하여 대칭 이동한 것의 $x\leq 0$부분과 $f(x)$의 $x\geq 0$ 부분의 합집합이고, 작은 세 부분의 넓이가 같으므로, $f(x)=k$의 양의 최소근을 b라고 하여 구간 $[0, b]$와 구간 $[b, 2]$에 대응되는 넓이는 같다.
그러므로
$$\int_{0}^{2}(f(x)-k)dx=0$$이 성립한다.
따라서
$$\int_{0}^{2}(f(x)-k)dx=\int_{0}^{2}(x^2-4x+3-k)dx$$
$$=\left[\frac{1}{3}x^3-2x^2+3x-kx\right]_{0}^{2}$$
$$=\frac{8}{3}-8+6-2k=0,$$

PART 1 기출문제
PART 2 실전모의고사
PART 3 정답 및 해설

즉, $k=\dfrac{1}{3}$ 그러므로

$$\dfrac{f(k)+f(1-k)}{k^2}$$

$$=\dfrac{\left(\dfrac{1}{3}\right)^2-4\left(\dfrac{1}{3}\right)+3+\left(\dfrac{2}{3}\right)^2-4\left(\dfrac{2}{3}\right)+3}{\left(\dfrac{1}{3}\right)^2}$$

$$=1-12+27+4-24+27=23$$

[채점기준]

답안	배점
$\displaystyle\int_{-1}^{x}f(t)dt=\dfrac{1}{3}x^3-2x^2+ax+\dfrac{16}{3}$ 의 양변에 $x=-1$을 대입하면 $-\dfrac{1}{3}-2-a+\dfrac{16}{3}=0$이므로 $a=3$	2점
식의 양변을 미분하면 $f(x)=x^2-4x+a$ $\quad=x^2-4x+3$	2점
$g(x)$의 그래프는 $f(x)=x^2-4x+3$의 그래프를 y축에 관하여 대칭 이동한 것의 $x\leq0$부분과 $f(x)$의 $x\geq0$ 부분의 합집합이고, 작은 세 부분의 넓이가 같으므로, $g(x)=k$의 양의 최소근을 b라고 하면 구간 $[0, b]$와 구간 $[b, 2]$에 대응되는 넓이는 같다. 그러므로 $\displaystyle\int_{0}^{2}(f(x)-k)dx=0$ 이 성립한다.	2점
따라서 $\displaystyle\int_{0}^{2}(f(x)-k)dx$ $=\displaystyle\int_{0}^{2}(x^2-4x+3-k)dx$ $=\left[\dfrac{1}{3}x^3-2x^2+3x-kx\right]_{0}^{2}$ $=\dfrac{8}{3}-8+6-2k=0,$ 즉, $k=\dfrac{1}{3}$	2점
그러므로 $\dfrac{f(k)+f(1-k)}{k^2}$ $=\dfrac{\left(\dfrac{1}{3}\right)^2-4\left(\dfrac{1}{3}\right)+3+\left(\dfrac{2}{3}\right)^2-4\left(\dfrac{2}{3}\right)+3}{\left(\dfrac{1}{3}\right)^2}$ $=1-12+27+4-24+27$ $=23$	2점

답안	배점
(공통) 앞 과정의 오류와는 별개로 뒤 과정은 독립적으로 채점하는 것을 원칙 (공통) 단순오기나 단순연산 실수 시 개당 -1점	

실전모의고사 [계열공통]

PART 1
기출문제

PART 2
실전모의고사

PART 3
정답 및 해설

제1회 실전모의고사

국어

01 [모범답안]

ⓐ 2차 / ⓑ 1차 / ⓒ 2차 / ⓓ 2차

[바른해설]

• 6문단에 따르면 1차 컵 뒤에 붙어 있는 필러 디스크는 ⓑ(1차) 컵이 피스톤 쪽에 있는 보충공 쪽으로 밀리는 것을 막는 역할을 하며, ⓐ(2차) 컵은 형성된 유압의 누설을 방지하는 역할을 한다.

• 3문단에 따르면 파스칼의 원리는 밀폐된 용기에 담긴 유체에 압력을 가할 때 작용하는 것인데, 6문단에서 2차 컵은 형성된 유압의 누설을 방지한다고 하였으므로 ⓒ(2차) 컵이 파스칼의 원리가 작용할 수 있는 밀폐 상태를 유지하는 데 기여함을 알 수 있다.

• 4문단에 따르면 탠덤 마스터 실린더는 각각의 피스톤을 가진 두 개의 마스터 실린더를 직렬로 연결하여 하나에 문제가 발생하더라도 다른 쪽에서 안전하게 작동할 수 있도록 고안된 것이라고 하였으므로 제동 회로 1에 문제가 발생하더라도, 다른 장치들이 정상적으로 작동한다면 ⓓ(2차) 피스톤 쪽에서 형성된 압력을 통해 브레이크가 작동할 수 있음을 알 수 있다.

[채점기준]

답안	배점	예상 소요 시간
ⓐ 2차	2점	
ⓑ 1차	2점	
ⓒ 2차	3점	4분 / 전체 60분
ⓓ 2차	3점	

02 [모범답안]

유압이 작용하여 브레이크가 작동할 수 있기 때문이다

[바른해설]

브레이크 페달을 밟으면 각 피스톤에 설치된 1차 컵이 각각의 보상공을 막으며 압력실을 밀폐시켜 유압을 형성한다. 즉, 보상공이 막혀 있다면 이미 유압이 발생하여 브레이크가 운전자의 의도와 관계없이 작동할 수 있다. 따라서 빈칸에 들어갈 말은 '유압이 작용하여 브레이크가 작동할 수 있기 때문이다'가 적절하다.

[채점기준]

답안	배점	예상 소요 시간
유압이 작용하여 브레이크가 작동할 수 있기 때문이다.	10점	4분 / 전체 60분

03 [모범답안]

아름다운 지옥

[바른해설]

이 작품의 핵심 소재인 갈매나무는 아름다운 기억과 지옥 같은 기억을 동시에 떠올리게 만드는 역설적인 성격을 띠는데, 이를 통해 작가는 우리의 삶을 '아름다운 지옥'이라는 찻집의 이름에 비유하여 본래 역설적인 것임을 독자에게 전달하고 있다.

[채점기준]

답안	배점	예상 소요 시간
아름다운 지옥	10점	3분 / 전체 60분

04 [모범답안]

그, 지나갔다

[바른해설]

두현을 위로하는 할머니의 손길을 '그 격정의 잔등을 삭정이처럼 야윈 할머니의 손길이 잔잔히 더듬고 지나갔다.'고 표현함으로써, 손자를 위로하고자 하는 할머니의 마음을 촉각적인 표현을 활용하여 보여주고 있다.

[채점기준]

답안	배점	예상 소요 시간
ㄱ	5점	4분 / 전체 60분
지나갔다	5점	

수학

01 [모범답안]

로그의 진수 조건에 의하여

$x-2>0$, $x-4>0$이므로 $x>4$

$\log_4 4(x-2)=\log_2(x-4)$에서

$\frac{1}{2}\log_2 4(x-2)=\log_2(x-4)$,

$\log_2 4(x-2)=\log_2(x-4)^2$

$4(x-2)=(x-4)^2$, $x^2-12x+24=0$

$x=6\pm\sqrt{12}=6\pm2\sqrt{3}$

$x>4$이므로 $x=6+2\sqrt{3}$

[채점기준]

답안	배점	예상 소요 시간
로그의 진수 조건에 의하여 $x-2>0$, $x-4>0$이므로 $x>4$	2점	4분 / 전체 60분
$\log_4 4(x-2)=$ $\log_2(x-4)$에서 $\frac{1}{2}\log_2 4(x-2)$ $=\log_2(x-4)$, $\log_2 4(x-2)$ $=\log_2(x-4)^2$	4점	
$4(x-2)=(x-4)^2$, $x^2-12x+24=0$ $x=6\pm\sqrt{12}=6\pm2\sqrt{3}$	2점	
$x>4$이므로 $x=6+2\sqrt{3}$	2점	

02 [모범답안]

$f(x)=x^4+ax^3+bx^2+cx+d$ (a, b, c, d는 상수)로 놓으면 $f(0)=4$에서 $d=4$, $f(-1)=1$에서

$1-a+b-c+d=1$이므로

$a-b=4-c$ ...... ㉠

$f'(x)=4x^3+3ax^2+2bx+c$이고,

곡선 $y=f(x)$ 위의 두 점 $(-1, 1)$, $(0, 4)$를 지나는

직선의 기울기는 $\dfrac{4-1}{0-(-1)}=3$

$f'(0)=3$에서 $c=3$,

$f'(-1)=3$에서 $-4+3a-2b+c=3$이므로

$3a-2b=4$ ...... ㉡

㉠, ㉡을 연립하여 풀면 $a=2$, $b=1$

따라서 $f'(x)=4x^3+6x^2+2x+3$이므로

$f'(-1)=(-4)+6-2+3=3$

[채점기준]

답안	배점	예상 소요 시간
$f(x)=$ $x^4+ax^3+bx^2+cx+d$ (a, b, c, d는 상수)로 놓으면 $f(0)=4$에서 $d=4$, $f(-1)=1$에서 $1-a+b-c+d=1$이므로 $a-b=4-c$ ...... ㉠	3점	4분 / 전체 60분
$f'(x)=$ $4x^3+3ax^2+2bx+c$이고, 곡선 $y=f(x)$ 위의 두 점 $(-1, 1)$, $(0, 4)$를 지나는 직선의 기울기는 $\dfrac{4-1}{0-(-1)}=3$ $f'(0)=3$에서 $c=3$, $f'(-1)=3$에서 $-4+3a-2b+c=3$이므로 $3a-2b=4$ ...... ㉡	4점	
㉠, ㉡을 연립하여 풀면 $a=2$, $b=1$	1점	
$f'(x)=4x^3+6x^2+2x+3$ 이므로 $f'(-1)=(-4)+6-2+3$ $=3$	2점	

03 [모범답안]

$a_1=100$이고 6 이하의 모든 자연수 m에 대하여

$a_m a_{m+1}>0$이므로 수열 $\{a_n\}$의 첫째항부터 제7항까지의 모든 자연수이어야 한다.

$a_2=p$ (p는 자연수)라 하면

$a_{n+2}=\begin{cases} a_n-a_{n+1} & (n\text{이 홀수인 경우}) \\ 2a_{n+1}-a_n & (n\text{이 짝수인 경우}) \end{cases}$

에 의하여

$a_3=a_1-a_2=100-p$이므로

$a_3>0$에서 $100-p>0$, $p<100$ ...... ㉠

162

$a_4=2a_3-a_2=2(100-p)-p=200-3p$이므로

$a_4>0$에서 $200-3p>0$, $p<\dfrac{200}{3}$ ...... ⓛ

$a_5=a_3-a_4=(100-p)-(200-3p)=2p-100$

이므로

$a_5>0$에서 $2p-100>0$, $p>50$ ...... ⓒ

$a_6=2a_5-a_4=2(2p-100)-(200-3p)=7p-400$

이므로

$a_6>0$에서 $7p-400>0$, $p>\dfrac{400}{7}$ ...... ⓔ

$a_7=a_5-a_6=(2p-100)-(7p-400)=-5p+300$

이므로

$a_7>0$에서 $-5p+300>0$, $p<60$ ...... ⓜ

ⓐ~ⓜ에서 $\dfrac{400}{7}<p<60$

이때 $57<\dfrac{400}{7}<58$이므로 자연수 p의 값은

58 또는 59이다.

따라서

$p=58$일 때, $a_7=(-5)\times58+300=10$

$p=59$일 때, $a_7=(-5)\times59+300=5$

이므로 a_7의 값의 합은 $10+5=15$

[채점기준]

답안	배점	예상 소요 시간
$a_2=p$ (p는 자연수)라 하면 $a_{n+2}=\begin{cases}a_n-a_{n+1} \\ (n\text{이 홀수인 경우}) \\ 2a_{n+1}-a_n \\ (n\text{이 짝수인 경우})\end{cases}$ 에 의하여	1점	
$a_3=a_1-a_2=100-p$ 이므로 $a_3>0$에서 $100-p>0$, $p<100$ ...... ⓐ $a_4=2a_3-a_2$ $=2(100-p)-p$ $=200-3p$이므로 $a_4>0$에서 $200-3p>0$, $p<\dfrac{200}{3}$ ...... ⓛ $a_5=a_3-a_4$ $=(100-p)-(200-3p)$ $=2p-100$ 이므로 $a_5>0$에서 $2p-100>0$, $p>50$ ...... ⓒ	5점	5분 / 전체 60분

답안	배점	예상 소요 시간
$a_6=2a_5-a_4$ $=2(2p-100)-(200-3p)$ $=7p-400$ 이므로 $a_6>0$에서 $7p-400>0$, $p>\dfrac{400}{7}$ ...... ⓔ $a_7=a_5-a_6$ $=(2p-100)-(7p-400)$ $=-5p+300$ 이므로 $a_7>0$에서 $-5p+300>0$, $p<60$ ...... ⓜ		5분 / 전체 60분
ⓐ~ⓜ에서 $\dfrac{400}{7}<p<60$ 이때 $57<\dfrac{400}{7}<58$이므로 자연수 p의 값은 58 또는 59 이다.	2점	
따라서 $p=58$일 때, $a_7=(-5)\times58+300=10$ $p=59$일 때, $a_7=(-5)\times59+300=5$ 이므로 a_7의 값의 합은 $10+5=15$	2점	

04 [모범답안]

$v(t)+ta(t)=4t^3-3t^2-4t$에 $t=0$을 대입하면

$v(0)=0$ ...... ⓐ

조건 (가)와 ⓐ에 의하여

$v(t)=pt^3+qt^2+rt$ (p, q, r은 상수, $p\neq0$)이라 하면

$a(t)=3pt^2+2qt+r$

$v(t)+ta(t)=pt^3+qt^2+rt+t(3pt^2+2qt+r)$

$=4pt^3+3qt^2+2rt$

$4pt^3+3qt^2+2rt=4t^3-3t^2-4t$에서

$p=1$, $q=-1$, $r=-2$이므로

$v(t)=t^3-t^2-2t=t(t+1)(t-2)$

함수 $y=v(t)$의 그래프는 그림과 같다.

PART 1 기출문제

PART 2 실전모의고사

PART 3 정답 및 해설

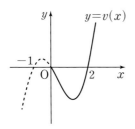

시각 $t=0$에서 $t=3$까지 점 P가 움직인 거리는

$$\int_0^3 |v(t)|\,dt$$
$$=\int_0^3 |t(t+1)(t-2)|\,dt$$
$$=\int_0^2 \{-t(t+1)(t-2)\}\,dt+\int_2^3 t(t+1)(t-2)\,dt$$
$$=\int_0^2 (-t^3+t^2+2t)\,dt+\int_2^3 (t^3-t^2-2t)\,dt$$
$$=\left[-\frac{t^4}{4}+\frac{t^3}{3}+t^2\right]_0^2+\left[\frac{t^4}{4}-\frac{t^3}{3}-t^2\right]_2^3$$
$$=\left(-4+\frac{8}{3}+4\right)-0+\left(\frac{81}{4}-9-9\right)-\left(4-\frac{8}{3}-4\right)$$
$$=\frac{91}{12}$$

[채점기준]

답안	배점	예상 소요 시간
$v(t)+ta(t)$ $=4t^3-3t^2-4t$에 $t=0$ 을 대입하면 $v(0)=0$ ······ ㉠	1점	
조건 (가)와 ㉠에 의하여 $v(t)=pt^3+qt^2+rt$ (p,q,r은 상수, $p\neq 0$) 이라 하면 $a(t)=3pt^2+2qt+r$ $v(t)+ta(t)$ $=pt^3+qt^2+rt$ $\quad\quad +t(3pt^2+2qt+r)$ $=4pt^3+3qt^2+2rt$	3점	4분 / 전체 60분
$4pt^3+3qt^2+2rt$ $=4t^3-3t^2-4t$에서 $p=1,q=-1,r=-2$ 이므로 $v(t)=t^3-t^2-2t$ $\quad\quad =t(t+1)(t-2)$	3점	

답안	배점	예상 소요 시간
시각 $t=0$에서 $t=3$까지 점 P가 움직인 거리는 $\int_0^3 |v(t)|\,dt$ $=\int_0^3 |t(t+1)(t-2)|\,dt$ $=\int_0^2 \{-t(t+1)(t-2)\}\,dt$ $\quad\quad +\int_2^3 t(t+1)(t-2)\,dt$ $=\int_0^2 (-t^3+t^2+2t)\,dt$ $\quad\quad +\int_2^3 (t^3-t^2-2t)\,dt$ $=\left[-\frac{t^4}{4}+\frac{t^3}{3}+t^2\right]_0^2$ $\quad\quad +\left[\frac{t^4}{4}-\frac{t^3}{3}-t^2\right]_2^3$ $=\left(-4+\frac{8}{3}+4\right)-0$ $\quad\quad +\left(\frac{81}{4}-9-9\right)$ $\quad\quad -\left(4-\frac{8}{3}-4\right)$ $=\frac{91}{12}$	3점	

제2회 실전모의고사

국어

01 [모범답안]

ⓐ 타인 지향적

ⓑ 자율형

[바른해설]

제시문에서 미국의 사회학자 데이비드 리스먼은 현대 사회로 접어들면서 나타난 ⓐ'타인 지향적' 성격의 사회에서는 사람들이 타인의 시선, 평가에 끊임없이 주의를 기울이면서 불안에 의해 영향을 받는다고 설명하였다. 그러면서 그는 현대인들이 개인적 자율성을 상실하고 있다고 지적하고, 타인 지향적 사회의 모순을 극복하기 위해서는 ⓑ'자율형' 인간이 되어야 한다고 강조하였다.

[채점기준]

답안	배점	예상 소요 시간
ⓐ 타인 지향적	5점	4분 / 전체 60분
ⓑ 자율형	5점	

02 [모범답안]

고독한 개인으로 변한 동시에 거대한 군중이 되었다.

[바른해설]

2문단에 따르면 미국의 사회학자 데이비드 리스먼은 대중 사회의 이중성을 '미국인은 철저하게 고립된 고독한 개인으로 변한 동시에 유사한 생활 방식과 개성을 상실한 가치관을 추구하는 거대한 군중이 되었다'고 분석하였다. 따라서 이것의 핵심 내용을 정리하면 '고독한 개인으로 변한 동시에 거대한 군중이 되었다.'고 한 문장으로 제시할 수 있다.

[채점기준]

답안	배점	예상 소요 시간
고독한 개인으로 변한 동시에 거대한 군중이 되었다.	10점	5분 / 전체 60분

03 [모범답안]

진실을 조작하고 왜곡하는 집단의 행태

[바른해설]

이 작품은 우 하사를 영웅화하려는 집단적 시도에서 벗어난 신 하사의 행동을 통해 거짓과 진실의 의미를 묻고 있다. 즉, 작가는 신 하사를 통해 '진실을 조작하고 왜곡하는 집단의 행태'를 고발하고 있다.

[채점기준]

답안	배점	예상 소요 시간
진실을 조작하고 왜곡하는 집단의 행태	10점	4분 / 전체 60분

04 [모범답안]

우리는, 나갔다

[바른해설]

[A]의 마지막 문장인 '우리는 ～ 나갔다.'에서 부대원들이 모두 합심해서 하나의 미담, 즉 우 하사의 영웅담을 조작하는 데 동참했다는 것은 부대원들 모두가 집단 내에서 추진된 특정 의견에 휩쓸리게 된 것을 보여 주는 것으로, ⓐ의 '집단 극화'의 결과물이라고 할 수 있다.

[채점기준]

답안	배점	예상 소요 시간
우리는	5점	2분 / 전체 60분
나갔다	5점	

수학

01 [모범답안]

$$\sum_{n=1}^{4} (a_n+b_n)=24 \qquad \cdots\cdots \ \text{㉠}$$

$$\sum_{n=1}^{4} (a_n-b_n)=16 \qquad \cdots\cdots \ \text{㉡}$$

㉠+㉡을 하면

$$\sum_{n=1}^{4} \{(a_n+b_n)+(a_n-b_n)\}=\sum_{n=1}^{4} 2a_n=40$$이므로

$$\sum_{n=1}^{4} a_n=20$$

㉠-㉡을 하면

$$\sum_{n=1}^{4} \{(a_n+b_n)-(a_n-b_n)\}=\sum_{n=1}^{4} 2b_n=8$$이므로

$$\sum_{n=1}^{4} b_n=4$$

따라서 $\sum_{n=1}^{4} (2a_n-b_n)=2\times\sum_{n=1}^{4} a_n-\sum_{n=1}^{4} b_n$

$=2\times 20-4=36$

[채점기준]

답안	배점	예상 소요 시간
$\sum_{n=1}^{4}(a_n+b_n)=24$ ...... ㉠ $\sum_{n=1}^{4}(a_n-b_n)=16$ ...... ㉡	1점	3분 / 전체 60분
㉠+㉡을 하면 $\sum_{n=1}^{4}\{(a_n+b_n)+(a_n-b_n)\}$ $=\sum_{n=1}^{4}2a_n=40$이므로 $\sum_{n=1}^{4}a_n=20$	3점	
㉠−㉡을 하면 $\sum_{n=1}^{4}\{(a_n+b_n)-(a_n-b_n)\}$ $=\sum_{n=1}^{4}2b_n=8$이므로 $\sum_{n=1}^{4}b_n=4$	3점	
따라서 $\sum_{n=1}^{4}(2a_n-b_n)$ $=2\times\sum_{n=1}^{4}a_n-\sum_{n=1}^{4}b_n$ $=2\times20-4=36$	3점	

02 [모범답안]

$g(x)=(x^2+x)f(x)$라 하면 함수 $g(x)$가 $x=1$에서 극소이고, 이때의 극솟값이 -6이므로

$g(1)=-6, g'(1)=0$

$g(1)=2f(1)=-6$에서 $f(1)=-3$

$g'(x)=(2x+1)f(x)+(x^2+x)f'(x)$이므로

$g'(1)=3f(1)+2f'(1)=0$에서

$3\times(-3)+2f'(1)=0$

따라서 $f'(1)=\dfrac{9}{2}$

[채점기준]

답안	배점	예상 소요 시간
$g(x)=(x^2+x)f(x)$라 하면 함수 $g(x)$가 $x=1$에서 극소이고, 이때의 극솟값이 -6이므로 $g(1)=-6, g'(1)=0$	3점	3분 / 전체 60분
$g(1)=2f(1)=-6$에서 $f(1)=-3$	2점	

답안	배점	예상 소요 시간
$g'(x)=(2x+1)f(x)$ $\qquad+(x^2+x)f'(x)$ 이므로 $g'(1)=3f(1)+2f'(1)=0$ 에서 $3\times(-3)+2f'(1)=0$	3점	3분 / 전체 60분
따라서 $f'(1)=\dfrac{9}{2}$	2점	

03 [모범답안]

$f(x)=\displaystyle\int f'(x)dx=\int(3x^2+4x+1)dx$

$=x^3+2x^2+x+C$ (단, C는 적분상수)

$f(0)=1$에서 $C=1$

따라서 $f(x)=x^3+2x^2+x+1$이므로

$\dfrac{1}{2}\displaystyle\int_{-3}^{3}f(x)dx=\dfrac{1}{2}\int_{-3}^{3}(x^3+2x^2+x+1)dx$

$=\dfrac{1}{2}\displaystyle\int_{0}^{3}2(2x^2+1)dx=\int_{0}^{3}(2x^2+1)dx$

$=\left[\dfrac{2}{3}x^3+x\right]_{0}^{3}=18+3=21$

[채점기준]

답안	배점	예상 소요 시간
$f(x)=\displaystyle\int f'(x)dx$ $=\displaystyle\int(3x^2+4x+1)dx$ $=x^3+2x^2+x+C$ (단, C는 적분상수)	2점	4분 / 전체 60분
$f(0)=1$에서 $C=1$	2점	
따라서 $f(x)=x^3+2x^2+x+1$ 이므로	2점	
$\dfrac{1}{2}\displaystyle\int_{-3}^{3}f(x)dx$ $=\dfrac{1}{2}\displaystyle\int_{-3}^{3}(x^3+2x^2+x+1)dx$ $=\dfrac{1}{2}\displaystyle\int_{0}^{3}2(2x^2+1)dx$ $=\displaystyle\int_{0}^{3}(2x^2+1)dx$ $=\left[\dfrac{2}{3}x^3+x\right]_{0}^{3}=18+3$ $=21$	4점	

04 [모범답안]

$\angle PBQ = \theta \left(0 < \theta < \dfrac{\pi}{2} \right)$ 로 놓자.

호 AP의 원주각의 크기가 θ이므로

중심각의 크기는 2θ이다.

따라서 호 AP의 길이 l은 $l = 2 \times 2\theta = 4\theta$

또 $\overline{PB} = \overline{AB}\cos\theta = 4\cos\theta$이므로

부채꼴 BPQ의 넓이 S는

$S = \dfrac{1}{2} \times (4\cos\theta)^2 \times \theta = 8\theta\cos^2\theta$

$\dfrac{S}{l} = \dfrac{2}{9}$에서 $\dfrac{8\theta\cos^2\theta}{4\theta} = \dfrac{2}{9}$, $\cos^2\theta = \dfrac{1}{9}$

$0 < \theta < \dfrac{\pi}{2}$일 때 $\cos\theta > 0$이므로 $\cos\theta = \dfrac{1}{3}$

$\overline{PB} = 4\cos\theta = \dfrac{4}{3}$이므로 삼각형 ABP의 넓이는

$\dfrac{1}{2} \times \overline{PA} \times \overline{PB} = \dfrac{1}{2} \times \sqrt{4^2 - \left(\dfrac{4}{3}\right)^2} \times \dfrac{4}{3} = \dfrac{16\sqrt{2}}{9}$

[채점기준]

답안	배점	예상 소요 시간
$\angle PBQ = \theta \left(0 < \theta < \dfrac{\pi}{2} \right)$ 로 놓자. 호 AP의 원주각의 크기가 θ이므로 중심각의 크기는 2θ이다. 따라서 호 AP의 길이 l은 $l = 2 \times 2\theta = 4\theta$	2점	4분 / 전체 60분
또 $\overline{PB} = \overline{AB}\cos\theta = 4\cos\theta$ 이므로 부채꼴 BPQ의 넓이 S는 $S = \dfrac{1}{2} \times (4\cos\theta)^2 \times \theta$ $= 8\theta\cos^2\theta$	2점	
$\dfrac{S}{l} = \dfrac{2}{9}$에서 $\dfrac{8\theta\cos^2\theta}{4\theta} = \dfrac{2}{9}$, $\cos^2\theta = \dfrac{1}{9}$ $0 < \theta < \dfrac{\pi}{2}$일 때 $\cos\theta > 0$ 이므로 $\cos\theta = \dfrac{1}{3}$	3점	
$\overline{PB} = 4\cos\theta = \dfrac{4}{3}$이므로 삼각형 ABP의 넓이는 $\dfrac{1}{2} \times \overline{PA} \times \overline{PB}$ $= \dfrac{1}{2} \times \sqrt{4^2 - \left(\dfrac{4}{3}\right)^2} \times \dfrac{4}{3}$ $= \dfrac{16\sqrt{2}}{9}$	3점	

제3회 실전모의고사

국어

01 [모범답안]
ⓐ 높다 / ⓑ 많다
ⓒ 짧다 / ⓓ 크다
ⓔ 강하다

[바른해설]
제시문에 따르면 밀리미터파는 주파수가 매우 높다. 주파수가 높으면 진동 횟수가 많아 전파의 파장이 짧다. 파장이 짧아질수록 전파의 직진성은 커지며, 전파의 직진성이 커지면 장애물에 부딪쳤을 때 반사되어 나가려는 성질이 강해진다.

[채점기준]

답안	배점	예상 소요 시간
ⓐ 높다	2점	
ⓑ 많다	2점	
ⓒ 짧다	2점	5분 / 전체 60분
ⓓ 크다	2점	
ⓔ 강하다	2점	

02 [모범답안]
에너지 감쇠율

[바른해설]
비가 오거나 안개 긴 날이면 전자파 신호가 산소 분자가 있는 매질을 통과할 때 일부 신호가 산소에 흡수되어 열로 변해 사라지고 나머지 전자파만 목적지에 도달하여 통신 성능이 떨어지게 된다. 이것은 파장이 짧아 진동수가 많은 전파일수록 공기 중의 산소나 수증기 등에 부딪히면서 '에너지 감쇠율'이 높아지기 때문이다.

[채점기준]

답안	배점	예상 소요 시간
에너지 감쇠율	10점	5분 / 전체 60분

[03~04]

갈래	자유시, 서정시		
성격	반성적, 저항적		
제재	일본에서의 유학 생활과 시가 쉽게 쓰이는 것에 대한 부끄러움	특징	• 밝음과 어둠의 이미지를 대립시켜 부정적 현실과 극복 의지를 드러냄 • 현실적 자아와 내면적 자아의 대립과 화해를 통해 시상을 전개함
주제	어두운 현실을 살아가는 지식인의 자기 성찰과 현실 극복 의지		

03 [모범답안]
ⓐ 반성적 자기 성찰과 부끄러움
ⓑ 미래에 대한 희망과 현실 극복 의지

[바른해설]
ⓐ 5~7연에서는 무기력하고 소극적인 삶에 대한 '반성적 자기 성찰'과 일제 강점기의 암담한 현실 속에서도 시가 쉽게 씌어지는 것에 대한 '부끄러움'을 드러내고 있다.
ⓑ 8~10연에서는 조국의 광복이라는 '미래에 대한 희망'과 내면적 자아와 현실적 자아의 화해를 통한 '현실 극복 의지'를 드러내고 있다.

[채점기준]

답안	배점	예상 소요 시간
ⓐ 반성적 자기 성찰과 부끄러움	5점	4분 / 전체 60분
ⓑ 미래에 대한 희망과 현실 극복 의지	5점	

04 [모범답안]
㉠ 내면적 자아 / ㉡ 현실적 자아

[바른해설]
위 작품의 마지막 10연에서 ㉠의 '나'는 '내면적 자아'를, ㉡의 '나'는 '현실적 자아'를 나타낸다. 위 작품은 화자가 자아 성찰을 통해 무기력한 삶을 반성하고 현실을 극복하려는 의지와 희망적인 미래에 대한 확신을 드러낸다. 이 과정에서 현실에 안주하고 있는 '현실적 자아'와 자아 성찰을 통해 성숙한 '내면적 자아' 사이의 갈등은 해소되고 두 자아는 화해를 이루게 된다.

[채점기준]

답안	배점	예상 소요 시간
㉠ 내면적 자아	5점	2분 / 전체 60분
㉡ 현실적 자아	5점	

수학

01 [모범답안]

함수 $f(x) = -2x^3 + x^2 + ax + 4$에서 양변을 x에 대해 미분하면,

$f'(x) = -6x^2 + 2x + a$

함수 $f(x)$의 최고차항의 계수는 음수이므로 실수 전체의 집합에서 감소해야만 역함수를 가질 수 있다.

즉, 모든 실수 x에 대하여 $f'(x) \leq 0$의 조건을 만족시켜야 하므로,

이차방정식 $-6x^2 + 2x + a = 0$의 판별식 D라 하면 $D \leq 0$이다.

$\therefore \dfrac{D}{4} = 1^2 + 6a = 1 + 6a \leq 0,\ a \leq -\dfrac{1}{6}$

따라서 $f'(0)$의 최댓값은 $m = -\dfrac{1}{6}$이므로

$\therefore -6m = 1$

[채점기준]

답안	배점	예상 소요 시간
함수 $f(x) = -2x^3 + x^2 + ax + 4$의 양변을 미분한 값은 $f'(x) = -6x^2 + 2x + a$	2점	5분 / 전체 60분
함수 $f(x)$의 최고차항의 계수는 음수이므로 실수 전체의 집합에서 감소해야만 역함수를 가질 수 있다. 따라서 $f'(x) \leq 0$의 조건을 만족시켜야 하므로 이차방정식 $-6x^2 + 2x + a = 0$의 판별식은 $D \leq 0$ $\therefore a \leq -\dfrac{1}{6}$	4점	
$f'(0) = a \leq -\dfrac{1}{6}$	2점	
$f'(0)$의 최댓값은 $m = -\dfrac{1}{6}$이므로 $\therefore -6m = 1$	2점	

02 [모범답안]

$x \neq 2$일 때,

$f(x) = \dfrac{(x^2 - 4)(x - a)}{(x - 2)} = \dfrac{(x - 2)(x + 2)(x - a)}{(x - 2)}$

$\qquad = (x + 2)(x - a)$

이때, 함수 $f(x)$는 실수 전체의 집합에서 연속이므로

$\lim_{x \to 2} f(x) = \lim_{x \to 2} (x + 2)(x - a) = 4(2 - a)$

이때 $f(2) = 4$이므로 $4(2 - a) = 4,\ 2 - a = 1$

$\therefore a = 1$

[채점기준]

답안	배점	예상 소요 시간
$(x - 2)f(x) = (x^2 - 4)$ $(x - a)$에서 $(x - 2)$의 값을 넘겨 식을 정리하면 $f(x) = (x + 2)(x - a)$	3점	5분 / 전체 60분
함수 $f(x)$는 실수 전체의 집합에서 연속이므로 $\lim_{x \to 2} f(x)$ $= \lim_{x \to 2} (x + 2)(x - a)$ $= 4(2 - a)$	3점	
$f(2) = 4$이므로 $4(2 - a) = 4$	2점	
$\therefore a = 1$	2점	

03 [모범답안]

$\dfrac{S_{n+1}}{S_n} = \dfrac{1}{7},\ S_{n+1} = \dfrac{1}{7} \times S_n$이므로

S_n은 공비가 $\dfrac{1}{7}$인 등비수열이다.

이때, $S_1 = a_1 = 1$이므로

$\therefore S_n = \left(\dfrac{1}{7}\right)^{n-1}$

한편,

$a_{20} = S_{20} - S_{19} = \left(\dfrac{1}{7}\right)^{20-1} - \left(\dfrac{1}{7}\right)^{19-1} = \left(\dfrac{1}{7}\right)^{19} - \left(\dfrac{1}{7}\right)^{18}$

$\qquad = \left(\dfrac{1}{7}\right)^{19}(1 - 7) = -6 \times \left(\dfrac{1}{7}\right)^{19}$이므로

$\therefore \left(-\dfrac{a_{20}}{6}\right) = \left(\dfrac{1}{7}\right)^{19}$

따라서 $\log_{\frac{1}{7}}\left(-\dfrac{a_{20}}{6}\right) = \log_{\frac{1}{7}}\left(\dfrac{1}{7}\right)^{19} = 19$

[채점기준]

답안	배점	예상 소요 시간
$S_{n+1}=\dfrac{1}{7}\times S_n$이므로 S_n은 공비가 $\dfrac{1}{7}$인 등비수열 $\therefore S_n=\left(\dfrac{1}{7}\right)^{n-1}$	4점	4분 / 전체 60분
$a_{20}=S_{20}-S_{19}$ $=-6\times\left(\dfrac{1}{7}\right)^{19}$ $\therefore \left(-\dfrac{a_{20}}{6}\right)=\left(\dfrac{1}{7}\right)^{19}$	3점	
$\log_{\frac{1}{7}}\left(-\dfrac{a_{20}}{6}\right)$ $=\log_{\frac{1}{7}}\left(\dfrac{1}{7}\right)^{19}=19$	3점	

04 [모범답안]

$f(x)=x^2+ax+b$에서 $f'(x)=2x+a$이므로

$f(x)f'(x)=(x^2+ax+b)(2x+a)$

$=2x^3+3ax^2+(a^2+2b)x+ab$

$\displaystyle\int_{-1}^{1}f(x)f'(x)dx$

$=\displaystyle\int_{-1}^{1}\{2x^3+3ax^2+(a^2+2b)x+ab\}dx$

$=2\displaystyle\int_{0}^{1}(3ax^2+ab)dx=2[ax^3+abx]_0^1$

$=2(a+ab)=2a(1+b)=0$에서

$a\neq0$이므로 $b=-1$이고, $f(x)=x^2+ax-1$

$\displaystyle\int_{-3}^{3}\{f(x)+f'(x)\}dx$

$=\displaystyle\int_{-3}^{3}\{(x^2+ax-1)+(2x+a)\}dx$

$=\displaystyle\int_{-3}^{3}\{x^2+(a+2)x+(a-1)\}dx$

$=2\displaystyle\int_{0}^{3}\{x^2+(a-1)\}dx$

$=2\left[\dfrac{1}{3}x^3+(a-1)x\right]_0^3$

$=2(9+3a-3)=6(a+2)=0$에서 $a=-2$

따라서 $f(x)=x^2-2x-1$이므로

$f(-1)=1+2-1=2$

[채점기준]

답안	배점	예상 소요 시간
$f(x)=x^2+ax+b$에서 $f'(x)=2x+a$이므로 $f(x)f'(x)$ $=(x^2+ax+b)(2x+a)$ $=2x^3+3ax^2$ $\qquad+(a^2+2b)x+ab$	2점	4분 / 전체 60분
$\displaystyle\int_{-1}^{1}f(x)f'(x)dx$ $=\displaystyle\int_{-1}^{1}\{2x^3+3ax^2$ $\qquad+(a^2+2b)x+ab\}dx$ $=2\displaystyle\int_{0}^{1}(3ax^2+ab)dx$ $=2[ax^3+abx]_0^1$ $=2(a+ab)$ $=2a(1+b)=0$에서 $a\neq0$이므로 $b=-1$이고, $f(x)=x^2+ax-1$	3점	
$\displaystyle\int_{-3}^{3}\{f(x)+f'(x)\}dx$ $=\displaystyle\int_{-3}^{3}\{(x^2+ax-1)$ $\qquad+(2x+a)\}dx$ $=\displaystyle\int_{-3}^{3}\{x^2+(a+2)x$ $\qquad+(a-1)\}dx$ $=2\displaystyle\int_{0}^{3}\{x^2+(a-1)\}dx$ $=2\left[\dfrac{1}{3}x^3+(a-1)x\right]_0^3$ $=2(9+3a-3)$ $=6(a+2)=0$에서 $a=-2$	3점	
따라서 $f(x)=x^2-2x-1$ 이므로 $f(-1)=1+2-1=2$	2점	

제4회 실전모의고사

국어

01 [모범답안]

ⓐ 공적 영역과 사적 영역의 관계
ⓑ 고대 그리스 사회와 중세 사회의 관점
ⓒ 근대 자유주의자들의 관점
ⓓ 대립적 관계와 정당성 문제

[바른해설]

ⓐ 제시문의 첫 번째 문단에서 공공성 논의의 기본 초점이 되는 공공성 담론은 '공적 영역과 사적 영역의 관계'에 따라 그 위상이 달라진다고 서술하고 있다.

ⓑ 제시문의 두 번째 문단에서는 공적 영역과 사적 영역의 관계를 '고대 그리스 사회와 중세 사회의 관점'에 따라 서술하고 있다. 고대 그리스 사회에서는 공적 영역과 사적 영역이 엄밀하게 분리되고 공적 영역이 사적 영역보다 상대적으로 우월한 지위를 가진 것으로 여겨졌으며 이러한 인식은 중세 사회까지 이어졌다.

ⓒ 제시문의 세 번째 문단에서는 공적 영역과 사적 영역의 관계를 '근대 자유주의자들의 관점'에서 서술하고 있다. 개인의 자유와 권리를 강조하는 근대 자유주의자들은 공적 영역에 의한 사적 영역의 침범을 경계하였고, 개인의 자유와 권리 강화를 외치며 공적 영역의 역할을 최소화하는 것이 바람직하다고 보았다.

ⓓ 제시문의 네 번째 문단에서는 공적 영역과 사적 영역의 '대립적 관계와 정당성 문제'에 대해 서술하고 있다. 공적 영역과 사적 영역의 대립적 관계의 근저에는 정당성의 문제가 있으며, 이러한 대립적 관계가 공적 영역과 사적 영역의 성격 및 범위에 영향을 끼쳐 사회나 시대에 따라 공공성의 위상이 다르게 평가되어 온 것이라고 설명하고 있다.

[채점기준]

답안	배점	예상 소요 시간
ⓐ 공적 영역과 사적 영역의 관계	3점	5분 / 전체 60분
ⓑ 고대 그리스 사회와 중세 사회의 관점	2점	
ⓒ 근대 자유주의자들의 관점	2점	
ⓓ 대립적 관계와 정당성 문제	3점	

02 [모범답안]

공적 영역의 역할을 최소화하는 것이 바람직하다고 보았다.

[바른해설]

고대 그리스 사회에서는 공적 영역이 사적 영역보다 상대적으로 우월한 지위를 가졌으며 정당화된 영역으로 여겨졌다. 반면에 근대 자유주의자들은 공적 영역에 의한 사적 영역의 침범을 경계하였고, 공적 영역의 역할을 최소화하는 것이 바람직하다고 보았다.

[채점기준]

답안	배점	예상 소요 시간
공적 영역의 역할을 최소화하는 것이 바람직하다고 보았다.	10점	5분 / 전체 60분

[03~04]

갈래	송사소설, 가문소설, 영웅소설			• 송사(訟事)를 모티브로 함
성격	전기적, 비현실적, 영웅적		특징	• 당대의 사회 상황이나 생활상, 가치관 등을 재판이라는 틀을 바탕으로 효과적으로 드러냄
시점	전지적 작가 시점			• 전기적 요소가 배제되어 있으며 사건과 인물에서 현실감을 느낄 수 있음
주제	부인의 지조와 절개를 통한 남편의 진위 확인			

03 [모범답안]

참깨만 한 푸른 점

[바른해설]

위의 작품에서 어사가 "여아는 어찌 가부의 진가를 알았느뇨?"라는 질문에 이 씨가 "가부의 앞니에는 참깨만 한 푸른 점이 있사오매 이로써 안 것이요, 다른 데는 저놈과 추호도 차이가 없도소이다."라고 말한 대목에서 이씨가 진짜 선옥과 가짜 선옥을 구별할 수 있었던 결정적 단서는 '참깨만 한 푸른 점'이었음을 알 수 있다.

[채점기준]

답안	배점	예상 소요 시간
참깨만 한 푸른 점	10점	5분 / 전체 60분

04 [모범답안]

시비 옥란

[바른해설]

위 작품의 주인공인 선옥이 집을 나가게 된 이유는 이 씨 부인의 처소에 갔을 때 그녀가 '어떤 의관한 남자'와 더불어 기롱하는 그림자를 보았기 때문이다. 그러나 그것은 사소한 오해였으며, '어떤 의관한 남자'는 '시비 옥란'이 임이 밝혀진다.

[채점기준]

답안	배점	예상 소요 시간
시비 옥란	10점	5분 / 전체 60분

수학

01 [모범답안]

$3^p \times 5^{-q}=1$에서 $3^p=5^q=k(k>0)$이라 하면,

$3=k^{\frac{1}{p}}, 5=k^{\frac{1}{q}}$

$\frac{1}{p}+\frac{1}{q}=2$이므로 $3 \times 5=k^{\frac{1}{p}} \times k^{\frac{1}{q}}=k^{\left(\frac{1}{p}+\frac{1}{q}\right)}=k^2=15$

따라서 $k=\sqrt{15}$

$\therefore \frac{5^{4q}}{3^{2p}}=\frac{k^4}{k^2}=k^2=(\sqrt{15})^2=15$

[채점기준]

답안	배점	예상 소요 시간
$3^p=5^q=k(k>0)$ (단, k 이외의 다른 미지수를 설정한 경우에도 배점처리)	3점	
3×5 $=k^{\frac{1}{p}} \times k^{\frac{1}{q}}=k^{\left(\frac{1}{p}+\frac{1}{q}\right)}$ $=k^2=15$	3점	3분 / 전체 60분
$\therefore k=\sqrt{15}$	2점	
$\frac{5^{4q}}{3^{2p}}=\frac{k^4}{k^2}=k^2$ $=(\sqrt{15})^2=15$	2점	

02 [모범답안]

x에 관한 이차방정식 $x^2-7ax-5a^2=0$에서 근과 계수의 관계에 의해

$\sin\theta+\cos\theta=7a, \sin\theta\cos\theta=-5a^2$

이때

$\sin\theta+\cos\theta=7a$의 양변을 제곱하면

$\sin^2\theta+\cos^2\theta+2\sin\theta\cos\theta=49a^2$

이때, $\sin^2\theta+\cos^2\theta=1$이므로

$1-10a^2=49a^2$

$\therefore 59a^2=1$

[채점기준]

답안	배점	예상 소요 시간
$x^2-7ax-5a^2=0$에서 근과 계수의 관계를 이용하면, $\sin\theta+\cos\theta=7a,$ $\sin\theta\cos\theta=-5a^2$	3점	
$\sin\theta+\cos\theta=7a$의 양변을 제곱하면 $\sin^2\theta+\cos^2\theta+2\sin\theta\cos\theta$ $=49a^2$	3점	3분 / 전체 60분
$\sin^2\theta+\cos^2\theta=1,$ $\sin\theta\cos\theta=-5a^2$을 이용하여 식 정리 $1-10a^2=49a^2$	2점	
$\therefore 59a^2=1$	2점	

03 [모범답안]

$f(x)$는 y축에 대칭인 함수이므로 $\int_{-a}^{a} f(x)dx=2\int_{0}^{a} f(x)dx,$

$\int_{-b}^{-a} f(x)dx=\int_{a}^{b} f(x)dx$가 성립한다.

$\int_{-1}^{2} f(x)dx=5$에서

$\int_{-1}^{2} f(x)dx=\int_{-1}^{1} f(x)dx+\int_{1}^{2} f(x)dx$

$\qquad =2\int_{0}^{1} f(x)dx+\int_{1}^{2} f(x)dx$

$\qquad =2+\int_{1}^{2} f(x)dx=5$

$\therefore \int_{1}^{2} f(x)dx=3$

[채점기준]

답안	배점	예상 소요 시간
조건(가)에서 함수 $f(x)$가 y축에 대칭인 함수임을 이용하여 함수 $\int_{-1}^{2} f(x)dx=5$의 식을 정리할 수 있다.	3점	3분 / 전체 60분
$\int_{-1}^{2} f(x)dx$ $=2+\int_{1}^{2} f(x)dx=5$	4점	
$\therefore \int_{1}^{2} f(x)dx=3$	3점	

04 [모범답안]

등차수열 $\{a_n\}$의 공차를 d라 하자.

조건 (가)에서 등차수열 $\{a_n\}$의 모든 항이 정수이므로,

a_1, d의 값도 모두 정수이다.

조건 (나)에서 $|a_4|-a_3=0$이므로

$|a_1+3d|=a_1+2d$ ······ ㉠

(i) $a_1 \geq -3d$일 때

㉠에서 $a_1+3d=a_1+2d$, $d=0$

이때 $a_n=a_1 \geq 0$이 되어 조건 $a_{10}<0$을 만족시키지 않는다.

(ii) $a_1 < -3d$일 때

㉠에서 $-(a_1+3d)=a_1+2d$, $a_1=-\dfrac{5d}{2}$

a_1의 값은 정수이므로 $d=2d'$ (d'은 정수)로 놓으면

$a_1=-5d'$

$-5d'<-3d$, 즉 $-5d'<-6d'$에서 $d'<0$

즉, d'의 값은 음의 정수이므로 $d'\leq -1$

이때 $a_{10}=a_1+9d=13d'<0$이므로 조건을 만족시킨다.

따라서 $a_3=a_1+2d=-5d'+4d'=-d'\geq 1$이므로

a_3의 최솟값은 1이다.

[채점기준]

답안	배점	예상 소요 시간
등차수열 $\{a_n\}$의 공차를 d라 하자. 조건 (가)에서 등차수열 $\{a_n\}$의 모든 항이 정수이므로, a_1, d의 값도 모두 정수이다. 조건 (나)에서 $|a_4|-a_3=0$이므로 $|a_1+3d|=a_1+2d$ ······ ㉠	2점	4분 / 전체 60분
(i) $a_1 \geq -3d$일 때 ㉠에서 $a_1+3d=a_1+2d$, $d=0$ 이때 $a_n=a_1 \geq 0$이 되어 조건 $a_{10}<0$을 만족시키지 않는다.	3점	4분 / 전체 60분
(ii) $a_1 < -3d$일 때 ㉠에서 $-(a_1+3d)=a_1+2d$, $a_1=-\dfrac{5d}{2}$ a_1의 값은 정수이므로 $d=2d'$ (d'은 정수)로 놓으면 $a_1=-5d'$ $-5d'<-3d$, 즉 $-5d'<-6d'$에서 $d'<0$ 즉, d'의 값은 음의 정수이므로 $d'\leq -1$ 이때 $a_{10}=a_1+9d=13d'<0$이므로 조건을 만족시킨다.	3점	
따라서 $a_3=a_1+2d$ $=-5d'+4d'$ $=-d'\geq 1$이므로 a_3의 최솟값은 1이다.	2점	

제5회 실전모의고사

국어

01 [모범답안]

(나) 수소가 공명하는 원리

(다) 자기 공명 영상 장치의 사용 목적과 원리

(라) 핵자기 공명 분광법의 사용 목적과 원리

(마) 스펙트럼을 통해 시료의 구조를 알아내는 사례

[바른해설]

(나) 단락의 서두에서 '수소가 공명하는 원리는 다음과 같다'고 설명하며 수소가 공명하는 원리에 대해 서술하고 있다.

(다) 단락에서 핵자기 공명은 의학 분야에서 인체 내의 조직을 관찰하기 위해 '자기 공명 영상 장치(MRI)'에 사용되고 있다고 설명하며 자기 공명 영상 장치의 사용 목적과 원리에 대해 서술하고 있다.

(라) 단락에서 핵자기 공명은 화학 분야에서 화합물의 결합 구조를 알아내기 위해 '핵자기 공명 분광법(NMR 분광법)'에 사용되고 있다고 설명하며 핵자기 공명 분광법의 사용 목적과 원리에 대해 서술하고 있다.

(마) 단락에서는 매톡시아세토나이트릴(CH_3OCH_2CN) 스펙트럼을 통해 시료의 구조를 알아내는 사례에 대해 서술하고 있다.

[채점기준]

답안	배점	예상 소요 시간
(나) 수소가 공명하는 원리	2점	
(다) 자기 공명 영상 장치의 사용 목적과 원리	3점	
(라) 핵자기 공명 분광법의 사용 목적과 원리	2점	5분 / 전체 60분
(마) 스펙트럼을 통해 시료의 구조를 알아내는 사례	3점	

02 [모범답안]

ⓐ 지방의 비율이 높을수록 신호 강도가 높게 나타나기 때문이다.

ⓑ 물의 비율이 높을수록 신호 강도가 높게 나타나기 때문이다.

[바른해설]

ⓐ T1 강조 영상에서는 지방의 비율이 높을수록 신호 강도가 높게 나타나므로, 지방의 비율이 가장 높은 세포 조직인 R가 가장 하얗게 나타난다.

ⓑ T2 강조 영상에서는 물의 비율이 높을수록 신호 강도가 높게 나타나므로, 물의 비율이 가장 높은 세포 조직인 종양이 가장 하얗게 나타난다.

[채점기준]

답안	배점	예상 소요 시간
ⓐ 지방의 비율이 높을수록 신호 강도가 높게 나타나기 때문이다.	5점	
ⓑ 물의 비율이 높을수록 신호 강도가 높게 나타나기 때문이다.	5점	5분 / 전체 60분

[03~04]

(가) 어느 행상인의 아내, 『정읍사』

갈래	고대 가요, 망부가	특징	• 현존하는 유일한 백제 가요
성격	서정적, 여성적, 기원적, 민요적		• 운율을 맞추기 위해 조흥구와 후렴구를 삽입
			• 여성 화자의 기다림과 간절함이 잘 드러남
주제	남편의 무사 귀환을 바라는 마음		• 자연물에 위탁하여 남편의 안녕을 기원함

(나) 작자 미상, 『가시리』

갈래	고려 가요	특징	• 화자의 정서 변화에 따라 시상 전개
성격	서정적, 애상적, 여성적		• 우리 민족의 전통적 정서인 '이별의 정한'을 잘 나타냄
주제	이별의 슬픔		• 시구를 반복하여 화자의 정서를 강조함

(다) 김정희, 『배소만처상』

갈래	한시	특징	• 지극한 슬픔을 절제된 언어를 통해 담담하게 표현 • 죽은 아내로 인한 슬픔을 표현하는 대표적인 '도망시(悼亡詩)'임
성격	애상적		
주제	아내와 사별한 슬픔		

03 [모범답안]
ⓐ 화자가 남편을 마중하는 길이 저물 것을 염려한다.
ⓑ 남편이 행상을 다니는 길이 저물 것을 염려한다.

[바른해설]
ⓐ 작품 (가)에서 ㉠의 발화 주체를 '화자'로 본다면, 화자가 남편을 마중하는 길이 저물 것을 염려하는 심정을 표현한 것으로 이해할 수 있다.
ⓑ 작품 (가)에서 ㉠의 발화 주체를 '남편'으로 본다면, 남편의 말을 인용하여 남편이 행상을 다니는 길이 저물 것을 염려하는 심정을 표현한 것으로 이해할 수 있다.

[채점기준]

답안	배점	예상 소요 시간
ⓐ 화자가 남편을 마중하는 길이 저물 것을 염려한다.	5점	4분 / 전체 60분
ⓑ 남편이 행상을 다니는 길이 저물 것을 염려한다.	5점	

04 [모범답안]
위 증즐가 대평성디

[바른해설]
작품 (나)의 후렴구인 '위 증즐가 대평성디'는 임과의 이별의 슬픔을 노래한 (나)의 의미나 비극적 분위기와는 다르게 태평성대를 기원하는 내용이다. 이는 후렴구에 대한 〈보기〉의 설명 중 '해당 작품이 구전되다가 궁중의 악곡으로 수용되었다고 추정되기도 한다.'는 내용을 반영한 것이라 볼 수 있다.

[채점기준]

답안	배점	예상 소요 시간
위 증즐가 대평성디	10점	2분 / 전체 60분

수학

01 [모범답안]

$x-y=1$에서 $y=x-1$ ...... ㉠

㉠을 $3^x+3^{y+3}=60$에 대입하면

$3^x+3^{x+2}=60$, $3^x+9\times3^x=10\times3^x=60$

$\therefore 3^x=6$

따라서 $x=\log_3 6$, $y=\log_3 2$

이때, $x=\alpha$, $y=\beta$이므로 $\alpha=\log_3 6$, $\beta=\log_3 2$

$\alpha+\beta=\log_3 12$

$3^{\alpha+\beta}=3^{\log_3 12}=12$

[채점기준]

답안	배점	예상 소요 시간
$x-y=1$, $3^x+3^{y+3}=60$의 두 식을 연립하면 $\therefore 3^x=6$	3점	3분 / 전체 60분
$x=\log_3 6$, $y=\log_3 2$이므로 $\alpha=\log_3 6$, $\beta=\log_3 2$	3점	
$\alpha+\beta=\log_3 12$이므로 $3^{\alpha+\beta}=12$	4점	

02 [모범답안]

코사인법칙에 의해

$$\cos A=\frac{b^2+c^2-a^2}{2bc}=\frac{3^2+4^2-2^2}{2\times3\times4}=\frac{21}{24}=\frac{7}{8}$$

한편, $\sin^2 A+\cos^2 A=1$이므로

$$\sin^2 A=1-\cos^2 A=1-\frac{49}{64}=\frac{15}{64}$$

$$\therefore \sin A=\sqrt{\frac{15}{64}}=\frac{\sqrt{15}}{8}$$

따라서 ΔABC의 넓이는

$$S=\frac{1}{2}\times b\times c\times \sin A=\frac{1}{2}\times3\times4\times\frac{\sqrt{15}}{8}=\frac{3\sqrt{15}}{4}$$

이므로

$$16S^2=16\times\left(\frac{3\sqrt{15}}{4}\right)^2=16\times\frac{9\times15}{16}=135$$

[채점기준]

답안	배점	예상 소요 시간
코사인법칙에 의해 $\cos A=\frac{7}{8}$	3점	4분 / 전체 60분
$\sin^2 A+\cos^2 A=1$을 이용하여 $\sin A$의 값을 구하면 $\sin A=\frac{\sqrt{15}}{8}$	2점	

PART 1 기출문제

PART 2 실전모의고사

PART 3 정답 및 해설

답안	배점	예상 소요 시간
$\triangle ABC$의 넓이 S는 $S = \dfrac{3\sqrt{15}}{4}$	3점	4분 / 전체 60분
$16S^2 = 135$	2점	

03 [모범답안]

함수 $\{f(x)+1\}^2$이 실수 전체에서 연속이 되기 위해서는 $x=a$에서 연속이어야 한다.

$$\lim_{x \to a-} \{f(x)+1\}^2 = \lim_{x \to a-} (3x-1+1)^2 = (3a)^2$$

$$\lim_{x \to a+} \{f(x)+1\}^2 = \lim_{x \to a+} (x+5+1)^2 = (a+6)^2$$

$$\{f(a)+1\}^2 = (3a)^2 = (a+6)^2$$

$$\therefore (3a)^2 = (a+6)^2$$

따라서 $3a = a+6$ 또는 $3a = -(a+6)$이므로

$a = 3$ 또는 $a = -\dfrac{3}{2}$

$$M = 3 \times \left(-\dfrac{3}{2}\right) = -\dfrac{9}{2}$$

$$-2M = 9$$

[채점기준]

답안	배점	예상 소요 시간
함수 $\{f(x)+1\}^2$이 실수 전체에서 연속이 되기 위해서는 $x=a$에서 연속이어야 하므로 $\lim_{x \to a-} \{f(x)+1\}^2$ $= \lim_{x \to a-} (3x-1+1)^2$ $= (3a)^2$ $\lim_{x \to a+} \{f(x)+1\}^2$ $= \lim_{x \to a+} (x+5+1)^2$ $= (a+6)^2$	3점	5분 / 전체 60분
$\{f(a)+1\}^2 = (3a)^2$ $= (a+6)^2$ $\therefore (3a)^2 = (a+6)^2$	3점	
$3a = a+6$ 또는 $3a = -(a+6)$이므로 $a = 3$ 또는 $a = -\dfrac{3}{2}$	3점	
$M = 3 \times \left(-\dfrac{3}{2}\right) = -\dfrac{9}{2}$ $-2M = 9$	1점	

04 [모범답안]

$$xf(x) = 2x^3 + ax^2 + 3a + \int_1^x f(t)\,dt \qquad \cdots\cdots \text{㉠}$$

㉠의 양변에 $x=1$을 대입하면

$f(1) = 2 + a + 3a + 0$이므로

$$f(1) = 4a + 2 \qquad \cdots\cdots \text{㉡}$$

㉠의 양변에 $x=0$을 대입하면

$0 = 3a + \int_1^0 f(t)\,dt = 3a - \int_0^1 f(t)\,dt$이므로

$$\int_0^1 f(t)\,dt = 3a \qquad \cdots\cdots \text{㉢}$$

$f(1) = \int_0^1 f(t)\,dt$이므로 ㉡, ㉢에서 $4a+2 = 3a$

$a = -2$이고 $f(1) = -6$

㉠에 $a = -2$를 대입하고 양변을 x에 대하여 미분하면

$$f(x) + xf'(x) = 6x^2 - 4x + f(x)$$

$$xf'(x) = 6x^2 - 4x$$

$x \neq 0$일 때 $f'(x) = 6x - 4$

이때 함수 $f(x)$가 다항함수이므로 $f'(x) = 6x - 4$이다.

$$f(x) = \int f'(x)\,dx = \int (6x-4)\,dx$$

$$= 3x^2 - 4x + C \ (\text{단, } C\text{는 적분상수})$$

$f(1) = 3 - 4 + C = -6$에서 $C = -5$

따라서 $f(x) = 3x^2 - x - 5$이므로

$f(3) = 27 - 12 - 5 = 10$이고

$$a - f(3) = -2 - 10 = -12$$

[채점기준]

답안	배점	예상 소요 시간
$xf(x) = 2x^3 + ax^2 + 3a$ $\quad + \int_1^x f(t)\,dt \ \cdots\cdots$ ㉠ ㉠의 양변에 $x=1$을 대입하면 $f(1) = 2 + a + 3a + 0$이므로 $f(1) = 4a + 2 \qquad \cdots\cdots$ ㉡ ㉠의 양변에 $x=0$을 대입하면 $0 = 3a + \int_1^0 f(t)\,dt$ $= 3a - \int_0^1 f(t)\,dt$이므로 $\int_0^1 f(t)\,dt = 3a \quad \cdots\cdots$ ㉢	3점	4분 / 전체 60분

답안	배점	예상 소요 시간
$f(1)=\int_0^1 f(t)dt$이므로 ⓒ, ⓒ에서 $4a+2=3a$ $a=-2$이고 $f(1)=-6$ ㉠에 $a=-2$를 대입하고 양변을 x에 대하여 미분하면 $f(x)+xf'(x)$ $=6x^2-4x+f(x)$ $xf'(x)=6x^2-4x$ $x\neq 0$일 때 $f'(x)=6x-4$ 이때 함수 $f(x)$가 다항함수이 므로 $f'(x)=6x-4$이다.	3점	4분 / 전체 60분
$f(x)=\int f'(x)dx$ $\qquad =\int (6x-4)dx$ $\qquad =3x^2-4x+C$ $\qquad$ (단, C는 적분상수) $f(1)=3-4+C=-6$에서 $C=-5$	2점	
따라서 $f(x)=3x^2-x-5$이므로 $f(3)=27-12-5=10$ 이고 $a-f(3)=-2-10=-12$	2점	

PART 1 기출문제

PART 2 실전모의고사

PART 3 정답 및 해설

제6회 실전모의고사

국어

01 [모범답안]
ⓐ 코끼리 / ⓑ 수로 안내선
ⓒ 돛을 단 썰매 / ⓓ 화물선 앙리에타호

[바른해설]
ⓐ 영국 신문에서는 인도 횡단 철도가 완전히 개통되었다고 보도했었는데, 실제로는 약 80km 구간에 철길이 놓여 있지 않았다. 일정을 지키기 위해 대체 교통수단을 찾던 포그와 파스파르투는 한 인도인에게 코끼리를 2,000파운드를 주고 산다.
ⓑ 홍콩에 도착한 포그 일행은 일본 요코하마로 이동하여 태평양 횡단선을 탈 계획이었지만, 배를 놓치고 만다. 포그는 하루에 100파운드를 주는 조건으로 수로 안내선을 빌려 상하이로 향했고, 가까스로 태평양을 건너는 배에 올라탄다.
ⓒ 포그 일행은 인디언들의 공격을 받아 갈아타야 할 기차를 놓치자 썰매를 빌리고, 썰매에 돛을 달아 개조하여 달린 끝에 결국 다른 열차로 갈아탄다.
ⓓ 45분 차이로 대서양 횡단 기선을 놓친 포그는 1인당 2,000파운드의 돈을 제시하여 화물선 '앙리에타호'에 탑승한다. 대서양 항해를 하던 도중 연료가 떨어지자, 포그는 '앙리에타호'를 6만 달러의 거금을 주고 구매한 후 배의 나무로 된 부분을 연료로 사용하며 항해를 마친다.

[채점기준]

답안	배점	예상 소요 시간
ⓐ 코끼리	2점	
ⓑ 수로 안내선	2점	5분 / 전체 60분
ⓒ 돛을 단 썰매	3점	
ⓓ 화물선 앙리에타호	3점	

02 [모범답안]
지불 용의 가격

[바른해설]
〈보기〉에서 우푯값 몇백 원을 아까워하기도 하고, 반면에 수백만 원 또는 수천만 원을 주고서라도 우표를 사려고 하는 것은 동일한 상품이라도 소비자에 따라 '지불 용의 가격'이 다를 수 있기 때문이다. 지불 용의 가격은 소비자가 상품 구입을 위해 최대한 지불할 수 있다고 생각하는 가격을 말한다.

[채점기준]

답안	배점	예상 소요 시간
지불 용의 가격	10점	3분 / 전체 60분

[03~04]

갈래	현대 소설, 단편 소설	특징	• 어머니를 청자로 설정하여 생명의 근원인 모성(母性)을 환기함
성격	생태적, 환상적, 회상적		• 주인공이 식물이 되어 가는 과정에서 생태학적 세계관을 드러냄
배경	• 시간: 1990년대 • 공간: 서울		• 나무로 변하는 주인공의 상태를 다양한 감각적 이미지로 형상화함
주제	도시 문명의 황폐함을 비판하고, 자연 순환적 생명성을 소망함		

03 [모범답안]
도시 문명의 황폐함과 비정함을 극복하고 싶은 소망

[바른해설]
아내가 꾼 '꿈'은 콘크리트와 철근을 뚫고 미루나무만큼 드높게 자라는 것으로, 현대 도시 문명의 황폐함과 비정함을 극복하고 싶은 소망을 나타낸다.

[채점기준]

답안	배점	예상 소요 시간
현대 도시 문명의 황폐함과 비정함을 극복하고 싶은 소망	10점	5분 / 전체 60분

04 [모범답안]
아내가 남긴 열매

[바른해설]
[뒷부분의 줄거리]에서 나무로 변해 버린 아내는 결국 겨울이 다가와 열매를 남기고 시들어 버린다. 하지만 열매 속에는 씨가 있으므로 봄이 오면 다시 새 생명이 이어질 수 있는 실마리가 된다. 이런 의미에서 '아내가 남긴 열매'는 새롭게 돋아날 수 있도록 하는 존재로, 생태계의 순환적 삶을 이어가는 고리를 상징한다고 볼 수 있다.

[채점기준]

답안	배점	예상 소요 시간
아내가 남긴[내 여자의] 열매	10점	5분 / 전체 60분

수학

01 [모범답안]

$f'(x)=3x^2+2x+2$에서

$f(x)=\int f'(x)dx=\int(3x^2+2x+2)dx=x^3+x^2+2x+C$

(단, C는 적분상수)

$f(0)=0+0+0+C=4$, $C=4$

따라서 $f(x)=x^3+x^2+2x+4$이므로

$\therefore f(-1)=-1+1-2+4=2$

[채점기준]

답안	배점	예상 소요 시간
$f'(x)=3x^2+2x+2$를 적분하여 $f(x)$를 찾으면, $f(x)=\int f'(x)dx$ $=\int(3x^2+2x+2)dx$ $=x^3+x^2+2x+C$ (단, C는 적분상수)	4점	3분 / 전체 60분
$f(0)=4$이므로 $C=4$	4점	
따라서 $f(x)=x^3+x^2+2x+4$ 이므로 $\therefore f(-1)=2$	2점	

02 [모범답안]

주어진 수열의 n번째 항은 a_n이므로

$a_n=\dfrac{1}{\sqrt{n+1}+\sqrt{n}}$

$\therefore a_n=\dfrac{1}{\sqrt{n+1}+\sqrt{n}}=\dfrac{(\sqrt{n+1}-\sqrt{n})}{(\sqrt{n+1}+\sqrt{n})(\sqrt{n+1}-\sqrt{n})}$

$=\dfrac{(\sqrt{n+1}-\sqrt{n})}{(n+1)-n}=\sqrt{n+1}-\sqrt{n}$

따라서 수열의 첫째항부터 제 10항까지의 합은

$\displaystyle\sum_{k=1}^{10}(\sqrt{n+1}-\sqrt{n})=(\sqrt{2}-\sqrt{1})+(\sqrt{3}-\sqrt{2})$

$+\cdots+(\sqrt{11}-\sqrt{10})=\sqrt{11}-1$

[채점기준]

답안	배점	예상 소요 시간
주어진 수열의 n번째 항은 a_n 이므로 규칙성을 이용해 이를 찾으면 $a_n=\dfrac{1}{\sqrt{n+1}+\sqrt{n}}$	4점	4분 / 전체 60분
위에서 찾은 수열 a_n을 변형하면, $a_n=\dfrac{1}{\sqrt{n+1}+\sqrt{n}}$ $=\dfrac{(\sqrt{n+1}-\sqrt{n})}{(\sqrt{n+1}+\sqrt{n})(\sqrt{n+1}-\sqrt{n})}$ $=\dfrac{(\sqrt{n+1}-\sqrt{n})}{(n+1)-n}$ $=\sqrt{n+1}-\sqrt{n}$	3점	
수열의 첫째항부터 제 10항까지의 합은 $\displaystyle\sum_{k=1}^{10}(\sqrt{n+1}-\sqrt{n})$ $=\sqrt{11}-1$	3점	

03 [모범답안]

점 P의 시각 t에서의 속도는 $v=\dfrac{dx}{dt}=3t^2-2t+a$

점 P가 운동방향을 두 번 바꾸기 위해서는 부호의 변화가 두 번 있어야 한다.

즉, 속도 $v=\dfrac{dx}{dt}=3t^2-2t+a$는 음이 아닌 서로 다른 두 실근을 가져야 한다.

따라서 $3t^2-2t+a=0$의 판별식 $D>0$의 조건을 만족시켜야 하므로

$\dfrac{D}{4}=1-3a>0$, $a<\dfrac{1}{3}$

또한 음이 아닌 두 실근을 가져야 하므로

$v=\dfrac{dx}{dt}=3t^2-2t+a=0$의 두 실근을 α, β라 할 때

$\alpha+\beta=\dfrac{2}{3}\geq 0$, $\alpha\beta=\dfrac{a}{3}\geq 0$ $\cdots$ $a\geq 0$

이때 a는 정수이므로 위의 조건을 만족시키는 정수 a의 최솟값은 0이다.

PART 1 기출문제

PART 2 실전모의고사

PART 3 정답 및 해설

[채점기준]

답안	배점	예상 소요 시간
점 P의 시각 t에서의 속도는 $v=\dfrac{dx_e}{dt}=3t^2-2t+a$	2점	
점 P가 운동방향을 두 번 바꾸기 위해서는 부호의 변화가 두 번 있어야 하므로 속도 $v=\dfrac{dx_e}{dt}=3t^2-2t+a$는 서로 다른 두 실근을 가져야 한다.	2점	
$3t^2-2t+a=0$의 판별식 $D>0$의 조건을 만족시켜야 하므로 $\dfrac{D}{4}=1-3a>0,\ a<\dfrac{1}{3}$	2점	5분 / 전체 60분
또한 음이 아닌 두 실근을 가져야 하므로 $v=\dfrac{dx_e}{dt}=3t^2-2t+a=0$ 의 두 실근을 $\alpha,\ \beta$라 할 때 $\alpha+\beta=\dfrac{2}{3}\geq0,$ $\alpha\beta=\dfrac{a}{3}\geq0 \cdots a\geq0$	2점	
$\therefore$ 정수 a의 최솟값은 0	2점	

04 [모범답안]

$f(x)=0$에서 $x=0$ 또는 $x=2$ 또는 $x=3$이므로 두 점 $P,\ Q$의 좌표는 각각 $(2,0),\ (3,0)$이다.

이때 $(A$의 넓이$)=\displaystyle\int_0^2 f(x)dx,$

$(B$의 넓이$)=-\displaystyle\int_2^3 f(x)dx$이므로

$(A$의 넓이$)-(B$의 넓이$)$

$=\displaystyle\int_0^2 f(x)dx-\left\{-\int_2^3 f(x)dx\right\}$

$=\displaystyle\int_0^2 f(x)dx+\int_2^3 f(x)dx$

$=\displaystyle\int_0^3 f(x)dx$

$\displaystyle\int_0^3 f(x)dx=\int_0^3 kx(x-2)(x-3)dx$

$=k\displaystyle\int_0^3 (x^3-5x^2+6x)dx$

$=k\left[\dfrac{1}{4}x^4-\dfrac{5}{3}x^3+3x^2\right]_0^3$

$=k\left(\dfrac{81}{4}-45+27\right)=\dfrac{9}{4}k$

따라서 $\dfrac{9}{4}k=9$이므로 $k=4$

[채점기준]

답안	배점	예상 소요 시간
$f(x)=0$에서 $x=0$ 또는 $x=2$ 또는 $x=3$이므로 두 점 $P,\ Q$의 좌표는 각각 $(2,0),\ (3,0)$이다. 이때 $(A$의 넓이$)=\displaystyle\int_0^2 f(x)dx,$ $(B$의 넓이$)=-\displaystyle\int_2^3 f(x)dx$ 이므로	2점	
$(A$의 넓이$)-(B$의 넓이$)$ $=\displaystyle\int_0^2 f(x)dx$ $\qquad-\left\{-\displaystyle\int_2^3 f(x)dx\right\}$ $=\displaystyle\int_0^2 f(x)dx+\int_2^3 f(x)dx$ $=\displaystyle\int_0^3 f(x)dx$	3점	4분 / 전체 60분
$\displaystyle\int_0^3 f(x)dx$ $=\displaystyle\int_0^3 kx(x-2)(x-3)dx$ $=k\displaystyle\int_0^3 (x^3-5x^2+6x)dx$ $=k\left[\dfrac{1}{4}x^4-\dfrac{5}{3}x^3+3x^2\right]_0^3$ $=k\left(\dfrac{81}{4}-45+27\right)=\dfrac{9}{4}k$	4점	
따라서 $\dfrac{9}{4}k=9$이므로 $k=4$	1점	

제7회 실전모의고사

국어

01 [모범답안]

전체 저항 중 구상 선수의 표면적으로 인한 마찰 저항의 비중이 증가하기 때문이다.

[바른해설]

구상 선수는 선수부에서 발생한 물결을 상쇄시키는 물결을 발생시켜 조파 저항을 줄이는 장치이다. 따라서 구상 선수가 수면 위에 어느 정도 돌출되거나 수면에 가까워야 큰 물결을 발생시켜 선수부의 물결을 상쇄시키고 조파 저항을 줄여 운항 효율을 높일 수 있다. 저속 운항하는 선박의 구상 선수는 고속 운항하는 선박에 비해 크기를 줄이고 수면에 더욱 잠기도록 설계하는데, 이는 구상 선수가 일으키는 물결의 크기를 줄이는 효과로 나타날 것이다. 따라서 고속으로 운항하도록 설계된 선박을 저속으로 운행하면 구상 선수의 물결이 오히려 조파 저항을 크게 한다는 사실을 추론할 수 있다. 한편 선박의 운항 속도가 느릴수록 선박에 작용하는 전체 저항에서 마찰 저항이 차지하는 비중은 증가한다. 즉 저속 운항하는 선박은 고속 운항하는 선박에 비해 전체 저항 중 마찰 저항의 비중이 높다. 따라서 저속으로 운항하는 선박의 구상 선수의 크기를 줄이는 이유는 구상 선수의 표면적으로 인한 마찰 저항이 전체 저항 중 차지하는 비중을 줄이기 위해서임을 추론할 수 있다.

[채점기준]

답안	배점	예상 소요 시간
전체 저항 중 구상 선수의 표면적으로 인한 마찰 저항의 비중이 증가하기 때문이다.	10점	5분 / 전체 60분

02 [모범답안]

ⓐ 줄어든다

ⓑ 증가한다

ⓒ 증가한다

[바른해설]

ⓐ 만약 평소에 비해 줄어든 선박의 무게와 같은 양의 평형수를 선박에 주입한다면, 선박 전체의 무게는 변함이 없을 것이며 물속에 잠긴 선체 표면적은 이전과 동일할 것이다. 따라서 선박의 운항 속도가 2배 증가함에 따라 마찰 저항이 4배 증가하지만, 선박의 운항 속도가 빠를수록 전체 저항 중 마찰 저항이 차지하는 비중은 줄어들 것이다.

ⓑ 만약 평소에 비해 줄어든 선박의 무게보다 적은 양의 평형수를 선박에 주입한다면, 선체가 수면 위로 그만큼 뜨게 되고 물속에 잠긴 선체의 표면적이 줄어들 것이다. 하지만 선박의 운항 속도를 2배 높이면 마찰 저항이 2배 증가할 것이므로 선체에 작용하는 마찰 저항은 증가할 것이다.

ⓒ 만약 평소에 비해 줄어든 선박의 무게보다 많은 양의 평형수를 선박에 주입한다면, 이전에 비해 선박 전체의 무게가 늘어나 구상 선수가 더 깊이 물속에 잠길 것이다. 구상 선수가 수면 위로 드러나거나 수면에 가까워야 조파 저항을 줄일 수 있는데, 구상 선수가 평소보다 더 깊이 잠김에 따라 구상 선수가 발생시킨 물결에 의해 조파 저항이 상쇄되는 정도가 줄어들 것이다.

[채점기준]

답안	배점	예상 소요 시간
ⓐ 줄어든다	3점	
ⓑ 증가한다	4점	5분 / 전체 60분
ⓒ 증가한다	3점	

[03~04]

갈래	우화 소설, 송사 소설, 풍자 소설	특징	• 동물을 의인화하여 권선징악의 주제를 형상화함
성격	우의적, 교훈적, 풍자적		• 인물의 성격을 대립시켜 주제 의식을 효과적으로 드러냄
배경	• 시간: 중국 당나라 때 • 공간: 중국 옹주 땅 구궁산 토굴		• 중국 고사를 통해 인물의 생각을 간접적으로 드러냄
시점	전지적 작가 시점		• 순행적 구성으로 사건을 전개함
주제	백은망덕한 인간에 대한 경계와 봉건적 체제에 대한 비판		

03 [모범답안]

책재원수

PART 1 기출문제
PART 2 실전모의고사
PART 3 정답 및 해설

[바른해설]

서대쥐는 억울한 송사가 발생한 것에 대해 '이번 송사도 신과 다람쥐 사이에 무도함이 아니라 책재원수(責在元帥)라.'라고 말한 부분에서 백호산군에게 책임이 있음을 지적하고 있다. 여기서 '책재원수(責在元帥)'는 가장 높은 지위에 있는 사람에게 책임이 있음을 뜻하는 한자성어로, 지배층에 대한 비판적 인식을 드러내고 있다고 볼 수 있다.

[채점기준]

답안	배점	예상 소요 시간
책재원수	10점	5분 / 전체 60분

04 [모범답안]

ⓐ 신흥 상공인 계층

ⓑ 몰락한 양반 계층

[바른해설]

ⓐ 서대쥐는 긍정적이고 근대 지향적 인물로, 조선 후기의 부농인 '신흥 상공인 계층'을 형상화하였다.

ⓑ 다람쥐는 부정적이고 봉건적인 인물로, 조선 후기 빈농인 '몰락한 양반 계층'을 형상화하였다.

[채점기준]

답안	배점	예상 소요 시간
ⓐ 신흥 상공인 계층	5점	4분 / 전체 60분
ⓑ 몰락한 양반 계층	5점	

수학

01 [모범답안]

수열 a_n이 등비수열이므로 연속된 네 개의 항의 합으로 이루어진 수열

$a_1+a_2+a_3+a_4$, $a_5+a_6+a_7+a_8$, $a_9+a_{10}+a_{11}+a_{12}$도 등비수열을 이룬다.

$a_1+a_2+a_3+a_4=S_4=2$이고,

$a_5+a_6+a_7+a_8=S_8-S_4=6-2=4$이므로

이 등비수열의 공비는 $\frac{4}{2}=2$이다.

따라서 $a_9+a_{10}+a_{11}+a_{12}=4\times2=8$이므로

$S_{12}=(a_1+a_2+a_3+a_4)+(a_5+a_6+a_7+a_8)$
$\qquad\quad+(a_9+a_{10}+a_{11}+a_{12})$

$\quad=2+2^2+2^3=2+4+8=14$

[채점기준]

답안	배점	예상 소요 시간
수열 a_n이 등비수열이므로 연속된 네 개의 항의 합으로 이루어진 수열 $a_1+a_2+a_3+a_4$, $a_5+a_6+a_7+a_8$, $a_9+a_{10}+a_{11}+a_{12}$도 등비수열을 이룬다.	3점	3분 / 전체 60분
$a_1+a_2+a_3+a_4=S_4=2$이고, $a_5+a_6+a_7+a_8=S_8-S_4$ $=6-2=4$ 이므로 이 등비수열의 공비는 $\frac{4}{2}=2$ 이다.	3점	
이를 이용하면 $a_9+a_{10}+a_{11}+a_{12}$ $=4\times2=8$ 이므로	3점	
$\therefore S_{12}=2+2^2+2^3==14$	1점	

02 [모범답안]

점 P가 움직이는 방향을 바꾸는 순간 속도 $v(t)=0$이다.

$v(t)=-3t^2+12t=-3t(t-4)=0$에서

$t>0$이므로 $t=4$

$t=4$에서 움직이는 방향이 바뀐다.

점 P의 가속도는 $v'(t)=a(t)=-6t+12$이므로

$\therefore a(4)=-6\times4+12=-12$

[채점기준]

답안	배점	예상 소요 시간
점 P가 움직이는 방향을 바꾸는 순간 속도 $v(t)=0$이다.	4점	5분 / 전체 60분
$v(t)=-3t^2+12t$ $=-3t(t-4)=0$에서 $t>0$이므로 $t=4$ 따라서 $t=4$에서 움직이는 방향이 바뀐다.	3점	

답안	배점	예상 소요 시간
점 P의 가속도는 $v'(t)=a(t)=-6t+12$이 므로 $\therefore a(4)=-6\times4+12$ $\qquad=-12$ (단, 점 P의 가속도 $a(t)$를 다른 미지수로 설정한 경우에 도 배점처리)	3점	5분 / 전체 60분

03 [모범답안]

함수 $f(x)=\left(\dfrac{1}{3}\right)^x+1$는 감소함수이고

$f(-1)=4, f(0)=2$이므로

$-1\leq x\leq0$에서 $2\leq f(x)\leq4$

$g(x)=\log_2 x$는 증가함수이므로

$(g\circ f)(x)=g(f(x))$의 최댓값 M과 최솟값 m은

$m=g(2)=\log_2 2=1$

$M=g(4)=\log_2 4=2$

따라서 $M+m=2+1=3$

[채점기준]

답안	배점	예상 소요 시간
함수 $f(x)=\left(\dfrac{1}{3}\right)^x+1$는 감소함수이고 $f(-1)=4, f(0)=2$이므로 $2\leq f(x)\leq4$	3점	5분 / 전체 60분
$g(x)=\log_2 x$는 증가함수이므로 $(g\circ f)(x)=g(f(x))$의 최댓값 M과 최솟값 m은 $m=g(2)=\log_2 2=1$ $M=g(4)=\log_2 4=2$	4점	
$M+m=2+1=3$	3점	

04 [모범답안]

$g(x)=\displaystyle\int_0^x \{f(t)dt\}$의 양변을 x에 대하여 미분하면

$g'(x)=f(x)$이고, $f(x)$가 최고차항의 계수가 1인

이차함수이므로 $g(x)$는 최고차항의 계수가 $\dfrac{1}{3}$인

삼차함수이다.

주어진 조건에서 $x\geq1$인 모든 실수 x에 대하여

$g(x)\geq g(4)$이므로 $g(x)$는 구간 $[1, \infty)$에서 $x=4$일 때

극소이면서 최소이다.

즉, $g'(4)=f(4)=0$이므로

$f(x)=(x-4)(x-a)$ (a는 상수)라 하자.

(i) $g(4)\geq0$인 경우

$x\geq1$인 모든 실수 x에 대하여 $g(x)\geq g(4)\geq0$이므로

$x\geq1$에서 $|g(x)|\geq g(x)$이다.

또한 주어진 조건에서 $x\geq1$인 모든 실수 x에 대하여

$|g(x)|\geq|g(3)|$, 즉 $g(x)\geq g(3)$이어야 하는데

$g(3)>g(4)$이므로 $x\geq1$인 모든 실수 x에 대하여

$|g(x)|\geq|g(3)|$일 수 없다.

(ii) $g(4)<0$인 경우

$x\geq1$인 모든 실수 x에 대하여 $|g(x)|\geq|g(3)|$이려면

$g(4)<0$이므로 $g(3)=0$이어야 한다.

$f(x)=(x-4)(x-a)=x^2-(a+4)x+4a$이므로

$g(x)=\displaystyle\int_0^x \{t^2-(a+4)t+4a\}dt$

$\quad=\left[\dfrac{1}{3}t^3-\dfrac{a+4}{2}t^2+4at\right]_0^x$

$\quad=\dfrac{1}{3}x^3-\dfrac{a+4}{2}x^2+4ax$

$g(3)=9-\dfrac{9}{2}(a+4)+12a=0$에서

$\dfrac{15}{2}a-9=0,\ a=\dfrac{6}{5}$

(i), (ii)에서 $f(x)=(x-4)\left(x-\dfrac{6}{5}\right)$이므로

$f(5)=1\times\left(5-\dfrac{6}{5}\right)=\dfrac{19}{5}$

[채점기준]

답안	배점	예상 소요 시간
$g(x)=\int_0^x \{f(t)dt\}$ 의 양변을 x에 대하여 미분하면 $g'(x)=f(x)$이고, $f(x)$가 최고차항의 계수가 1인 이차함수이므로 $g(x)$는 최고차항의 계수가 $\frac{1}{3}$인 삼차함수이다. 주어진 조건에서 $x \geq 1$인 모든 실수 x에 대하여 $g(x) \geq g(4)$이므로 $g(x)$는 구간 $[1, \infty)$에서 $x=4$일 때 극소이면서 최소이다. 즉, $g'(4)=f(4)=0$이므로 $f(x)=(x-4)(x-a)$ (a는 상수)라 하자.	3점	3분 / 전체 60분
(i) $g(4) \geq 0$인 경우 $x \geq 1$인 모든 실수 x에 대하여 $g(x) \geq g(4) \geq 0$이므로 $x \geq 1$에서 $\|g(x)\| \geq g(x)$이다. 또한 주어진 조건에서 $x \geq 1$인 모든 실수 x에 대하여 $\|g(x)\| \geq \|g(3)\|$, 즉 $g(x) \geq g(3)$이어야 하는데 $g(3) > g(4)$이므로 $x \geq 1$인 모든 실수 x에 대하여 $\|g(x)\| \geq \|g(3)\|$일 수 없다.	3점	

답안	배점	예상 소요 시간
(ii) $g(4) < 0$인 경우 $x \geq 1$인 모든 실수 x에 대하여 $\|g(x)\| \geq \|g(3)\|$이려면 $g(4) < 0$이므로 $g(3)=0$이어야 한다. $f(x)=(x-4)(x-a)$ $=x^2-(a+4)x+4a$ 이므로 $g(x)=\int_0^x \{t^2-(a+4)t +4a\}dt$ $=\left[\frac{1}{3}t^3-\frac{a+4}{2}t^2+4at\right]_0^x$ $=\frac{1}{3}x^3-\frac{a+4}{2}x^2+4ax$ $g(3)=9-\frac{9}{2}(a+4)+12a$ $=0$에서 $\frac{15}{2}a-9=0,\ a=\frac{6}{5}$	3점	3분 / 전체 60분
(i), (ii)에서 $f(x)=(x-4)\left(x-\frac{6}{5}\right)$ 이므로 $f(5)=1\times\left(5-\frac{6}{5}\right)=\frac{19}{5}$	1점	

제8회 실전모의고사

국어

01 [모범답안]

'무관심'의 배려

[바른해설]

편의점의 경우 점원은 출입할 때 간단한 인사만 건넬 뿐 손님이 말을 걸기 전에는 입을 열지도 않을뿐더러 시선도 건네지 않는다. 그러한 '무관심'의 배려가 손님의 기분을 홀가분하게 만들기 때문에 손님은 특별히 살 물건이 없어도 부담 없이 들어가 둘러볼 수 있다. 이러한 편의점 점원의 응대 전략은 편의점이 인간관계의 번거로움을 꺼리는 도시인들에게 잘 어울리는 상업 공간으로 성장하게 만든 요인 중의 하나이다.

[채점기준]

답안	배점	예상 소요 시간
'무관심'의 배려	10점	3분 / 전체 60분

02 [모범답안]

ⓐ 환한 조명

ⓑ 투명 유리

ⓒ 볼록 거울

[바른해설]

ⓐ **환한 조명**: 환한 조명으로 인한 밝은 실내 분위기는 진열된 상품들을 빛나게 할 뿐 아니라, 드나드는 이들을 안심시키는 효과도 있다. 여성들도 심야에 아무런 망설임 없이 편의점에 들어갈 수 있고, 낯선 손님들이 옆에 있어도 신경을 쓰지 않는 것은 구석구석을 환하게 비추는 불빛 덕분이다.

ⓑ **투명 유리**: 투명 유리를 통해 바깥에서 내부를 훤히 들여다볼 수 있어 더욱 안심된다.

ⓒ **볼록 거울**: 도난 방지용으로 설치된 볼록 거울을 통해 계산대 직원의 시선이 매장 내에 두루 미칠 수 있는 구조도 고객을 안심시킨다.

[채점기준]

답안	배점	예상 소요 시간
ⓐ 환한 조명	3점	
ⓑ 투명 유리	3점	5분 / 전체 60분
ⓒ 볼록 거울	4점	

[03~04]

갈래	자유시, 서정시		특징	• 화자의 내면 풍경과 삶에 대한 성찰을 형상화함
성격	회고적, 성찰적, 의지적			• 화자의 의식의 흐름에 따라 시상을 전개함
제재	타향에서의 곤궁한 삶			• 감각적 이미지를 활용하여 화자의 내면을 구체적으로 그려 냄
주제	외롭고 고달픈 삶 속에서도 고결함을 잊지 않으려는 삶의 자세			• 동일하거나 유사한 문장 구조를 통해 리듬감을 살림

03 [모범답안]

ⓐ 차창

ⓑ 화자의 정서를 끌어내고 있다.

[바른해설]

위 작품의 ㉠'흰 바람벽'과 〈보기〉의 '차창'은 모두 화자의 정서를 끌어내는 시적 매개물이다. ㉠의 '흰 바람벽'은 화자의 내면을 영화의 스크린처럼 비추고 사색과 성찰을 통해 자신의 삶의 의미를 되돌아보는 계기를 마련해 준다. 〈보기〉의 '차창'은 그곳에 어린 성에꽃을 보고 암울한 시대 상황 속에서 살아가는 서민들의 모습을 투영한다.

[채점기준]

답안	배점	예상 소요 시간
ⓐ 차창	5점	5분 / 전체 60분
ⓑ 화자의 정서를 끌어내고 있다.	5점	

04 [모범답안]

그런데 또 이즈막하야 어느 사이엔가

[바른해설]

처음에 화자는 흰 바람벽을 통해 자신의 어려운 처지와 주변 사람들의 삶을 떠올리며 애상에 잠기다가 '그런데 또 이즈막하야 어느 사이엔가'에서 시상이 전환되며 화자의 태도가 바뀐다. 이후 화자는 흰 바람벽에 지나가는 글자들을 보며 자신이 하늘의 은총을 받은 존재임을 인식하고 현재의 가난과 외로움, 슬픔을 극복하려는 다짐을 한다.

PART 1 기출문제

PART 2 실전모의고사

PART 3 정답 및 해설

[채점기준]

답안	배점	예상 소요 시간
그런데 또 이즈막하야 어늬 사이엔가	10점	5분 / 전체 60분

수학

01 [모범답안]

$g(x)=(2x^3+x+1)f(x)$에서 양변을 x에 대하여 미분하면,

$g'(x)=(6x^2+1)f(x)+(2x^3+x+1)f'(x)$

이때, $f(2)=1$, $f'(2)=-1$이므로

$g'(2)=25f(2)+19f'(2)=25-19=6$

[채점기준]

답안	배점	예상 소요 시간
$g(x)=(2x^3+x+1)f(x)$ 에서 양변을 x에 대하여 미분하면, $g'(x)=(6x^2+1)f(x)+$ $(2x^3+x+1)f(x)$	4점	
$g'(x)=(6x^2+1)f(x)$ $+(2x^3+x+1)f'(x)$ 의 양변에 2를 대입하면 $g'(2)=25f(2)+19f'(2)$	4점	4분 / 전체 60분
$f(2)=1$, $f'(2)=-1$이므로 $g'(2)=25f(2)+19f'(2)$ $=25-19=6$	2점	

02 [모범답안]

$f(0)=2$이고 $f(x)=f(x+3)$이므로 $f(3)=2$

이때 $\lim\limits_{x\to 3-}f(x)=\lim\limits_{x\to 3-}\{a(x-1)^2+b\}$

$\qquad\qquad\qquad =a(3-1)^2+b=4a+b=f(3)=2$

$\therefore 4a+b=2$ ...... ㉠

한편, 함수 $f(x)$는 연속함수이므로 $x=1$에서도 연속이다.

$\lim\limits_{x\to 1-}f(x)=3=\lim\limits_{x\to 1+}f(x)=b$

$\therefore b=3$ ...... ㉡

㉠과 ㉡ 두 식을 연립하면

$\therefore a=-\dfrac{1}{4}$, $b=3$

따라서 $f(x)=\begin{cases}x+2 & (0\le x<1)\\ -\dfrac{1}{4}(x-1)^2+3 & (1\le x<3)\end{cases}$ 이므로

$f(5)=f(2+3)=f(2)=-\dfrac{1}{4}+3=\dfrac{11}{4}$

$\therefore 4\times f(5)=11$

[채점기준]

답안	배점	예상 소요 시간
$f(0)=2$이고 $f(x)=f(x+3)$이므로 $f(3)=2$ 이때 $\lim\limits_{x\to 3-}f(x)$ $=\lim\limits_{x\to 3-}\{a(x-1)^2+b\}$ $=4a+b=2$ $\therefore 4a+b=2$	3점	
$\lim\limits_{x\to 1-}f(x)=3$ $=\lim\limits_{x\to 1+}f(x)=b$ $\therefore b=3$	3점	5분 / 전체 60분
$\therefore a=-\dfrac{1}{4}$, $b=3$	2점	
$f(5)=f(2+3)$ $=f(2)=\dfrac{11}{4}$ $\therefore 4\times f(5)=11$	2점	

03 [모범답안]

$\triangle ABC$는 반지름의 길이가 6인 원에 내접하므로 사인 법칙을 이용하면

$\sin A=\dfrac{a}{2R}=\dfrac{a}{12}$, $\sin B=\dfrac{b}{2R}=\dfrac{b}{12}$,

$\sin C=\dfrac{c}{2R}=\dfrac{c}{12}$

따라서

$\sin A+\sin B+\sin C=\dfrac{a+b+c}{12}=\dfrac{3}{2}$

$\therefore a+b+c=18$

[채점기준]

답안	배점	예상 소요 시간
$\triangle ABC$는 반지름의 길이가 6 인 원에 내접하므로 사인 법칙 을 이용하면 $\sin A = \dfrac{a}{2R} = \dfrac{a}{12},$ $\sin B = \dfrac{b}{2R} = \dfrac{B}{12},$ $\sin C = \dfrac{c}{2R} = \dfrac{c}{12}$	4점	2분 / 전체 60분
$\sin A + \sin B + \sin C$ $= \dfrac{a+b+c}{12} = \dfrac{3}{2}$	3점	
$\therefore a+b+c = 18$	3점	

04 [모범답안]

조건 (가)에 의하여 함수 $y=f(x)$의 그래프를 x축의 방향으 로 3만큼, y축의 방향으로 4만큼 평행이동한 그래프는 함수 $y=f(x)$의 그래프와 일치한다.

조건 (나)에서

$$\int_0^6 f(x)dx = \int_0^3 f(x)dx + \int_3^6 f(x)dx$$

$$= \int_0^3 f(x)dx + \int_3^6 \{f(x-3)+4\}dx$$

$$= \int_0^3 f(x)dx + \int_0^3 \{f(x)+4\}dx$$

$$= 2\int_0^3 f(x)dx + 12 = 0 이므로 \int_0^3 f(x)dx = -6이고$$

$$= \int_0^3 f(x)dx + \int_3^6 f(x)dx = 0이므로 \int_3^6 f(x)dx = 6$$

또한 함수 $f(x)$는 실수 전체의 집합에서 증가하는 함수이고, $f(6) > 0$이므로 $x \geq 6$일 때 $f(x) > 0$이다.

따라서 구하는 넓이는

$$\int_6^9 |f(x)|dx = \int_6^9 f(x)dx = \int_6^9 \{f(x-3)+4\}dx$$

$$\int_3^6 f(x)dx + 12 = 6 + 12 = 18$$

[채점기준]

답안	배점	예상 소요 시간
조건 (가)에 의하여 함수 $y=f(x)$의 그래프를 x축의 방향으로 3만큼, y축의 방향으로 4만큼 평행이동한 그래프는 함수 $y=f(x)$의 그래프와 일치한다.	2점	3분 / 전체 60분
조건 (나)에서 $$\int_0^6 f(x)dx$$ $$= \int_0^3 f(x)dx + \int_3^6 f(x)dx$$ $$= \int_0^3 f(x)dx$$ $$+ \int_3^6 \{f(x-3)+4\}dx$$ $$= \int_0^3 f(x)dx$$ $$+ \int_0^3 \{f(x)+4\}dx$$ $$= 2\int_0^3 f(x)dx + 12 = 0$$ 이므로 $$\int_0^3 f(x)dx = -6$$이고 $$= \int_0^3 f(x)dx$$ $$+ \int_3^6 f(x)dx = 0$$ 이므로 $\int_3^6 f(x)dx = 6$	4점	
또한 함수 $f(x)$는 실수 전체의 집합에서 증가 하는 함수이고, $f(6) > 0$이므로 $x \geq 6$일 때 $f(x) > 0$이다.	2점	
따라서 구하는 넓이는 $$\int_6^9 |f(x)|dx = \int_6^9 f(x)dx$$ $$= \int_6^9 \{f(x-3)+4\}dx$$ $$\int_3^6 f(x)dx + 12$$ $$= 6 + 12 = 18$$	2점	

제9회 실전모의고사

국어

01 [모범답안]
ⓐ 3척 1촌 5분 / ⓑ 2척 5촌 7분

[바른해설]
ⓐ 종서척은 기장의 길이가 긴 세로 방향으로 늘어놓은 기장알 1개의 길이를 1분으로, 9개를 늘어놓은 9분을 1촌으로, 9촌을 1척으로 정한 것이다. 따라서 종서척에서 1척은 기장의 길이가 긴 세로 방향으로 기장알 81개를 늘어놓은 길이이다. 그러므로 257개의 기장알의 개수를 종서척으로 표현하면, 257개는 243개(3 × 81개) + (1 × 9개) + 5개이므로 '3척 1촌 5분'이 된다.
ⓑ 횡서척은 기장의 길이가 짧은 가로 방향으로 늘어놓은 기장알 1개의 길이를 1분으로, 10개를 늘어놓은 10분을 1촌, 10촌을 1척으로 정한 것이다. 따라서 횡서척에서 1척은 기장의 길이가 짧은 가로 방향으로 기장알 100개를 늘어놓은 길이이다. 그러므로 257개의 기장알의 개수를 횡서척으로 표현하면, 257개는 200개(2 × 100개) + 50개(5 × 10개) + 7개이므로 '2척 5촌 7분'이 된다.

[채점기준]

답안	배점	예상 소요 시간
ⓐ 3척 1촌 5분	8점	5분 / 전체 60분
ⓑ 2척 5촌 7분	2점	

02 [모범답안]
ⓐ 황종 율관, 태주 율관, 고선 율관
ⓑ 임종 율관, 남려 율관

[바른해설]
제시문의 [A]에서 조선 시대 음악의 12음들은 양의 소리인 '율'과 음의 소리인 '려'가 번갈아 구성되어 있다고 하였다. 황종은 음의 시작점이 되는 소리임과 동시에 음의 기본이 되는 소리로서 양의 기를 가진 소리이다. 이를 바탕으로 〈보기〉에 제시된 율관의 소리를 율려로 구별하면 황종 율관과 태주 율관, 고선 율관에서 나는 소리는 양의 소리인 '율'에 해당하고, 임종 율관과 남려 율관에서 나는 소리는 음의 소리인 '려'에 해당한다.

[채점기준]

답안	배점	예상 소요 시간
ⓐ 황종 율관, 태주 율관, 고선 율관	6점	5분 / 전체 60분
ⓑ 임종 율관, 남려 율관	4점	

[03~04]

갈래	현대 소설, 전후 소설	특징	• 현실을 자의적으로 해석하는 포대령이라는 인물을 통해 전쟁의 상처를 형상화함 • 서술자인 '나'의 시선으로 포대령을 바라보는 방식으로 서술하여 독자들에게 주위 사람의 일처럼 느껴지게 하여 공감을 얻음 • 결말 부분에서 포대령이 이상 행동을 하는 이유를 밝힘으로써 극적 반전 효과를 얻음
성격	비극적, 비판적, 연민적		
제재	• 시간: 6 · 25 종전 후 • 공간: 금호동 산 꼭대기		
주제	전쟁 경험으로 야기된 고통스러운 삶의 형상		

03 [모범답안]
군인으로서의 사명감과 남편으로서의 죄책감 사이에서 일어나는 심리적 고통 때문이다.

[바른해설]
위 작품의 말미에서 "…… 그때 다부동엔…… 다부동엔…… 다부동엔 만삭이 다 된 내 애미나이가 있었대서! 끝이었디……. 김달봉이는 포병이 먼저였에! 한 애미나이의 시나이보단 분명 포병이 먼저였디!"라는 말을 통해 포대령이 현실을 인정하지 못하고 그가 설정한 가정 세계에 머물고 있는 이유가 군인으로서의 사명감과 남편으로서의 죄책감 사이에서 일어나는 심리적 고통 때문이었음이 밝혀졌다.

[채점기준]

답안	배점	예상 소요 시간
군인으로서의 사명감과 남편으로서의 죄책감 사이에서 일어나는 심리적 고통 때문이다.	10점	5분 / 전체 60분

04 [모범답안]

포대령에게 다가가 그의 손목을 잡았다.

[바른해설]

〈보기〉에 따르면 「포대령」에서는 풍자의 의미가 변주되어 비판 주체가 비판 대상에 대해 점차 연민의 감정을 갖게 됨으로써, 비판 주체와 대상의 위상에 변화를 유발한다고 서술되어 있다. 위 작품의 [A]에서 '나'는 다부동 전투에서 아내를 잃은 포대령의 이야기를 듣고 포대령에 대한 연민의 감정을 갖게 된다. 그리고 포대령에게 다가가 그의 손목을 잡음으로써 비판 주체와 대상의 위상에 변화를 유발하고 있다.

[채점기준]

답안	배점	예상 소요 시간
포대령에게 다가가 그의 손목을 잡았다.	10점	5분 / 전체 60분

수학

01 [모범답안]

함수 $y=\left|\left(\dfrac{1}{3}\right)^x-9\right|$ 의 그래프는 다음 그림과 같다.

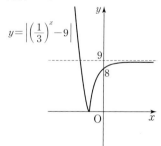

n의 값에 따라 a_n이 달라지므로

$1\le n\le 8$일 때, $a_n=2$

$n=9$일 때, $a_n=1$

$\therefore \displaystyle\sum_{k=1}^{9} a_k = 2\times 8 + 1 = 17$

[채점기준]

답안	배점	예상 소요 시간
함수 $y=\left|\left(\dfrac{1}{3}\right)^x-9\right|$ 의 그래프를 그리면 $y=\left|\left(\dfrac{1}{3}\right)^x-9\right|$	4점	5분 / 전체 60분
n의 값이 변화할 때 a_n을 찾으면 $1\le n\le 8$일 때, $a_n=2$, $n=9$일 때, $a_n=1$	3점	
$\therefore \displaystyle\sum_{k=1}^{9} a_k = 17$	3점	

02 [모범답안]

$y=\dfrac{x+4}{x+1}$ 의 그래프와 직선 $y=x$가 만나는 점의 좌표는

$\dfrac{x+4}{x+1}=x$이므로

$x^2+x=x+4,\ x^2-4=0$

$\alpha,\ \beta$는 이차방정식 $x^2-4=0$의 두 근이므로

$(x-\alpha)(x-\beta)=x^2-4$

$\displaystyle\sum_{k=1}^{5}(k-\alpha)(k-\beta)=\sum_{k=1}^{5}(k^2-4)=\sum_{k=1}^{5}k^2-\sum_{k=1}^{5}4$

$=\dfrac{5\times 6\times 11}{6}-4\times 5$

$=55-20=35$

[채점기준]

답안	배점	예상 소요 시간
$\dfrac{x+4}{x+1}=x$에서 $x^2+x=x+4,\ x^2-4=0$	3점	4분 / 전체 60분
$\alpha,\ \beta$는 이차방정식 $x^2-4=0$의 두 근이므로 $(x-\alpha)(x-\beta)=x^2-4$	4점	
$\displaystyle\sum_{k=1}^{5}(k-\alpha)(k-\beta)$ $=\displaystyle\sum_{k=1}^{5}(k^2-4)$ $=\displaystyle\sum_{k=1}^{5}k^2-\sum_{k=1}^{5}4=35$	3점	

03 [모범답안]

함수 $y=x^3-2x^2$와 함수 $y=4x^2+k$가 서로 다른 두 점에서 만나려면 x에 대한 방정식 $x^3-2x^2=4x^2+k$.

즉 $x^3-6x^2=k$가 서로 다른 두 실근을 가져야 한다.

$f(x)=x^3-6x^2$이라 하면

$f'(x)=3x^2-12x=3x(x-4)$

$f'(x)=0$에서 $x=0$ 또는 $x=4$

함수 $f(x)$의 증가와 감소를 표로 나타내면 다음과 같다.

x	$\cdots$	0	$\cdots$	4	$\cdots$
$f'(x)$	$+$	0	$-$	0	$+$
$f(x)$	$\nearrow$	0	$\searrow$	-32	$\nearrow$

함수 $y=f(x)$의 그래프는 그림과 같다.

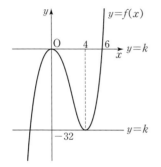

x에 대한 방정식 $x^3-6x^2=k$가 서로 다른 두 실근을 가지려면 함수 $y=f(x)$와 직선 $y=k$가 서로 다른 두 점에서 만나야 한다.

따라서 $k=0$ 또는 $k=-32$.

모든 실수 k의 값의 합은

$0+(-32)=-32$

[채점기준]

답안	배점	예상 소요 시간
함수 $y=x^3-2x^2$와 함수 $y=4x^2+k$가 서로 다른 두 점에서 만나려면 x에 대한 방정식 $x^3-2x^2=4x^2+k$. 즉 $x^3-6x^2=k$가 서로 다른 두 실근을 가져야 한다.	3점	4분 / 전체 60분

답안	배점	예상 소요 시간
$f(x)=x^3-6x^2$이라 하면 $f'(x)=3x^2-12x$ $=3x(x-4)$ $f'(x)=0$에서 $x=0$ 또는 $x=4$ (단, $f(x)$ 이외의 다른 함수로 설정한 경우에도 배점처리)	2점	4분 / 전체 60분
x에 대한 방정식 $x^3-6x^2=k$가 서로 다른 두 실근을 가지려면 함수 $y=f(x)$와 직선 $y=k$가 서로 다른 두 점에서 만나야 한다. 따라서 $k=0$ 또는 $k=-32$	3점	
모든 실수 k의 값의 합은 $0+(-32)=-32$	2점	

04 [모범답안]

$t\geq2$일 때

$v(t)=\int a(t)dt=\int(6t+4)dt=3t^2+4t+C$

(단, C는 적분상수)

조건 (가)에서 $v(2)=0$이므로

$12+8+C=0$에서 $C=-20$

$0\leq t\leq2$일 때 $v(t)\leq0$이고, $t\geq2$일 때 $v(t)\geq0$이다.

따라서 시각 $t=0$에서 $t=3$까지 점 P가 움직인 거리는

$\int_0^3|v(t)|dt=\int_0^2|v(t)|dt+\int_2^3|v(t)|dt$

$\int_0^2(8t-2t^3)dt+\int_2^3(3t^2+4t-20)dt$

$=\left[4t^2-\frac{1}{2}t^4\right]_0^2+[t^3+2t^2-20t]_2^3$

$=(16-8)+\{(27+18-60)-(8+8-40)\}$

$=8+9=17$

[채점기준]

답안	배점	예상 소요 시간
$t \geq 2$일 때 $v(t)$ $= \int a(t)dt$ $= \int (6t+4)dt$ $= 3t^2+4t+C$ (단, C는 적분상수)	2점	
조건 (가)에서 $v(2)=0$이므로 $12+8+C=0$에서 $C=-20$	2점	
$0 \leq t \leq 2$일 때 $v(t) \leq 0$이고, $t \geq 2$일 때 $v(t) \geq 0$이다.	2점	4분 / 전체 60분
따라서 시각 $t=0$에서 $t=3$ 까지 점 P가 움직인 거리는 $\int_0^3 \lvert v(t) \rvert dt$ $= \int_0^2 \lvert v(t) \rvert dt$ $\qquad + \int_2^3 \lvert v(t) \rvert dt$ $\int_0^2 (8t-2t^3)dt$ $\qquad + \int_2^3 (3t^2+4t-20)dt$ $= \left[4t^2 - \dfrac{1}{2}t^4 \right]_0^2$ $\qquad + \left[t^3+2t^2-20t \right]_2^3$ $= (16-8) + \{(27+18-60)$ $\qquad -(8+8-40)\}$ $= 8+9 = 17$	4점	

PART 1 기출문제

PART 2 실전모의고사

PART 3 정답 및 해설

제10회 실전모의고사

국어

01 [모범답안]
ⓐ 의지적 실천
ⓑ 선한 본성

[바른해설]
ⓐ 순자는 모든 사람의 본성은 악하다는 전제 하에 도덕성인 본성을 '의지적 실천'을 통해 이루려는 후천적 노력의 결과로 보았다. 그러므로 순자의 관점에서 '의인'의 행동은 '의지적 실천'이 반영된 후천적 노력의 결과이다.
ⓑ 맹자는 인간의 본성은 선하다고 보고 군자의 도덕성만을 본성으로 인정하였으며, 일반 백성들은 도덕성에 근거한 군자의 교화를 받아들일 수 있는 정도의 자질만을 인정하였다. 그러므로 맹자의 관점에서 '의인'의 행동은 '선한 본성'이 발현된 것으로 군자의 교화를 받아들인 결과이다.

[채점기준]

답안	배점	예상 소요 시간
ⓐ 의지적 실천	5점	5분 / 전체 60분
ⓑ 선한 본성	5점	

02 [모범답안]
인간의 타고난 본성은 악하고, 도덕성은 현실에서 이루어지는 노력의 결과이기 때문이다.

[바른해설]
순자는 인간의 후천적인 의지에 따라 악한 본성을 거스를 수 있다고 주장하였다. 즉, 순자의 입장에서 볼 때 도덕성이 발휘된 것은 타고난 본성이 선하기 때문이 아니라 현실에서 이루려고 노력한 결과이다.

[채점기준]

답안	배점	예상 소요 시간
인간의 타고난 본성은 악하고, 도덕성은 현실에서 이루어지는 노력의 결과이기 때문이다.	10점	5분 / 전체 60분

[03~04]

갈래	현대시, 자유시, 서정시	특징	• 나무와 버팀목의 관계를 통해 삶의 깨달음을 얻음
성격	성찰적, 긍정적		• '-ㅂ니다'의 경어체를 통해 경건한 분위기를 조성함
제재	버팀목		
주제	다른 이의 버팀목이 되는 삶의 아름다움과 가치		

03 [모범답안]
유추적 사고

[바른해설]
'유추'란 같은 종류의 것 또는 비슷한 것에 기초하여 다른 사물을 미루어 추측하는 일을 말한다. 이 시에서는 '산 나무'와 '버팀목'이라는 자연물의 관계를 통해 화자와 자신에게 버팀목이 되어 준 사람이라는 인간관계를 미루어 짐작하는 '유추적 사고'가 시상의 전개 방식으로 사용되었다.

[채점기준]

답안	배점	예상 소요 시간
유추적 사고	10점	3분 / 전체 60분

04 [모범답안]
희생

[바른해설]
위 작품에서 ⓐ의 죽은 '아버지'는 나의 버팀목으로써 '희생'이라는 삶의 가치를 상징하고 있다. 또한 〈보기〉의 '아버지'도 나를 품에 안고 추위를 막아주던 바람막이로써 '희생'이라는 가치를 공통적으로 드러내고 있다.

[채점기준]

답안	배점	예상 소요 시간
희생	10점	3분 / 전체 60분

수학

01 [모범답안]

$f(x)=-(x-a)^2+b(a, b$는 상수)에서

함수 $g(x)$가 $x=1$에서 연속이고 역함수가 존재하려면 $a\geq1$이어야 한다.

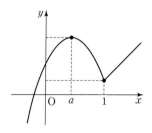

[$a<1$일 때]

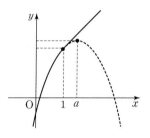

[$a\geq1$일 때]

따라서 함수 $g(x)$는 $x=1$에서 연속이려면

$\lim\limits_{x\to1-}g(x)=\lim\limits_{x\to1+}g(x)=g(1)$를 만족해야 하므로

$\lim\limits_{x\to1-}g(x)=\lim\limits_{x\to1-}\{-(x-a)^2+b\}$

$\qquad\qquad=-(1-a)^2+b=-a^2+2a-1+b$

$\lim\limits_{x\to1+}g(x)=\lim\limits_{x\to1+}(3x+1)=4$

$\therefore -a^2+2a-1+b=4, b=a^2-2a+5$

이때, $f(0)=-(0-a)^2+b=-a^2+b$

$\qquad\qquad=-a^2+(a^2-2a+5)=-2a+5$

$a\geq1$이므로 $f(0)=-2a+5\leq3$

따라서 $f(0)$의 최댓값은 3

[채점기준]

답안	배점	예상 소요 시간
$f(x)=-(x-a)^2+b(a,$ b는 상수)에서 함수 $g(x)$가 $x=1$에서 연속이고 역함수가 존재하려면 $a\geq1$이어야 한다.	2점	5분 / 전체 60분

답안	배점	예상 소요 시간
함수 $g(x)$는 $x=1$에서 연속이려면 $\lim\limits_{x\to1-}g(x)=\lim\limits_{x\to1+}g(x)$ $=g(1)$를 만족해야 하므로, $\lim\limits_{x\to1-}g(x)$ $=\lim\limits_{x\to1-}\{-(x-a)^2+b\}$ $=-(1-a)^2+b$ $=-a^2+2a-1+b$ $\lim\limits_{x\to1+}g(x)=\lim\limits_{x\to1+}(3x+1)$ $=4$	3점	5분 / 전체 60분
$\therefore -a^2+2a-1+b=4,$ $b=a^2-2a+5$	3점	
$f(0)=-(0-a)^2+b$ $=-a^2+b$ $=-a^2+(a^2-2a+5)$ $=-2a+5$ $a\geq1$이므로 $f(0)=-2a+5\leq3$ $f(0)$의 최댓값은 3	2점	

02 [모범답안]

A, B와 $y=\sin x$의 관계에서 $-\dfrac{\pi}{2}=\dfrac{A+B}{2}$이므로

$A+B=-\pi$에서 $A=-\dfrac{5}{6}\pi, B=-\dfrac{1}{6}\pi$

C, D와 $y=\sin x$의 관계에서 $-\dfrac{3\pi}{2}=\dfrac{C+D}{2}$이므로 $C+D=3\pi$

따라서 $B+C+D=-\dfrac{1}{6}\pi+3\pi=\dfrac{17}{3}\pi$

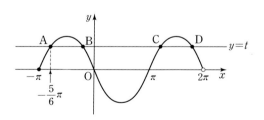

[채점기준]

답안	배점	예상 소요 시간
A, B와 $y=\sin x$의 관계에서 $-\dfrac{\pi}{2}=\dfrac{A+B}{2}$이므로 $A+B=-\pi$에서 $A=-\dfrac{5}{6}\pi$, $B=-\dfrac{1}{6}\pi$	4점	5분 / 전체 60분
C, D와 $y=\sin x$의 관계에서 $\dfrac{3\pi}{2}=\dfrac{C+D}{2}$이므로 $C+D=3\pi$	4점	
$\therefore B+C+D=$ $-\dfrac{1}{6}\pi+3\pi=\dfrac{17}{3}\pi$	2점	

03 [모범답안]

$f(x+4)=f(x)+10$이므로

$\displaystyle\int_0^4 f(x)dx=\int_0^4 \{f(x+4)-1\}dx$

$\displaystyle\qquad=\int_0^4 f(x+4)dx-\int_0^1 1dx$

$\displaystyle\qquad=\int_4^8 f(x)dx-4$

$\displaystyle\therefore \int_4^8 f(x)dx=4+\int_0^4 f(x)dx$

$\displaystyle\int_0^{12} f(x)dx=\int_0^4 f(x)dx+\int_4^8 f(x)dx+\int_8^{12} f(x)dx$

$\displaystyle\qquad=\int_0^4 f(x)dx+\left(\int_0^4 f(x)dx+4\right)$

$\displaystyle\qquad\qquad+\left(\int_0^4 f(x)dx+4+4\right)$

$\displaystyle\qquad=3\int_0^4 f(x)dx+12=3\times4+12=24$

[채점기준]

답안	배점	예상 소요 시간
$f(x+4)$ $=f(x)+1$이므로 $\displaystyle\int_0^4 f(x)dx$ $\displaystyle=\int_0^4 \{f(x+4)-1\}dx$ $\displaystyle=\int_0^4 f(x+4)dx$ $\displaystyle\qquad-\int_0^1 1dx$ $\displaystyle=\int_4^8 f(x)dx-4$	4점	5분 / 전체 60분

답안	배점	예상 소요 시간
$\displaystyle\therefore \int_4^8 f(x)dx$ $\displaystyle=4+\int_0^4 f(x)dx$	2점	5분 / 전체 60분
$\displaystyle\int_0^{12} f(x)dx$ $\displaystyle=\int_0^4 f(x)dx+\int_4^8 f(x)dx$ $\displaystyle\qquad+\int_8^{12} f(x)dx$ $\displaystyle=\int_0^4 f(x)dx$ $\displaystyle\qquad+\left(\int_0^4 f(x)dx+4\right)$ $\displaystyle\qquad+\left(\int_0^4 f(x)dx+4+4\right)$ $\displaystyle=3\int_0^4 f(x)dx+12$ $=3\times4+12=24$	4점	

04 [모범답안]

$\displaystyle\sum_{k=1}^{10}\left(\frac{1}{k+1}x^k-\frac{1}{k}x^{k+1}\right)$

$\displaystyle\left(\frac{1}{2}x-x^2\right)+\left(\frac{1}{3}x^2-\frac{1}{2}x^3\right)+\left(\frac{1}{4}x^3-\frac{1}{3}x^4\right)+$

$\displaystyle\quad\cdots+\left(\frac{1}{9}x^8-\frac{1}{8}x^9\right)+\left(\frac{1}{10}x^9-\frac{1}{9}x^{10}\right)+\left(\frac{1}{11}x^{10}-\frac{1}{10}x^{11}\right)$

$\displaystyle=\frac{1}{2}x+\left(\frac{1}{3}-1\right)x^2+\left(\frac{1}{4}-\frac{1}{2}\right)x^3+$

$\displaystyle\quad\cdots+\left(\frac{1}{10}-\frac{1}{8}\right)x^9+\left(\frac{1}{11}-\frac{1}{9}\right)x^{10}-\frac{1}{10}x^{11}$

이므로

$a_1=\dfrac{1}{2}$, $a_{11}=-\dfrac{1}{10}$이고

$a_n=\dfrac{1}{n+1}-\dfrac{1}{n-1}$ $(2\le n\le10)$

따라서

$\displaystyle\sum_{n=1}^{11}a_n=\frac{1}{2}+\sum_{n=2}^{10}\left(\frac{1}{n+1}-\frac{1}{n-1}\right)+\left(-\frac{1}{10}\right)$

$\displaystyle=\frac{2}{5}-\sum_{n=2}^{10}\left(\frac{1}{n-1}-\frac{1}{n+1}\right)$

$\displaystyle\frac{2}{5}-\left(1-\frac{1}{3}\right)+\left(\frac{1}{2}-\frac{1}{4}\right)+\left(\frac{1}{3}-\frac{1}{5}\right)$

$\displaystyle+\cdots+\left(\frac{1}{7}-\frac{1}{9}\right)+\left(\frac{1}{8}-\frac{1}{10}\right)+\left(\frac{1}{9}-\frac{1}{11}\right)$

$\displaystyle=\frac{2}{5}-\left(1+\frac{1}{2}-\frac{1}{10}-\frac{1}{11}\right)=\frac{2}{5}-\frac{72}{55}=-\frac{10}{11}$

[채점기준]

답안	배점	예상 소요 시간
$\sum_{k=1}^{10}\left(\dfrac{1}{k+1}x^k-\dfrac{1}{k}x^{k+1}\right)$ $\left(\dfrac{1}{2}x-x^2\right)+\left(\dfrac{1}{3}x^2-\dfrac{1}{2}x^3\right)$ $+\left(\dfrac{1}{4}x^3-\dfrac{1}{3}x^4\right)+\cdots$ $+\left(\dfrac{1}{9}x^8-\dfrac{1}{8}x^9\right)$ $+\left(\dfrac{1}{10}x^9-\dfrac{1}{9}x^{10}\right)$ $+\left(\dfrac{1}{11}x^{10}-\dfrac{1}{10}x^{11}\right)$ $=\dfrac{1}{2}x+\left(\dfrac{1}{3}-1\right)x^2$ $+\left(\dfrac{1}{4}-\dfrac{1}{2}\right)x^3+\cdots$ $+\left(\dfrac{1}{10}-\dfrac{1}{8}\right)x^9$ $+\left(\dfrac{1}{11}-\dfrac{1}{9}\right)x^{10}-\dfrac{1}{10}x^{11}$ 이므로	3점	4분 / 전체 60분
$a_1=\dfrac{1}{2},\ a_{11}=-\dfrac{1}{10}$이고 $a_n=\dfrac{1}{n+1}-\dfrac{1}{n-1}$ $(2\le n\le 10)$	2점	
따라서 $\sum_{n=1}^{11}a_n=\dfrac{1}{2}+$ $\quad\sum_{n=2}^{10}\left(\dfrac{1}{n+1}-\dfrac{1}{n-1}\right)$ $\qquad\qquad+\left(-\dfrac{1}{10}\right)$ $=\dfrac{2}{5}-\sum_{n=2}^{10}\left(\dfrac{1}{n-1}-\dfrac{1}{n+1}\right)$	3점	
$\dfrac{2}{5}-\left(1-\dfrac{1}{3}\right)+\left(\dfrac{1}{2}-\dfrac{1}{4}\right)$ $+\left(\dfrac{1}{3}-\dfrac{1}{5}\right)+\cdots$ $+\left(\dfrac{1}{7}-\dfrac{1}{9}\right)+\left(\dfrac{1}{8}-\dfrac{1}{10}\right)$ $+\left(\dfrac{1}{9}-\dfrac{1}{11}\right)$ $=\dfrac{2}{5}-\left(1+\dfrac{1}{2}-\dfrac{1}{10}-\dfrac{1}{11}\right)$ $=\dfrac{2}{5}-\dfrac{72}{55}=-\dfrac{10}{11}$	2점	

ILiberty without learning is always in peril,
learning without liberty is always in vain.

배움이 없는 자유는 언제나 위험하며
자유가 없는 배움은 언제나 헛된 일이다.

– 존 F. 케네디 –